書下ろし

斬雪（ざんせつ）

風の市兵衛 弐（に）㉚

辻堂魁

祥伝社文庫

目次

吉原
大川
源治郎の茶屋（下谷山伏町）
津坂藩藩邸（下谷御徒町）
不忍池
大川橋（吾妻橋）
駒留橋
両国橋
「津坂屋」五十右衛門の蔵屋敷
神田川
横川
小名木川
江戸城
古道具屋「恵屋」（米沢町三丁目）
新大橋
万年橋
高橋
新高橋
扇橋
北町奉行所
南町奉行所
片岡家屋敷（諏訪坂）
永代橋
亥ノ堀川
笠屋柳太左衛門の住まい
目黒川
品川宿
北
東
南
西

神田周辺図
筋違御門
八辻ヶ原
蛤屋
青物新道
土もの店
口入れ屋「宰領屋」（三河町）
市兵衛の店（永富町）
小料理屋「薄墨」（鎌倉河岸）

『斬雪』の舞台

地図作成／三潮社

序章　雨宿り

行徳(ぎょうとく)行きの川筋である小名木川(おなぎがわ)には、南北に三本の橋が架(か)かっている。大川(おおかわ)に近い万年橋(まんねんばし)、常盤(ときわ)町と海辺大工(うみべだいく)町を渡す高橋(たかばし)、深川西(ふかがわにし)町と扇橋(おうぎばし)町の新(しん)高橋である。高橋、新高橋ともに、大潮で水のあふれることの多い深川らしく、橋の袂(たもと)をせりあげ、反(そ)り橋の天辺(てっぺん)は両岸の町筋を見おろすほど高い。

大川から三本目の新高橋を東へくぐると、北の本所(ほんじょ)側へ横川(よこがわ)、南の深川へ亥(い)ノ堀川(ほりがわ)が通っていて、亥ノ堀川には扇橋が扇橋町の東西に架かっている。

その扇橋には、大潮によって深川より本所方面へ、堀川が逆流するのを防ぐ水門が設(もう)けてあった。

扇橋の西詰に、自身番ともやいの橋番がおかれ、橋と水門の番をしていた。

深川は、市中に堀川を廻(めぐ)らした川の町である。

文政(ぶんせい)八年（一八二五）の八月下旬、大潮が押し寄せて深川の堀川があふれ、町家の彼方此方で浸水騒ぎがあった。

亥ノ堀川も逆流したため、扇橋の水門が閉じられた。

その扇橋の水門へ逆流した海水が、破れた魚網、朽ちた板きれや丸太、膳や瓢簞や古い絵双紙などの芥を運んできた。

その塵芥と一緒に、一体の腐乱した亡骸が水門に打ち寄せ浮かんでいるのを、扇橋を通りがかった行商が見つけ、橋番に通報した。

亡骸は目をそむけたくなるほど傷んでいて、襤褸同然にまとわりついた着衣と大よその身の丈から、大人の男であろうと推量できた。

だが、それほど腐乱していても、亡骸には無残な斬り疵が幾筋も認められ、斬殺され海に沈められたものと思われた。

亡骸の素性を探る手がかりになる物は、一切見つからなかった。

北町奉行所の若い当番同心が出役して、形ばかりの検視を済ませ、亡骸は、町入用で雇っている人足が、小塚原の死体捨て場に運んで埋められた。

それだけで一件は放っておかれた。

それから三月がすぎた十一月、南本所大徳院門前の今助と名乗った地廻りが、両国は米沢町三丁目の古道具屋の《恵屋》に、唐桟の財布を持ちこんだ。

古い財布ではあったが、傷んではおらず、紺地に浅黄、赤や茶の色合いを縦縞に配した値の張る品であった。

恵屋の亭主は、古道具屋の商売では愛想のよい笑みを絶やさないが、腹の中は猜疑心の強い男だった。

今助の風貌を見て、こんな男が唐桟の財布を使うわけがないと怪しんだ。金に困っている様子の足もとにつけこんで、あれこれ些細な怪事をつけて値ぎった末、二百文余で買いとった。鰻の蒲焼を肴に、一合徳利を楽しむ贅沢ができる程度の値である。

それでも、唐桟の財布の値打ちなど知らない今助は、二百文余を手にして、意外に高い値がついたことを喜んだ。

恵屋の亭主は、その日のうちに町役人にこのことを伝え、町役人は定町廻りが自身番の巡廻にきた折り、斯く斯く云々とそれを通報した。

「よし、わかった。念のためだ。調べておこう」

定町廻りは、軽い口ぶりで町役人に言った。

定町廻りは、どうせどこかで拾ったか、女郎屋通いの嫖客の忘れ物をくすねやがったんだろうと、それぐらいに思っていた。

だが、定町廻りが念のために調べた、南本所大徳院門前の今助の唐桟の財布の出どころが、三月前の八月の大潮で、亥ノ堀川の扇橋の水門に打ち寄せた腐乱死体の一件を、動かすこととなった。

下谷竜泉寺町の会席即席料理屋《駐春亭》幸次郎の貸座敷で、越後津坂藩江戸屋敷の侍衆が寄合を開いたのは、その一年前、文政七年（一八二四）十一月下旬の、浅草田んぼの鷲大明神が三の酉の祭礼日だった。

津坂藩は、下谷御徒町の往来から藤堂家中屋敷のある通りを東方へ折れた北側の一画に、両脇に庇屋根の番所を備えた表長屋門を構えている。

寄合を開いた侍衆は、その江戸屋敷に勤番する勘定組頭一名に、配下の七名の勘定衆であった。

竜泉寺町のこの辺は、江戸日本橋より一里十三町（約五・四キロ）ほどの、浅草田んぼの元は竜泉寺村で、吉原の地とも云い、北の日本堤の吉原に近かった。

朝から厚い雲が空を蔽って、手水には氷が薄く張り、吐息は白く見え、深まりゆく冬が感じられる日だった。

折りしも、鷲大明神の三の酉の祭礼日だったため、寒さの身に染むどんよりとした空模様にもかかわらず、縁日の酉の市に多くの人出があって、鷲大明神に近い竜泉寺町の往来も、人通りがつきなかった。

侍衆の寄合は、二階の貸座敷で昼すぎから始まった。

重要な合議があるわけではなく、すぐに酒と料理が運ばれて、三ノ輪町の鄙びた町芸者も二人揚がって、三味線太鼓の酒宴が賑やかに続いた。

酒宴は夕方の七ツ（午後四時）ごろに果て、いい気持ちに酔った侍衆は、料理屋を出ると、みなで吉原へ繰り出そうではないか、という勢いになった。

ただし、そういう勢いになっても、殆どが吉原で遊ぶのは初めてであった。

吉原は初めてではない、というひとりが知ったふうに言った。

「なあに。初会の客の敵娼は茶屋の名指しが決まりだ。遊女がくるまで、また芸者を呼んでぱっとやって待っておればよい。ただし、自分の敵娼がおかめであっても、不平を言うてはならんぞ。むろん、加藤さまのように馴染みがいる者は馴染みを名指しするのは勝手だ。ですよね、加藤さま」

加藤さま、と声をかけられた中背の福々しい侍は、懐手をして竜泉寺町の往来をいきながら、余裕の破顔を見せ、軽く頷いた。

その様子に、侍衆は酔ったうえにいっそう浮きたって、わいわいと騒いで連れだっていく。侍衆の年ごろは、二十代からせいぜい三十代前半に、組頭らしき加藤が四十歳前後に思われた。

料理屋を出てすぐに、北方の日本堤から衣紋坂をくだり吉原の大門にいたる道と、鷲大明神の三の酉の賑わいが見える浅草田んぼの道へとる四辻に出た。

加藤に従って侍衆が、四辻を日本堤のほうへ折れていきかけたとき、一同の後ろにいたひとりが、加藤の濃い鼠色の羽織に声をかけた。

「加藤さま、それがしはこれにて、屋敷へ戻ります」

加藤は歩みを止め、侍のほうへ見かえった。

「田津、おぬしはいかぬか。掛は気にせずともよいのだぞ。勘定頭の志方さまのお許しを得ておるし、ご家老の聖願寺さまも《津坂屋》も承知しておられる」

と、薄笑いを向けた。

「お気遣い、畏れ入ります。ではございますが、それがしごとき老いぼれに、吉原の婀娜な遊び場はもう荷が重うござる。本日は馳走に相なり、もう充分に堪能いたしました。おいぼれは、ここら辺が潮どきでござる。吉原は、どうぞ若い方々とお楽しみなされませ」

田津と呼ばれた侍は、加藤へ慇懃に辞儀をした。

「そうか。ならば、無理をすることはない。ではな」

と、薄笑いのまま加藤は向きなおり、懐手の羽織の袖をゆらして再び歩みを進めた。若い侍衆が、田津さん気をつけて、また明日、などと声をかけて、加藤のあとに従っていった。

田津民部は、勘定組頭の加藤松太郎と、配下の勘定衆が、ふざけたり笑い声を交わしたりと吉原いきに浮きたって日本堤への道に小さくなるのを見届けると、四辻を鷲大明神がある浅草田んぼへの道をとった。

民部は、ほろ酔いになるほどにしか呑んではいなかった。

料理屋の贅沢な料理にも、ほどほどにしか箸をつけなかった。

酒は酩酊するほどは嗜まず、食事はいつも腹八分目と心がけ、これまでまずは健やかに生きてこられた。

わたしはこれでよい、と民部は思っていた。

町家と寺院の垣根が両側に並ぶ往来の先に、稲刈りの済んだ黒い浅草田んぼの畦道と、鷲大明神の三の酉の縁日に集まった群衆の様子が見えていた。

客を呼ぶ威勢のいい売り声や老若男女の声、親の子を呼ぶ声、子のはしゃぐ声、夥しい人々の雑沓に、沸き起こる歓声と拍手など、酉の市の賑わいが、町家を抜けて畦道をいく民部にだんだん大きく聞こえてきた。

民部は、鷲大明神が古くは武運を守る社と聞いていた。

勘定方の出納掛を勤める勘定衆ながら、民部は剣術にも秀でていた。

若年のころから津坂城下一刀流の海部道場に通い、《海部の竜》と呼ばれるほどの腕前に達したのは、二十歳前だった。

今はもう五十を二つすぎて、忍び寄る老境を静かに受けとめる歳ではあったが、木刀の素振りは、若いころと変わらず日課にしており、ふと、剣術の稽古に汗を流した日々を思い出し、ここまできたのだから詣でていくか、と思いたった。

長國寺という寺院と、社地を隣り合わせた鷲大明神の鳥居をくぐった。

境内のみならず、鳥居の外の狭い畦道にも売台を並べ、小間物、飴、おこし、柚、唐芋、そして縁起物のお多福面、入船、竹箒、熊手などが売られ、夕方の刻限にもかかわらず、境内はまだ大勢の参詣客の賑わいが続いていた。

中でも酉の市の熊手は、先の骨の部分が五寸（約一五センチ）以下の《しゃこ》と呼ばれる小さい物から三尺（約九〇センチ）くらいの物まであって、檜扇とか鬼熊などの飾りが施され、主に商人の客に運の神の縁起物として人気が高かった。

熊手を買った客には、売り手がいかにも縁起のよさそうなかけ声と一緒に拍手をして手渡す慣わしで、彼方此方の売り場でやっているかけ声と拍手が、境内の賑わいをいっそう盛りあげていた。

畦道をくる途中に聞こえてきた拍手や歓声はこれだったかと、民部は酉の市の賑わいを面白く眺めつつ、人混みを縫って本社へと向かった。

鷲大明神は、わずか六十余坪の境内に二間（約三・六メートル）四方の本社があった。

民部は本社に参拝し、郷里の津坂に残している倅と娘、年老いた両親の無病息災を祈願した。

倅の可一郎は十八歳、娘の睦は十五歳で、両親は七十代の半ばをすぎている。

一昨年の秋、五十歳の民部が、思いもよらず江戸屋敷勤番を命じられた。たまたま、江戸屋敷の勘定衆に欠員が出た。

「それがしはすでに五十です。江戸のお役は、荷が重うござる。もう少し若くて相応しい方がおられるのではありませんか」

民部はそれとなく辞退を申し入れた。だが、

「半年か長くても夏、そこら辺でいい。まったくの新入りでは、すぐに役にたたぬゆえ困るのだ。年が明ければ、江戸屋敷の欠員は補われる。補充ができれば、来年の殿さまのご帰国の折り、ご行列の供をして戻ってこられると思う。役目に慣れた者が必要なのだ。済まんが半年ほどのつなぎ役で頼む」

と組頭に言われ、引き受けるしかなかった。

欠員を補う臨時役で、半年か長くても夏、と聞いていたのが、もう半年もう半年と延びて、それからはや丸二年がたっていた。

江戸留守居役のような代々江戸住まいの家臣と違い、主君に仕える多くの侍にとって、江戸屋敷の勤番は昇進する好機であった。二十代、三十代の見こみのある侍が、数年の江戸屋敷勤番をへて国へ帰り、組頭に昇進する場合が多い。ひたすら謹厳に勤め、有能な勘定衆と知られながら、目だたぬ存在のまま五十の歳になった民部に、ようやく出世の機会が巡ってきたと言えなくはなかった。

にもかかわらず、民部は気が進まなかった。

主君・鴇江伯耆守憲実さまの下に、藩政を執る家老と年寄の重役、そして各奉行や頭、その下に侍衆を束ねる組頭役がある。田津家の家柄では、出世と言っても、勘定衆の組頭に就くのがせいぜいであった。

それでも、組頭に就ければ、五十俵三人扶持の禄が、役料などのいろいろな手当てがついて、八十俵余になる。暮らしはうんと楽になる。

五十歳の民部は、二十代、三十代の盛んなときであればと思った。

倅や娘はもう大丈夫な年齢だが、年老いた両親の身が気がかりだった。

妻の志麻を亡くしたのは、足かけ十一年前の四十二歳のときだ。六つ下の志麻は三十六歳だった。

流行風邪に胸をやられ、わずか数日寝こんだだけだった。

あれは、ありのままのこととして受け入れるのに長い年月のかかった、まるで夢を見ているかのような出来事だった。

「子供たちを……」

妻が民部に残した最後の言葉だった。

あれからたちまち、歳月はすぎた。

なんと果敢ない。

民部の白髪交じりの鬢のほつれが、冷たい風に震えた。

「雨がくるぜ」

と、男の声が境内に走った。

本社の庇下からふりかえると、つい今しがたまでの境内の人出が、一転して慌ただしく退いていき、参道の左右に売台をつらねていた男らも、ばたばたと売物を片づけ始めていた。

大風呂敷の荷を背負って足早に去っていく男の頭上に、いつの間にか、黒雲が垂れこめて流れ、その黒雲の下をすれすれに鳥影がいく羽も飛翔して、ねぐらへと急いでいた。

「雨か」

民部は、黒雲の流れる空を見上げて呟いた。

白髪が目だち始めた鬢をひと撫でし、参道を戻った。

人気が退いていった参道に、藁屑や木ぎれ、汚れた手拭などの芥が散乱し、たてかけていた葭簀が倒れ、吹き寄せる刺すように冷たい湿った風が、参道の芥を弄んでいた。

鳥居を出てほどなく、ぽつ、ぽつ、と落ちてきた雨は、たちまち畦道に飛沫を激しく散らし始めた。

民部は唐傘を持っていた。江戸屋敷の長屋を出るとき、空を蔽う厚い雲を見あげて、念のための用心に唐傘を手にした。

この歳で冬の雨に打たれては、身体に応えるのはわかっている。ばん、と広げた唐傘を、降りかかる強い雨がばらばらと叩いた。黒鞘の両刀を帯びた黒茶の細袴の股だちを、高くとった。この雨では、足袋と草履が濡れるのは仕方あるまいと思った。

まだ暗くなる刻限ではなかったが、雨の烟る畦道の先は、はや宵闇が降りたかのような薄暗がりに閉ざされていた。

と、畦道の後方より、ぴしゃぴしゃと人の駆けてくる足音が聞こえた。

民部は、狭い畦道のわきへよけ、後ろを見かえった。

納戸色の半纏を脱いで頭に被り、縞の着物を尻端折りにした男が、肩に鬼熊の熊手をかつぎ、膝頭から爪先まで剝き出しの跣で走ってきた。

草履を尻端折りの帯に挟んでいた。

跳ねあげた泥水が、すぐ後ろを追いかけて躍っていた。

男は民部の近くまできて、泥水を散らさないような歩みに変えた。

「ひでえ雨ですね。降るだろうなと、思っちゃいたんですがね。ひとっ走りいって、鷲づかみの運の神さんのご利益がありますようにと、こいつを買って降り出す前に戻るつもりが、この様ですよ。とんだご利益だ。あはは……」

と、男は肩にかついだ熊手の柄を持ちあげ、雨に濡れた顔を皺だらけにして笑った。民部と同じ年ごろか、もう少し年配かもしれない親仁に見えた。

民部は畦道のわきに立ち止まり、先にいくようにと、男へ笑みをかえした。

「へい。お先に失礼いたしやす」

男は民部の前を小腰をかがめて通りすぎ、少し先へいってから、また泥水を散らして走り去っていった。

男の影が雨に烟る畦道にまぎれていくのを追う恰好で、再び歩みを進めた。

浅草寺から入谷、上野の御山の下谷にかけて、浅草田んぼのこのあたりは、大小の多くの寺院が屋根をつらね、大名の下屋敷に小禄の武家屋敷や組屋敷などが田んぼの所どころの一画に固まっている。

町家は、それらの門前や武家屋敷の隙間に、ひっそりと散在している。

その町家は、三ノ輪の裏田んぼとこの辺では言われている田んぼ道から、南方の黒鍬組の組屋敷や大名の下屋敷などの建ち並ぶ往来へ入り、二筋、三筋曲がった路地の片側に、間口の狭い軒を隠れるようにつらねていた。

民部は、偶然通りかかったその町家が、下谷山伏町とは知らなかった。

唐傘は差していたものの、霙になりそうな冷たい雨の勢いは衰えず、夕方の暗みも増して、どこかに小降りになるまで雨宿りのできる店があればと、あてもなくその路地へ折れたのだった。

山伏町の薄暗い路地は、向かっている方角も定かではなかった。どの店も雨戸を堅く閉て、通りがかりにも出会わなかった。

軒の雨垂れが、ばしゃばしゃと路地に音をたて、足袋と草履はずぶ濡れて、痛いほどに足先が冷たかった。雨は容赦なく、民部の着けた霰小紋の布子の肩にも降りかかって、寒さが身に染みた。

ほどなく、路地が右へ分かれる角に出た。

路地をそのまま進めば、町家を抜けて往来に出るであろうと察しはついた。

だが、民部は角を右へ曲がった。

角から路地の両側に並んだ店の数軒先に、ただひとつ、細い明かりがもれて、雨に濡れた路地のどぶ板を黒く照らしているのが見えていた。

民部は、明かりのもれる店のほうへどぶ板を踏んだ。

板葺屋根の粗末な造りながら、どの店も二階家で、出格子の窓があった。

明かりはその一軒の、表の板戸を一尺ほど開けた腰高障子ごしに、路地に落ちていた。

路地をいくうちに、ああ、ここは、と民部は気づいた。

こういう場末のひっそりとした町家にも、隠れるように色茶屋を営む店が数軒並び、隠し売女を抱えていることは知っている。

郷里の津坂城下にも、むろん、そういう場所はある。

民部はそういう場所の遊びに慣れていなかった。歩みを止め、引きかえすか、と思ったそのときだった。

明かりのもれている店の、二階の出格子窓の雨戸が、雨のざわめきにささやきかけるような音をたてて引かれ、部屋の暖かそうな行灯の明かりとともに、つぶし島田の女の白い顔がのぞいた。

二十五、六の年増の年ごろに思われた。

唇に刷いた紅が、雨の夕方の薄暗がりにもかかわらず、赤く映えていた。

女は、路地に唐傘を差して佇む民部には気づかず、止みそうにない雨空を物憂げに眺めた。

ふうっ、と白いため息をついた。

民部は出格子窓の女を、凝っと見あげた。

そして、愚かな、と自分を窘めた。似てなどいない。ただあの女の顔に志麻の面影がよぎっただけだ。鷲大明神を詣でたとき、ふと、十年余前に亡くした妻を思い出した。その所為(せい)だとわかっていた。

にもかかわらず、民部は言葉にならぬ不思議な、淡く切ない、もどかしい感情に絡めとられ、動くことができなかった。

埒(らち)もない。

そう呟きながら、高鳴る胸の鼓動を民部は聞いていた。

女が雨戸を閉めようとして目を落とし、路地に佇んでいる民部に気づいた。

「あら……」

女は民部と目を合わせ、物憂げな顔をやわらげ、頬笑(ほほえ)んだ。

民部の差した唐傘が、雨に打たれてばらばらと鳴っていた。

「お入んなさいな」

少し低いぐらいの、やわらかな声に呼びかけられた。

「かまわぬか」

思わず言った自分自身に、民部は驚いていた。

「どうぞ。お客さんしかいませんから」

女は頬笑みを絶やさずに言った。

民部は再び歩みを進め、明かりのもれる店の軒下へ入った。

唐傘をすぼめ、雨の雫を払った。

と、中から表の障子戸と板戸が引かれた。

戸を開けたのは、さっき熊手を肩にかつぎ、半纏を合羽代わりに被って畦道を跣で駆けていった男だった。

「おっと、先ほどのお侍さんじゃありませんか。こりゃどうも、おいでなさいやし。ささ、お入んなすって。寒かったでしょう」

男は民部を前土間に引き入れ、藍地に霰小紋の布子の大柄な肩を、雨の雫を払うように、さっさっと手拭でぬぐった。

前土間の片側に三畳間ほどの寄付きがあって、段梯子が低い天井の切落し口へあがっていた。中仕切りの縦格子の戸が開いていて、奥の勝手と思われる土間の竈に、小さな火が燃えていた。

「こんな雨の日に、お侍さんが初めてのお客さんですよ。やっぱり、運を鷲づかみの熊手のご利益があったんですね。女は三人、そろえておりやす。こんな店ですけどね、どれも上玉ですぜ。お侍さんのお好み次第でさ」

男は民部の濡れた上着をぬぐいながら言った。

さっき、浅草田んぼの畦道で見たときは、雨に濡れてくしゃくしゃにしていた顔が小柄な年寄に見えたが、こういう店の亭主らしくさっぱりと着替えた風貌は、民部より十歳ほども若い男だった。

「いや、それがしは二階の……」

民部は口ごもった。

寄付きの間仕切の腰障子が開いて、台所らしき板間でくつろいでいた様子の女が二人、身体をひねった恰好で濃い白粉顔を民部に向けた。

おいでなさい、おいでなさい、と二人の女は鉄漿を光らせて笑った。

台所の壁にかけた神棚が見え、鬼熊の熊手が祀ってあった。

そこへ、低い天井の切落し口から、白く形のよい素足と踝の少し上の臑までが、段梯子を軋ませ、降りてきた。前身頃を手繰った着物の裾の赤い裏地が、女の白い臑と筋張った脹脛に鮮やかだった。

女は段梯子の途中で素足を止めて身をかがめた。低い天井の下に、つぶし島田の白い顔をのぞかせた。そして、出格子の窓から投げかけた同じ頬笑みを、前土間の民部に寄こした。

「お侍さん、おいでなさい」

少し低いぐらいの、やわらかな声がまた言った。

「お侍さん、ありゃあおしずです。上玉でしょう。気だてもいいし、お侍さんにお似合いですぜ。じゃ、どうぞ二階へ。どうぞどうぞ」

と、男は調子よく軽く掌(て)を鳴らした。

民部は女に頷きかけた。

おしずの紅を刷いた厚めの唇の間から、白い歯がのぞいた。

そのとき、気の所為ではなかったと、民部は気づいた。確かに、頰笑んだ目があれに似ていると思った。

民部の腹の底に仕舞(しま)っていた、懐かしく、寂しく、悲しい情が湧いた。

第一章 竹馬の友

一

文政八年の霜月も押しつまった。

朝夕の寒さが日に日に厳しさを増し、まだ薄暗い早朝、お店勤めの奉公人や出職の職人らが、道の霜柱をきゅっきゅっと踏み鳴らし、白綿のような息を吐きながら、仕事場に出かけていく季節である。

三河町三丁目の湯屋は、古くは新小田原町と呼んだ南北に通る往来を、西方の三河町三丁目裏町のほうへ抜ける小路に、《三河町三丁目》と《男ゆ》《女ゆ》の文字を白く染め抜いた紺の長暖簾を、それぞれの入口にさげている。

仕事に出かける前、湯を浴びさっぱりしていく客で混雑するまだ暗い早朝の刻限がすぎると、湯屋は町内のご隠居らがのんびり湯につかりにくる。客の中には、駿河町や小川町のお屋敷奉公の明番の侍らの姿も、ちらほら見える。

湯屋の代金は十文である。

男湯の二階は休憩所の座敷になっていて、そこも十文ほどがかかる。侍の客は、二階休憩所の扉つきの棚に衣類と佩刀を入れて階下へ降りていき、洗い場から石榴口をくぐった薄暗い浴槽の、熱い湯に我慢してつかる。

四ツ（午前十時頃）前のその午前、三河町三丁目で請宿の《宰領屋》を営む主人の矢藤太と唐木市兵衛は、湯屋の浴衣一枚をゆるく羽織って、二階休憩所の出格子窓のそばで茶を一服し、菓子の煎餅をかじっていた。

宰領屋が混雑する刻限が終る五ツ半（午前九時頃）ごろ、顔を出した市兵衛を、店の間の矢藤太が目敏く見つけて、いきなり誘った。

「市兵衛さん、これから湯屋にいくんだ。一緒にいこうぜ」

普段、矢藤太は朝の暗いうちに湯屋でさっぱりして請宿（職業斡旋）の仕事にかかるところが、その朝は急な大口の依頼が舞いこんだとかで、湯屋にいく間もないてんてこ舞いが、ようやく一段落したところだった。

「朝湯は済ませてきた。部屋で待ってる」

店の間続きに、帳場格子のある番頭や使用人の事務を執る部屋と、主人の矢藤太が接客などに使う部屋が隣り合わせている。市兵衛はいつもそちらの部屋に通り、「これはどうだい……」と、矢藤太から仕事の斡旋を請ける。

市兵衛と矢藤太は、まだ若蔵だった二人が京にいたころからの古い馴染みで、市兵衛は主人・矢藤太の親類のような特別扱いであることを、宰領屋の番頭はじめ使用人らはみな承知している。

「いいじゃないか、もう一回湯につかったって。つき合えよ。市兵衛さんにちょいと話したいこともあるんだ」

話があるならいくか、というわけで、熱い浴槽につかったあとのその刻限、湯屋の二階の出格子窓のそばで、市兵衛と矢藤太は茶を一服し、菓子の煎餅をかじっている。

休憩所の茶と菓子の代金は、八文である。

寒いので出格子の明障子は閉じられているが、明障子を引けば、町家の瓦屋根がつらなる彼方に、駿河台下と駿河台上に、杜のような木々に囲まれた大名屋敷や朝の空に聳える定火消役屋敷の物見の櫓が眺められる。

孫がいそうな隠居ふうの年寄りらが、《ふどし》ひとつの萎びた裸体を曝し、囲碁を打ち将棋を指し、絵双紙をめくり、嫁や孫の話や界隈の噂話に興じつつ、それぞれくつろいでいる。

ぽきり、と紅梅焼をかじった矢藤太が、旨そうに口の中で音をたてた。市兵衛は矢藤太ののどかな様子を見て、

「それで?」

と話しかけた。

「うん、なんだい」

矢藤太はすっかりくつろいでいる。

「話があるんだろう。聞かせてくれ。仕事の話ではないのか」

市兵衛が言うと、矢藤太は、「ああ」とどうでもよさそうに笑った。

「別にいいんだ。仕事の話じゃねえ。みなが働いている最中に、いくら主人だからって、出にくいだろう。だから、市兵衛さんに話があると、湯屋にいく口実にしただけさ」

「そうなのか。仕事の話じゃなかったのか」

市兵衛も紅梅焼を、ぽきん、とかじって頬笑んだ。

「なんだい。市兵衛さん、懐が寂しいのかい」

茶を一服した矢藤太の目が笑っていた。

「寂しいわけではないが、ここのところ、宰領屋の仕事を請けていない。矢藤太が斡旋してくれるなら、なんでも請けるつもりだ」

「とか何とか言って、あれこれ注文をつけるくせに」

「そりゃあ、少しはな。できれば、算盤勘定が活かせる仕事があればと、思うだけだ。贅沢を言う気はない」

「どうだか。市兵衛さん向きの仕事のあてが、いくつかはあるんだけどね。だけど、市兵衛さんは仕事以外でも、忙しそうだしさ。先だっての、お旗本へ婿養子に入る話とかさ」

あはっ、と市兵衛は思わず声を出して笑った。

矢藤太もにやにや笑いを、市兵衛に向けていた。

正田昌常、と言う年配の侍がいる。

仕える主を持たぬ浪人の身でありながら、幕府高官、諸大名家の重役に知己が多く、高い俸給や地位を求める旗本御家人、あるいは仕官を望む武家に、幕府高官や諸大名家の重役の間をとり持って謝礼を得ていた。

権門師とか御内談師、などと言われているそれでも生業である。

幕府高官や諸大名家の重役のみならず、正田昌常は江戸市中の大店(おおだな)の商人らにも顔が広かった。

この夏の初め、市兵衛は正田の中立(なかだち)により、新両替(しんりょうがえ)町二丁目の本両替商《近江屋(おうみや)》からある依頼を請け、それを果たした。以来、近江屋に招かれた折りに正田と何度か顔を合わせた。

正田昌常が市兵衛に、家禄五千石の旗本の家に婿養子に入る話を初めて持ちかけたのは、三月(みつき)余前の八月、中秋(ちゅうしゅう)の放生会(ほうじょうえ)の宴に、矢藤太とともに近江屋に招かれた折りだった。

矢藤太は、正田が市兵衛に持ちかけた婿養子に入る話を面白がった。

「婿養子の話は何も進んでいないし、進んだとしても、相手は五千石の旗本の一門だ。縁があれば拒(こば)む気はないが、わたしではむずかしいし、少々気も重い」

「そんなことあるもんか。市兵衛さんなら、おれと同じ男前だし、頭は切れっ切れに切れるし、剣の腕はたつし、名門旗本のお血筋だし……」

「それは人の縁だ。ひょんなきっかけから夫婦(めおと)になることもあれば、強く願っても結ばれないこともある。人の縁に従うつもりだ」

「そんな道学者みたいなことを言ってるから、いつまでも独り身なんだよ。てめえでその機会をつかもうと骨を折るから、縁が生まれるんだ。見た目は若くても、市兵衛さんもおれと同じ四十一だ。これから先、女房を持つ話はそうはないぜ。今度の話は、市兵衛さんが女房を持つ最後の機会になるかもしれないんだ。そいつをてめえで、つかみにいかなきゃあ」

「矢藤太、相わかった。機会があればちゃんとつかみにいくよ」

市兵衛は苦笑するしかない。

「よし。それでいい。婿養子だろうとなんだろうと、市兵衛さんが女房をもらう話だ。こいつは面白くなってきたぜ」

矢藤太が紅梅焼をまた、ぽきり、と鳴らしたが、そこでふと思い出したかのように、「そうそう……」と話を変えた。

「先月上旬の六日か七日、確か雨の夜ふけだ。本所の押上(おしあげ)村の十間堀(じっけんぼり)で、凄(すさ)まじい斬(き)り合いがあったそうなんだが、市兵衛さんは聞いてないかい」

市兵衛は茶を一服し、首を小さくふった。

「ひとりや二人の斬り合いじゃ、ないらしいんだ。なんでも数十人が寄って集(たか)って斬り結んで、斬られた骸(むくろ)がごろごろと転がっていたって話だ」

「斬られた骸が、ごろごろとか」

「そう聞いたぜ。場所は十間堀に架かる押上橋の畔の掛茶屋で、数十人が掛茶屋を襲ったところが、掛茶屋のほうでも数十人が待ちかまえていて、攻めるほう守るほう、双方が大乱戦になったってえのさ」

　矢藤太の口ぶりに熱がこもった。

「掛茶屋に数十人も人が入れたのか。大きな料亭のような掛茶屋だな。誰から聞いた話なのだ」

「つい先だって、押上村のさるお大名の下屋敷に、下男下女奉公を三人ばかりの斡旋を頼まれた。で、そいつを頼みにきた下屋敷勤番の納戸役のお侍から聞いたのさ。なんでも、押上村じゃあ窃な噂になっているそうだ。ただし、村役人らはその件については、一切口を噤んでいるから、本途にそんな斬り合いがあったのかただの噂話か、確かじゃないらしいけどね」

　ふうん、と市兵衛は曖昧に頷いた。

「納戸役が聞いた話では、掛茶屋を営んでいたのは中年の夫婦者で、代々続いている押上村の者ではないらしい。向島あたりへ物見遊山に出かける客目あてのちんまりした掛茶屋だから、数十人が待ちかまえていたってえのは、確かに眉唾物だけどね。その掛茶屋は今月になってとり壊され、跡形もなくなっちまったそうだ。掛茶屋を営んでいた中年夫婦には幼い二人の子供がいて、親子ともども行方知れずというか、どうやら郷里の越後へ引きあげたと言われちゃいるが、村役人が何も話さないから、親子四人がどうなっちまったのか、それもさっぱりわからないときた。とにかく、掛茶屋をとり壊したのは、斬り合いの末に、ごろごろと骸が転がるほどの死人を出した一件の所為(せい)だという噂だけは、押上村あたりでは、ひそひそと今なおささやかれているらしいのさ」

矢藤太は、湯あがりのすべすべした首筋を擦(こす)りつつ、宙へ目を泳がした。

「市兵衛さん、妙だと思わないかい。骸がごろごろと転がるほどの斬り合いがあったなら、町奉行所か陣屋の役人が出役して、亡骸(なきがら)の検視やら怪我人(けがにん)の手あてやらで、後始末だけでも大騒ぎになったはずだぜ。ところが、町奉行所も陣屋も、その一件で動いた話はまったく聞かねえってえのは、かえって妙だろう。市兵衛さんも知らなかった。うちの使用人らも聞いたことがなかった。おれもその納戸役から聞いて、にわかには信じられなかった。それじゃあ眉唾物かと言えば、そんな読売種(よみうりだね)みてえにいい加減な、骸がごろごろのでたらめ話が、押上村あたりでひと月半も厭(あ)きられもせずに、ひそひそとささやかれているってえのは、やっぱりなんかあったんだぜ。火のないところに煙はたたねえ」

「そうだな」

市兵衛は、矢藤太と同じく宙へ目を泳がせた。

「だから納戸役が、この一件は御公儀の隠密にかかり合いのある事情がからんでいるらしいと、もっともらしく言うんだよ。骸がごろごろってえのは大袈裟かも知れねえが、斬り合いがあったのは間違いねえ。やくざの喧嘩やら押しこみ強盗やら敵討ちやらなら、町奉行所や陣屋の役人が出役するはずが、町奉行所も陣屋もまったく関知してねえのは、御公儀の隠密のからみがあるからだとさ。村役人も、斬り合いがあったかなかったかじゃなくて、その一件に触れないようにしている。それは御公儀のお指図で、この一件に触れる事は一切まかりならぬと、きつくとめられているからじゃねえかってね」

「なるほど。確かにもっともらしいな」

「だろう。で、おれは納戸役からそれを聞いたとき、ふと、市兵衛さんの兄上のことが、ぱっとひらめいた。御公儀目付役の片岡さまと、片岡さま配下の隠密目付の、返弥陀ノ介とかいうあのおっかねえお侍さ。もしかしたら、押上村の斬り合いは、片岡さま率いる御公儀隠密と諸藩のどっかの大名が江戸に放った密偵らとの、戦いだったんじゃねえか。つまり、江戸に放たれた密偵らは、押上村の掛茶屋をねぐらにしていた。密偵らのねぐらを突きとめた片岡さま率いる隠密目付衆が、返弥陀ノ介を中心に掛茶屋に踏みこみ、壮絶な斬り合いの末、隠密目付との戦いに敗れた密偵のお頭とその女房は、ごろごろと転がる骸を残して江戸から逃げ出したんじゃねえか、とね」

途端、市兵衛は噴き出した。

矢藤太は、噴き出した市兵衛を意外そうに見つめたが、いい加減な噂話に夢中になっている自分に気づいたかのように、にやにや笑いになった。

「まあ、勝手な推量をするとさ」

矢藤太が言ったとき、休憩所の階段を静かにあがってくる侍が見えた。

中背痩身の若い侍だった。

階段をあがったところの板間に、履物入れの棚と衣服や所持品を仕舞う扉つきの棚が並んでいる。

侍は階段を上がると、その板間に立って、休憩所をぐるりと見廻した。

市兵衛は、階段わきの侍に手をかざした。

湯屋の男が侍に声をかけ、侍は出格子窓の市兵衛と矢藤太のほうを手で差し言葉を交わすと、湯屋の男はすぐに引きさがった。

侍は隠居らの間を縫い、窓際の市兵衛と矢藤太のそばへきた。腰の刀をはずして着座し、丁寧な辞儀を寄こした。

「宰領屋さん、おくつろぎのところ、お邪魔をいたします」

「なあに、小藤次さん。邪魔なもんですか。あっしこそ、こんな恰好で失礼しますよ。市兵衛さんがここだと、よくわかりましたね」

「はい。永富町の店がお留守でしたので、宰領屋さんかもしれないと思い訪ねますと、番頭さんに、ご主人と湯屋にいかれたとうかがいました」

「はは、そうでしたか。湯を浴びてさっぱりしたかったんで、市兵衛さんに無理矢理つき合わせたんです。今、茶を言いつけます」

「いえ、すぐに戻らねばなりません。何とぞ、おかまいなく」

小藤次は、諏訪坂の旗本千五百石の片岡家に仕える若党である。片岡家の当主は、片岡信正五十六歳。矢藤太がたった今話していた、公儀目付役筆頭を勤める市兵衛の兄である。

小藤次は市兵衛に膝を向け、早速言った。

「市兵衛さま、旦那さまのお言伝でございます」

「そうか。急ぎかい」

「急ぎではありません。今夕六ツ（午後六時頃）、旦那さまが《薄墨》にてお待ちでございます。お客さまがご同席になります」

「客が？　どういう客なのだ」

「詳しくは存じません。旦那さまは、市兵衛さまに訊かれたら津坂藩の方だと伝えよ、とのみ申されました」

「ああ、津坂藩の……」

市兵衛は、呟くように繰りかえした。

「わかった。今夕六ツ鎌倉河岸の薄墨、承知した」

では、と小藤次は刀をとってすぐに立ちあがった。

小藤次が階段を降りていくと、矢藤太がまたにやにや笑いを見せた。

「津坂藩のお客には、どなたか心あたりがあるのかい」

「ふむ。だが、その人とは違うと思う」

「津坂藩と言えば、国は越後だね。江戸屋敷は……」

「下谷の御徒町だ」

「そう、御徒町だった。藤堂家の中屋敷がご近所さんで、今のご領主は確か、鴇江伯耆守憲実さまじゃなかったかな」

「詳しいな。宰領屋は津坂藩の江戸屋敷にも、お出入りがあるのかい」

「ないけど、ちょっと市兵衛さんが気になった」

「どういうことだ。わたしの、何が気になった」

「津坂藩と聞いて、市兵衛さんの顔つきが変わったからさ」

「顔つきが変わった？　そうかな」

「変わったよ。のどかな顔つきが、妙に険しくなったぜ」

市兵衛は噴き出した。

二

夕刻七ツ半（午後五時頃）、市兵衛は永富町三丁目の安左衛門店を出た。

着古してはいても、丁寧に火熨斗をあてた栗皮色の羽織に、下は濃い鼠色の袷と黒紺無地物の小倉の細袴を着け、白足袋に上製の麻裏草履を履いた。

総髪にきゅっと絞った髷を結い、二重のきれ長の目尻はあがり気味で、鼻梁のやや高い鼻筋、真一文字に結んだ唇、いく分張った顎などが、一見、険しい顔だちながら、眉尻の少々さがった色白が、その険しさをなだめている。

それに、背は五尺七、八寸（約一七一～一七四センチ）はありそうだが、痩身の所為か、腰に佩した黒鞘の両刀がいかにも重そうで、剣術のほうはあまり強そうには見えない。通りがかりが、ふっ、と笑いかけたくなるようなあどけなさがあった。

「あら、市兵衛さん、おめかしだね。どちらへ」

路地の井戸端のおかみさんが、市兵衛の出がけに声をかけてきた。

「客がありまして、ちょいとそこまで」

市兵衛が、に、と屈託のない笑みをかえし、

「いってらっしゃい」

と、おかみさんの軽々とした声に送られ、路地の木戸を出て、永富町一丁目と三丁目の境の小路を、東方の土もの店へとった。

土もの店とは、神田青物市場の、大根牛蒡人参、甘藷里芋長芋など土物を商う問屋が店をつらねる永富町の往来のことである。

夕七ツ半のその刻限、殆どの表店は閉じてひっそりとしている。

だが、朝は夜明け前の暗いうちから、鎌倉河岸まで船で運ばれてきた土ものが、土もの店の左右にずらりとつらなる店頭の、売台や樽や籠、桶、木箱、かま

す、盥などに山積みになって並べられ、景気のいい売り声やかけ声、喧嘩のような相対の値段交渉、そこに荷車ががらがらと車輪を鳴らし、夜が明けて昼近くまで続くその喧騒は、土もの店から離れた安左衛門店にも毎朝聞こえてくる。

土もの店を南へ曲がって二町（約二一八メートル）余いき、鎌倉河岸に出た。

河岸場には空の荷船がいく艘も舫い、御濠の対岸は石垣と白壁や御城下の大名小路の壮麗な屋根や、夕方の空へ枝をのばしたお屋敷の松林が見えた。

鎌倉河岸の往来をいく人通りもまばらで、昼間ほどの賑わいではない。

御濠に舞っていた鶴が、人を恐れず往来に舞い降り、悠々と歩き廻って餌をついばんでいた。神田橋御門外のほうの西の空に、入り日がため息の出そうなほどの真っ赤な夕焼けを残していた。

市兵衛は、灌木をあしらった形ばかりの前庭の踏石を二歩三歩と踏んで、京風料理屋・薄墨の、紅花染に《うす墨》と屋号を白く染め抜いた半暖簾を、両開きに分けて格子戸をくぐった。

さほど広くはない店土間は三和土になっていて、片側が小あがりの畳敷を衝立で三席に分け、土間側は腰掛に卓を四台、四角く並べている。

その卓のひとつに、片岡家若党の小藤次と、黒羽織の見知らぬ二人の侍が腰掛にかけていた。

「市兵衛さま」

小藤次が立ちあがり、二人の侍も立って市兵衛に黙礼を寄こした。

「やあ、小藤次、これは……」

言いかけたところへ、薄墨の亭主であり料理人である静観と、以前から雇っているおくみという使用人が、調理場の暖簾を分けて市兵衛を出迎えた。

「市兵衛さん、ようおこしやす。お待ちしておりました」

「おいでなさいませ」

静観とおくみが辞儀をした。

「静観さん、今宵は世話になります」

市兵衛は、静観とおくみに会釈をかえして言った。

「殿さまもお客さまも、みなさん、お見えどす。今宵は常連さんも振りのお客さんも、どちらもお断りしておりますので、どうぞ気兼ねのう、ごゆっくりおすごしいただきますように」

静観はおくみに、「おくみはん、暖簾を仕舞うてくれるか」と指示し、おくみが軒庇(のきびさし)にかけた暖簾をはずしにいくと、どうぞ、と市兵衛を座敷へ招いた。

小藤次と黒羽織の侍の三人は、立ったまま神妙にしている。

店土間の奥に両引きの襖(ふすま)が閉(た)てられ、そこは四畳半の座敷になっている。

薄墨は、界隈の裕福なご隠居や通人の客、また表店のお店者が得意先のもてなしなどに使う少々値の張る料理屋である。それゆえ、信正の馳走(ちそう)になるのでなければ、市兵衛の暮らし向きでは、気楽に暖簾をくぐるわけにはいかなかった。

もっとも、静観の一女の佐波(さなみ)は信正の奥方に迎えられ、一昨年の春に生まれた片岡家を継ぐ三歳の信之助(しんのすけ)は、身分は違っても静観の孫であり、信正の弟である市兵衛は、静観の孫の叔父(おじ)にあたる。

言わば、市兵衛は静観の親類でもあり、静観は市兵衛から代金をとらないだろうが、だからと言って静観の好意に甘えるのははばかられた。

信正は市兵衛に用のあるとき、諏訪坂の屋敷に市兵衛を呼ぶより、薄墨に呼んで静観の料理と芳醇(ほうじゅん)な下(くだ)り酒を楽しみつつ、用を伝える場合が多かった。

特別な用のない折でも、仕事は、暮らし向きは、と弟である市兵衛の身を気にかけて、様子を訊くために呼ぶこともあった。

「殿さま、市兵衛さんがお見えどす」

静観が座敷の襖ごしに言うと、すぐに信正の声が聞こえた。

「市兵衛、きたか。入れ」

「市兵衛さん、どうぞ」

静観が襖を引き、市兵衛は佩刀をはずし、座敷にあがった。

座敷には、片岡信正の片側に二人の侍が端座し、市兵衛が、二人に相対する信正の片側に着座するのを、凝っと見守った。

信正は金茶の厚地の羽織と、下に袴も着けぬ小楢色に松葉小紋を着流した、蔵前の通人が好みそうなくつろいだ扮装だった。侍の二人は、店土間の二人と同じ黒羽織の袴姿である。

侍のひとりは六十近くの、あるいはそれ以上の年ごろに思われた。

今ひとりは二十代らしく、日に焼けた精悍な顔だちながら、ぱっちりと見開いた目が垂れ目で、侍の風貌にやわらいだ愛嬌を感じさせた。

ふと、市兵衛はこの若い侍を前に見たような気がした。

「戸田どの、笹野どの、この男がわが弟の唐木市兵衛でござる」

信正が言うと、戸田と笹野は即座に坐を引き、平身して畳に手をついた。

「戸田浅右衛門でございます。わが主君・鴇江伯耆守憲実さまより江戸家老職を拝命いたし、この霜月の十日、津坂藩江戸屋敷に着任いたしました」

「同じく、津坂藩江戸屋敷蔵方を相務めます笹野景助でございます。今宵、このように唐木市兵衛さまにお目にかかることができ、それがし、感動を覚えております。胸の高鳴りを抑えられません」

戸田浅右衛門に続いた笹野景助は、昂ぶった口ぶりだった。

市兵衛はかすかな戸惑いを覚えつつも、二人に倣って手をついた。

「唐木市兵衛でございます。主家を持たぬ浪々の身にて、渡り奉公を生業にいたしております。兄の使いの者より、本日、津坂藩のどなたかがご同席なさると聞き、言葉につくせぬ感慨に胸がつまりました。津坂藩小姓番の真野文蔵どのとは、わずか半日ほどの所縁でございました。しかし、人と人の所縁はときの長さでは計り知れぬと、あの半日で思い知りました。あののち、真野文蔵どの、お内儀の昌どの、幼い子のお里、そして鴇江憲吾さま、みな様が無事津坂領へ戻られたと兄より知らされ、安堵いたしておりました」

「おお、そのように、真野文蔵とみなの者を気にかけてくだされ、ありがとうございます。鴇江家お世継ぎ憲吾さまも、お健やかにて……」

戸田はそこまで言って涙に咽び、あとの言葉が続かなかった。

隣の笹野が手をついた恰好のまま、涙を堪えていた。

「戸田どの、笹野どの、畏まった挨拶はそれまでにして、手をあげてくだされ。畏まっておられては、話がしづらい。まずは、薄墨の料理と酒を楽しもうではござらぬか」

信正が言った。

「市兵衛も手をあげよ。せっかくの料理と酒が始まらぬ。義父どのも困っておられる。若い侍衆も、腹を空かして待っておるだろう。義父どの、そろそろ料理と酒を頼む」

「承知いたしました。お料理をお運びいたす前に今宵のお献立を申しますと、一の膳に寒鰤の湯引きに煮蛤の壺、お鱠は赤貝の細作りと鮒の焼頭おろしにわさびと九年母の煎酒あえ、お汁は浅利と干葉のおすまし、お造りは鯛でございます。煮物のお鉢は雁のたたきを丸めたものに、くわい、麩、かわたけを甘煮にいたしました。二の膳は……」

と、静観がひと通り献立を簡単に言い添えて調理場へ退ると、まずはほどよい燗酒の香りが漂う提子と吸い物が運ばれ、膳が始まった。

店土間の若い侍衆らも、早速始めている気配である。

折りしも、夕六ツを報せる本石町の時の鐘が、江戸の町に響きわたった。

「市兵衛、戸田どのと笹野どのが諏訪坂のわが屋敷に、昨日、訪ねてこられた。戸田どのが津坂藩の江戸家老職に就かれることは、内々に知らせが入っていたゆえ、訪ねてこられるのではと思っていたのだがな」

杯を悠々とあげつつ、信正が言った。

「この度の一件については、押上村では窃な噂になっておるようだが、御公儀は表沙汰にはしていない。それは上様もご承知である。上様は鴇江家のお家騒動については鴇江家に任せ、触れずともよいと、そういう御意向だ」

戸田が杯を手にして黙然と頷き、笹野はまだ乾いていない涙を指先でぬぐい、殊勝な素ぶりでやはり黙然と頷いた。

「昨日、戸田どのと笹野どのが訪ねて見えられ、鴇江伯耆守さまより弥陀ノ介の見舞金、落命した達吉郎の家に弔慰金が届けられ、わたしが双方に代わって受けとった。それでな、市兵衛、この度の件でわれらにも鴇江家より礼の品を数々いただいたのだ。市兵衛の分もわが家にて預かっておるゆえ、荷車を雇って引きとりにこねばならぬぞ」

あはは……

と、信正は戯れて言った。

「片岡さま、唐木さま、お二方は幕府の御用をお務めになられながら、お二方の御用の役目ではできぬご助力によって、津坂藩鴇江家は改易をまぬがれた、と申しても過言ではございません」

戸田の言葉に隣の笹野が、二度も三度も頷いた。

「真野文蔵より、唐木市兵衛どのが押上村において、御公儀の御用にはあらず、おのれの利にもあらず、ただ武士の信義ひとつによって凄まじいお働きをなされ、真野文蔵、妻昌、娘里、のみならず、鴇江家お世継ぎの憲吾さまのお命をお守りいただいた子細を聞き、人にそのようなことができるのか、絵空事ではないのかと、にわかには信じられなかった。それほどの驚きでございました」

戸田が言い、笹野が続いた。

「唐木さま、わたくしはあの夜、丹波久重と仲間の者らを追って押上村へいったのです。わたくしは押上橋までいき、見知らぬひとりの百姓風体の者が、丹波久重の一味と火花を散らして斬り結んでいる場を目のあたりにして、驚き、それ以上に胸を打たれました。あのときわたくしは、真野文蔵どのに、お世継ぎの憲吾さまに、天がお味方していると思ったのです。あのときわたくしは、初めておのれを捨てる覚悟ができました。あの姿に勇気づけられ、怯えもためらいも忘れ、押上橋の袂で短銃を手にしていた丹波久重に、斬りかかりました」

「ああ、あれは笹野どのでしたか。丹波久重の短銃に狙われているのはわかっておりましたが、防ぐ手だてがなかったのです。あのとき、笹野どのが丹波久重に斬りかかられたお陰で、わたしは銃撃をまぬがれました。しかし、笹野どのが代わりに撃たれた」

「はい。玉はここをかすめただけでした。まさに、天が味方をしていたのです」

笹野は首筋に残る銃創を、指先でなぞって見せた。

「唐木さまは、押上橋から逃走を図った丹波久重を、たったひとりで追われました。真野文蔵どのに、丹波久重は自分が追う、憲吾さまをお守りするようにと、唐木さまは申された。わたくしは、真野どのとともに憲吾さまをお守りし、丹波久重は天の手に委ねればよいと、そう思っておりました。しかし、のちに真野文蔵どのより、あの天の味方は唐木市兵衛さまと申され、御公儀御目付役の片岡さまのご舎弟にて、御公儀の御用を請けられたにもかかわらず、ご自分の武士の信義に従うのみにてご助勢くだされたと教えられ、感動と同時に、激しい後悔に捉えられたのです。あのとき、唐木さまとともに、わたくしも丹波久重を追うべきであったと、それが武士の信義ではないのかと、悔やまれたのです。今宵、唐木さまにお会いいたし、それをお伝えしたかったのです」

「笹野どの。あれでよかったのです。わたしは浪々の身ですが、ゆえあって兄より御用を請けました。請けた御用を果たすため、丹波久重を追ったのです。それが渡り者の生業なのです。押上村の一件が、兄より請けた御用と違っているところは、ただ一点。真野文蔵どのは、深手を負い十間堀に浮いていたわが友の返弥陀ノ介の命を救ってくだされた。真野文蔵どのは、わが友の命の恩人なのです。よって、わたしは真野文蔵どのがわが友になされた同じ事をしたまでにて、違いはそれだけです」

すると、戸田が言った。

「いや、それだけではござらぬ。真野より聞いたあの夜の一件は、それだけでは明らかにはなりません。唐木さまの為されたことは、われら凡庸な者には知り得ぬ人の技を超えた、笹野の申した通り、天のふる舞いであったと、思わざるを得ません」

信正が市兵衛に向き、破顔微笑した。

「わたしは、弥陀ノ介が真野文蔵どのに命を救われたことを言うたのだ。弥陀ノ介はわれら一族も同然。よって、押上村の一件は御公儀が表沙汰にはしておらぬゆえ、市兵衛にはわたしのほうからお気持ちを伝えておくとな。だが、戸田どのと笹野どのは、どうしても市兵衛に会って、直に押上村の一件の礼を言いたいと強く望まれた。そこまで望まれるならと、この薄墨にて京料理と酒を楽しむ内輪の酒盛りに、戸田どのと笹野どのをお招きいたすという体裁にした。内輪の酒盛りゆえ、わたしもこの通り、着流しでお許し願った。市兵衛、着流しは楽でよいな。わが屋敷の茶の間にいるくつろいだ気分だ」

「はい。兄上はそのようなくつろいだお顔をなさっておられます」

「そうか。気分だけではなく、顔もくつろいでおるか」

そこで四人は、酒盛りらしく賑やかに笑った。

三

それは先月の十月の上旬、終日降り続いた秋の時雨がようやく止んで、弦月が南の空に冴え冴えとかかった夜ふけであった。

越後津坂領より江戸へきた、丹波久重率いる配下九人の総勢十名の一党が、牛島(じま)の十間堀に架かる押上橋畔の小さな茶店を襲撃した。

一党は、津坂藩士の間では《裏横目(うらよこめ)》と知られ、丹波久重を頭とし、みな命知らずの無頼な者らばかりが徒党を組んだ集団だった。

ただし、裏横目は津坂藩の役目にはなく、丹波久重とその一党は、藩内のある勢力に使われている隠密、すなわち影の者であった。

襲われた茶店を営んでいたのは、押上村の清七(せいしち)おさん夫婦で、夫婦には十歳の倅の文吉(ぶんきち)と五歳の娘のお里がいて、親子四人暮らしであった。

しかしながら、丹波久重と配下の九人が、一家四人の茶店に仕かけたその夜ふけの襲撃は、失敗に帰した。

配下の九人はことごとく討ちとられ、もはや助からぬ虫の息の者、すでに絶命した者が茶店の内と外に無残に転がり、向島へ逃れた頭の丹波久重も、曳舟川(ひきふねがわ)の土手道で討たれ、亡骸を月下に曝した。

ところが、押上橋の畔にぽつんと一軒ひっそりと建つ小さな茶店で、その夜ふけに起こった壮絶な襲撃事件は、江戸の町奉行所にも、勘定所支配の陣屋にも通報されず、顚末(てんまつ)は表沙汰にはされなかった。

すなわち、襲撃事件の調べは、町奉行所でも陣屋でも行われなかった。

なぜなら、襲撃のあった当夜、知らせを受けて急遽出動した御公儀目付・片岡信正の指揮の下、配下の隠密目付衆によって、その夜のうちにすべての始末がつけられたからである。

押上村の住人の中には、押上橋の畔で夜ふけに起こった茶店襲撃事件に気づいた者もいて、村内の噂にはなった。襲撃事件のあと、茶店を営んでいた清七とおさん夫婦は茶店を閉じ、倅の文吉と娘のお里ともども、夫婦の生国である越後の津坂へ帰郷したらしい、という噂も聞かれた。

だが、それらの噂について、村役人が一切口を噤んだため、読売種にすらならず、江戸市中の噂にのぼることもなかった。

襲撃事件のあった同じころ、蔵前通り駒形町の、《唐物　紅毛物品々　御眼鏡処　都屋》の向島の寮に、秋の中旬ごろより逗留していた絵師・鈴木円乗と門弟十数名が、忽然と姿を消した出来事があった。

ただ、これについては、絵師・鈴木円乗が奇矯なふる舞いをしばしばするらしく、円乗ならば突飛で胡乱な行動は考えられなくもないということで、わからず仕舞いのまま忘れ去られた。

しかし、そのおよそ十日後、越後の津坂藩に大きな騒動が起こった。

十年前に生まれてすぐに亡くなったと思われていた、津坂藩主・鴇江伯耆守憲実の嫡子である鴇江憲吾が、じつは亡くなってはおらず、江戸にて生き延び、すでに十歳の男子に成長していた。

世継ぎ松之丞重和亡きあとの世継ぎとして、この度、無事に津坂城に迎えられた、という《触れ》が家中に廻されたのだった。

家中に《触れ》が廻されたその日、主君の鴇江憲実が、蟄居の身であった年寄・戸田浅右衛門の蟄居を解いて登城を命じ、国家老、年寄役のほかの四人、側用人が居並ぶ中、戸田浅右衛門を国家老補佐の臨時役に任じ、藩政改革を断行する最高の権限を、直々に与えた。

そして、その十月下旬、津坂湊の廻船問屋仲間を差配する廻船問屋の《香住屋》に、津坂藩目付衆の詮議の手が入った。

目付衆の厳しい詮議によって、主人の香住善四郎が《裏横目》なる胡乱なる集団を、津坂湊の番人と偽り称して影の手先に雇い入れ、数々の悪事を働いた事実が露顕したのだった。

香住屋はその罪によりとり潰しのうえ、香住善四郎は領国追放となった。

同時に、香住善四郎より長年多額の賂を受け、香住屋に数々の便宜を図って藩に損失を与えたとして、年寄・小木曽勝之ら四人の重役、並びに、主君の鴇江伯耆守憲実の側用人・村井三厳が役目を解かれ、それぞれの家は改易となった。

一方、江戸では、北町奉行より町奉行支配の老中、大目付とへて、越後津坂藩に対し、先般、深川上元町の薬種店《俵屋》の主人・貫平が、津坂藩の《裏横目》なる影の者の集団に襲われ深手を負い、今なお生死定かならぬ一件について、子細の説明を厳しく求めた。

津坂藩江戸家老・聖願寺豊岳は、大目付より遣わされた幕府目付に対し、裏横目なるそのような役目は津坂藩にはなく、俵屋主人の貫平襲撃は、裏横目と勝手に名乗る不逞の輩による、金品を狙った狼藉に相違ない。

即刻、江戸屋敷のみならず、領国において厳格にとり調べ、報告する旨の弁明に相務めていた。

ところが、その報告がなされる前に、江戸家老・聖願寺豊岳が、江戸屋敷内に構えた門つきの居宅において、数名の賊に襲われ落命したのだった。

そのときたまたま、聖願寺の居宅を訪ねていた駒形町の《都屋》の主人・丹次郎が居合わせ、ともに斬られるという災難に遭った。

江戸家老・聖願寺豊岳が、江戸屋敷において賊に襲われ、たまたまその場に居合わせた駒形町の都屋の主人・丹次郎ともども斬られ落命した知らせは、早馬により数日後、津坂藩にもたらされた。

　聖願寺豊岳落命の知らせが届くまで、家中では、世継ぎが帰城しやっと国が変わる、と声高に言う藩士のいる一方で、これから津坂藩に何が起こってもおかしくないと悲観する者など、家臣らの間に歓喜と動揺が渦巻いていた。

　しかし、それに対し、江戸家老・聖願寺豊岳を領袖とする聖願寺派の巻きかえしが今に始まるに違いない、そうなるともっと恐ろしい事態になりかねない、と家中の形勢を、息をひそめて見守る家臣らも多数いた。

　そこへもたらされた聖願寺豊岳の落命の知らせは、家中の形勢を決した。

　家中の聖願寺派は急速に勢いを失い、勢いを得た改革派は、主君・鴇江憲実の上意を請け国家老補佐役に就いた戸田浅右衛門が指揮し、藩政改革を一気に推し進め、津坂藩内は改革の荒療治と粛清の嵐が吹き荒れた。

　それが、十月下旬から十一月上旬にかけて、津坂領内で次々に起こった一連のお家騒動だった。

　ただし、津坂湊の廻船問屋仲間が、交易相手の若狭長浜湊の廻船問屋・《武井》との間で、長年、不正な商売が行われていた疑いが浮上したにもかかわらず、それを厳しく追及することは、こののちの藩の台所勘定に悪影響をおよぼす恐れありという判断に基づき、その詮議は半ばで打ちきられたが。

「十一月になって、わたくしは、臨時に就いていた国家老補佐役を退き、聖願寺豊岳亡きあとの江戸家老に任じられました。殿さまに命じられました役目は、第一に、鴇江憲吾さまを鴇江家のお世継ぎと幕府に届けを出し、第二に、津坂領内では改革が進んでおりますものの、江戸においては聖願寺豊岳が家老職に就いていたときの、改革が進まぬままの現状が変わらず、わたくしが指揮をとって改革を推し進めることでございます」

薄墨の料理と酒が進みながらも、戸田は真顔を殆どゆるめずに続けた。

「憲吾さまのお世継ぎの届けがすでに出され、幕府は受理しておりますゆえ、あとは、江戸屋敷のご改革を着々と進めておられるのですな」

信正が戸田を気遣って言った。

「ありがたいことに、お世継ぎさまの届けは無事に果たせました。ですが、改革のほうは着々というわけには参りません。国元と違い、こちらの望むようには進まず、慣例ひとつ変えるにしても、何ゆえにと問いかえされ、云々(しかじか)の障(さわ)りが生じてしまうと伝えると、それでは新たに云々の障りが生じますと言いかえされ、殿さまのご命令だと、頭ごなしに命ずるしかございません。つくづく人を動かすことは、むずかしいと思い知らされております」

「聖願寺豊岳亡きあとも、そうなのですか」

「はい。聖願寺の指図により政を営んできた、それを変えることに抵抗があるのです。領国が豊かになったのは聖願寺どのの手腕であったと申す者が、領国にも江戸屋敷にもまだまだ多く残っております。しかし、豊かには見えても、富んだ者がより富み、貧しき者がとり残されたままでは、正しき政とは申せません。どういう手だてであれ、先に富む者がおれば、先に富んだ者のこぼれ物が、今に富まぬ者にもゆきわたるではないか、というのでは道理にはずれておりますす。とは申しましても、道理を通すのはむずかしい」

　戸田は杯をあげ、自嘲するように顔つきをやっとゆるめた。

「江戸屋敷には、ご正室の蘭の方がおられますね。ご正室は聖願寺豊岳どのとの結びつきが強かったと、真野文蔵どのにうかがいました。このたびの一件があっても、ご正室の処遇はこれまで通りに……」

　と、市兵衛は訊ねた。

「それにつきましては、殿さまも苦慮なされておられるのです。唐木さまの申された通り、ご正室は聖願寺どの亡きあとも、これまでと変わらぬおふる舞いにて、われらの推し進める改革にも口出しなされ、のみならず、藩政の改革に異を唱える者らが、お見舞いと称してご正室に近づき、ご正室の内々の指図すら受けているとの話ももれ聞こえておるのです。ご正室のご機嫌を損なわぬよう、わたくしがそれとなくお控(ひか)えくだされと申しましても、ずっとお顔をそむけられたまま、ひと言もお応えになられません。おまえのような老いぼれの田舎(いなか)侍など、顔も見とうない、というご様子でござる」

あはは……

信正は笑ったが、すぐに真顔に戻した。

「江戸家老の戸田どのにそれでは、まことに気のお強い奥方さまのようだ。奥方さまは、京の烏丸(からすま)の朱雀(すざく)家が、ご実家でございましたな」

「さようです。朱雀家は若狭の長浜湊とその周辺に采地(さいち)があって、長浜湊の廻船問屋と津坂湊の廻船問屋は、古(いにしえ)より北国(ほっこく)航路の交易相手でございました。津坂湊の廻船問屋仲間の行事役であった香住屋は、先代の重右衛門(じゅうえもん)の代に、長浜湊の廻船問屋仲間を差配する武井左太次郎(さたじろう)との交易量が、大きく膨(ふく)らんだのです。それ以来、香住屋と武井は因縁を深め、殿さまが朱雀家よりご正室をお迎えなされたのも、両廻船問屋の強い働きかけがあったからでござる」

「聖願寺どのも、朱雀家よりのお輿入れに、だいぶ熱心だったと、聞き及んでおりましたが」

「よくお調べのご様子、畏れ入ります。蘭の方が朱雀家よりご正室に入られたのは、聖願寺どのが三十かそこらのころでございました。聖願寺どのが江戸家老職に任じられたのは二十五歳の若さにて、切れ者と評判でございました。そのころから、香住屋と武井の交易量も膨大になっていったのでございます」

戸田は酒を含み、ひと呼吸をおいた。

「この度の裏横目の一件で、香住屋のとり潰しが決まり、藩の勘定方が香住屋に乗りこんで商いの収支勘定書を調べましたところ、武井相手の交易に不明な勘定が多々見つかりましてな。香住屋の奉公人らに訊きとりをいたしましたところ、不明な勘定の流れが、武井から朱雀家、朱雀家から御用達商人の都屋を通して、都屋の江戸店へと通じておるのが疑われたのでござる。勘定方が、都屋の江戸店の帳簿と照らし合わせれば明白になると申しました。ですが、殿さまのお許しを得て、それ以上は詮索せぬことにいたしました。江戸家老の聖願寺どのが、その勘定の流れを知らなかったはずがござらん。廻船問屋の武井も御用達の都屋も、ご正室のご実家の朱雀家もでござる。殿さまも申されました。これまでのことはいたし方なし、それ以上は触れずともよいと。津坂湊と長浜湊の交易はこののちも続きますし、廻船交易の儲けは藩の台所勘定にも、かかり合いがござる。また、朱雀家がご正室のご実家であることに、変わりはないのですから」

そのとき、笹野景助が言わずにおれぬという態で口を挟んだ。

「戸田さま、香住屋の調べの手ぬるさは、せっかくのご改革に水を差すのではないかと、不平を申す者もおります」

「わかっておる。殿さまもご承知だ。しかし、お家の事情がある」

「ですが、聖願寺家と香住屋のかかり合いを不問にしたままでは、聖願寺一派はこれまでの勢力を保ったまま、こののちも家中に残ります。聖願寺派はご長男の聖願寺豊之進どのを一派の領袖にたて、巻きかえしの機をうかがっていると、早くも聞こえております」

「笹野、すべてを性急に明らかにすると、疵つく者が多く、その反動も大きい。今はできることから少しずつ、進めていくしかないのだ。われらは殿さまにお仕えする侍だ。侍の本分をつくすのみぞ」

笹野は不満そうに黙って、勢いよく杯をあおった。

店土間の小藤次と供の二人の笑い声が、またあがった。

「片岡さま、唐木さま、お恥ずかしい次第です。できることから少しずつというのは、都合の悪いことは触れずにしておく、ということなのです。若い者が、それでいいのかと、不満に思うのは当然です。しかし、これがわがお家の、今の実情でござる。

「ご心配なく。何とぞご内分にお願いいたします」

「ご心配なく。内輪の酒盛りなのです。それがしと市兵衛しかおりません」

信正が頰笑んで言った。

ふと、市兵衛は戸田に訊ねた。

「戸田さま。ご正室には、姫君がお二方おられましたね。今はどのように……」

「お二方とも、屋敷奥にてお引きこもりになられ、殆ど出てこられません。わたくしも、着任した折りに一度ご挨拶いたしたのみでござる」

「姫君に罪はないのに、お世継ぎの憲吾さま同様、幼くしてお家騒動に巻きこまれました。まことにお気の毒です」

戸田は、ふむ、と物思わしげにうなずいた。

そして、一杯の酒を呑み乾してから言い始めた。

「ご正室の鴇江家お輿入れは、文化九年（一八一二）でござる。十一年（一八一四）に、真木姫がご誕生になられ、文化十三年（一八一六）、沙紀姫がお生まれになられました。思いますに、ご正室にお世継ぎとなる男子がお生まれであったなら、津坂藩はこのような事態にはなっていなかった。ではどうなっていたかと、定かには申せませんが、ご正室のお輿入れより十数年のこの年月、ときは今少し穏やかに流れ、命を失わずともよい者、疵つかずともよい者を出さなかったことは、間違いござらん」

四

主君の鴇江憲実の一子・憲吾は、およそ十年前の文化十三年の正月、憲実の側室・阿木の方が出産し、鴇江家にはほかに男子がおらぬため、鴇江家の嫡子になるはずであった。

しかし、その晩春三月、峠伸六なる番方の侍が、側室に入る前の阿木の方の許嫁であった自分は裏切られたという遺恨を抱き、殿中において阿木の方と生まれて間もない和子さまに刃を向け、殺害する事件が起こった。

峠伸六は、阿木の方と和子さまを亡き者にすると、殿中よりなぜか易々と逃走して、津坂城下からも行方をくらました。

家中では、事件は峠伸六が歪んだ遺恨にかられ凶行におよんだ、と表向きには言われていた。

けれどもその裏では、側室の阿木の方が産んだお世継ぎを邪魔に思う家中のある勢力が、峠伸六の歪んだ遺恨を口実にして、じつはお世継ぎの殺害を目論んだと、まことしやかな噂がささやかれていた。

むしろ、家中の多くの者は、表向きに言われている峠伸六の歪んだ遺恨というのは信じず、裏でささやかれている噂こそが真実であろうと思っていた。

越後津坂領の藩主・鴇江伯耆守憲実は、鴇江本家に男子がおらず、文化七年（一八一〇）に分家より本家へ養子に入り、鴇江家を継いだ二十二歳の若い主君であった。

津坂藩の政は、国元に国家老、江戸に江戸家老がいて、その下に五人の年寄役がおかれ、その七名の重役らの合議によってとり行われていた。

重役らはみな津坂藩代々の旧臣らで、分家より本家へ養子に入り、旧臣らの後ろ盾が殆どない若い主君の憲実には、重役らがとり行う藩政に口を挟む余地はないも同然だった。

憲実が津坂藩主に就いたとき、国家老は四十をすぎていた吉風三郎次郎、江戸家老は三十歳の、俊英、切れ者と言われていた聖願寺豊岳であった。

しかも、津坂藩内には、その江戸家老・聖願寺豊岳を領袖とする聖願寺派が大きな勢力を有し、重役の五人の年寄も、四人が聖願寺派であった。

国家老の吉風三郎次郎は、自分の意見や考え、藩政への見識が乏しく、年寄らの大勢に、決して異議を差し挟まなかった。

すなわち、五人の年寄のうちの四人は、藩の政を決する合議では、常に江戸家老・聖願寺豊岳の意向に添って臨み、国家老の吉風三郎次郎は、ただ、

「それで、よろしかろう」

と、必ず了承したため、津坂藩の政は、実情において江戸家老の聖願寺豊岳が動かしていたと言ってよかった。

代々の旧臣とは言え一家臣にすぎない聖願寺豊岳が、家中でそれほどの力を持ちえたのは、津坂湊の廻船問屋仲間を差配する行事役・香住屋の重右衛門が、聖願寺豊岳の後ろ盾についていたからである。

切れ者と言われた聖願寺豊岳は、廻船問屋香住屋の重右衛門と結び、香住屋の

重右衛門を、藩命と称して津坂湊の廻船問屋仲間を差配する行事役（ぎょうじやく）に押し、香住屋に北国航路の廻船交易の便宜を様々に図っていた。

それによって、香住屋の重右衛門は莫大（ばくだい）な富を築き、その見かえりに、香住屋の財力が聖願寺豊岳の権勢を支えていたのである。

文化九年、鴇江憲実の正室となった蘭の方は、江戸屋敷において、真木姫と沙紀姫を産んだが、世継ぎとなる男子は生まれなかった。

聖願寺豊岳が、蘭の方の生家・朱雀家の遠縁にあたる大友家（おおともけ）の、松之丞重和を真木姫の婿養子として鴇江家に迎え、鴇江家の世継ぎにたてる方策を公言し始めたのは、そのころからだった。

その方策は、聖願寺豊岳の聖願寺派と正室・蘭の方が結び、力のない現主君が退いたのちも、鴇江家の世継ぎを擁（よう）して、鴇江家の実権を掌握する目論見（もくろみ）ではないかと、家中の多くの反発を生んだ。

しかし、聖願寺派に与（くみ）する藩士らの支持と、廻船問屋香住屋の財力の支援を得て、聖願寺豊岳は着々とその方策を推し進めていた。

文化十三年の阿木の方と和子さま殺害事件の数年前より、越後諸藩では、天候不順や災害が重なり、どの領国も米の不作に見舞われていた。

津坂藩も農村の米の不作は深刻で、領内は著しい米不足に陥っていた。

にもかかわらず、藩はこれまでの政を改めず、年貢のとりたてをいっそう厳しくし、年貢米の藩外への流出も抑えなかった。

また、城下の米問屋が買い占めた藩米が、津坂湊より廻船問屋の交易目あてに搬出されることにも、廻船問屋の交易が活発になることは、行く行くは領民の暮らしを潤すという名分をかかげ、それも許した。

年貢の苛斂に耐えかねた農村で、愁訴や強訴、一揆が起こり、津坂城下でも、米を求めて町民の米問屋の打ち毀しが頻発したが、藩は百姓どもも町民どもの無法は断じて許さぬと、厳しい弾圧を加えた。

しかし、米不足は家中の禄の低い多くの藩士らの暮らしをも脅かし、聖願寺派が牛耳る藩政に不平不満を抱いた藩士らは、藩政を改めるべしと、異議を唱える動きを活発にし始めていた。

聖願寺豊岳の指図で、のちに《裏横目》と呼ばれ恐れられる丹波久重率いるあらくれの集団を、聖願寺派の重役らが隠密に雇い入れたのは、頻発する百姓一揆や津坂城下の米問屋打ち毀しを鎮圧するためだった。

丹波久重率いる集団は、農村の一揆や米問屋打ち毀しに駆り出され、容赦なく掃討(そうとう)し、多くの死者を出した。
そののち、藩政改革を求める家禄の低い藩士らを中心にした一派が、聖願寺派へ異議を唱え聖願寺派との対立が激しくなってきたとき、裏横目が差し向けられ、反聖願寺派の藩士らを藩命と称して誅殺(ちゆうさつ)する事件が、次々に起こった。

裏横目は藩の役ではなく、元は浪人者の丹波久重が、博徒(ばくと)ややくざ、ねぐら定めぬ風来坊、破戒僧など、命の軽い者らを集め、香住屋の重右衛門に雇われた津坂湊の番人だった。

その番人らを百姓一揆や米問屋打ち毀しの鎮圧、また藩政改革を求める反聖願寺派の一掃にも、影の者として使うことを、香住屋の重右衛門が聖願寺豊岳に提言したのだった。

側室・阿木の方と、阿木の方が正月に産んだばかりの、鴇江家の嫡子となる和子が、殿中において番方の峠伸六に襲われる事件があってから、藩政改革を目指す反聖願寺派は勢いを失い、一方の江戸家老・聖願寺豊岳の権勢は、いっそうゆるぎないものとなった。

同じ文化十三年の秋、京の大友家の松之丞重和と鴇江家の真木姫の婚礼が、津坂藩の江戸屋敷にてとり行われ、松之丞重和は婿養子として鴇江家に入り、鴇江憲実の世継ぎとして幕府に届けが出された。

このとき、松之丞重和九歳、真木姫は三歳であった。

それからおよそ、十年がすぎた。

文政八年の秋の初め、鴇江家の世継ぎに決まっていた鴇江松之丞重和が、下谷御徒町の江戸屋敷において、松之丞の小姓衆の桐沢兵之助(きりさわひょうのすけ)に斬られて落命し、桐沢自身もその場で自害して果てた。

桐沢兵之助は、小姓役を務める松之丞重和の度重なる暴言や横暴なふる舞いに堪えかね、刃傷(にんじょう)におよんだのだった。

江戸家老の聖願寺豊岳は、桐沢兵之助刃傷による松之丞重和落命を表沙汰にすることを禁じ、松之丞重和の病死を幕府に届けた。

一方で、桐沢兵之助の亡骸(なきがら)は死体捨て場に打ち捨てよと命じていた。

だが、傍輩(ほうばい)らは桐沢兵之助の亡骸を窃に荼毘(だび)に付して埋葬した。

桐沢兵之助の無念の死が、津坂領の桐沢家に伝えられるよりも早く、松之丞重和の刃傷により落命の知らせは津坂城下に知れわたって、その知らせを機に、家中には聖願寺豊岳への反発が、十年前のように渦巻き始めていた。

十年前、阿木の方と嫡子殺害事件ののち、影をひそめた反聖願寺の声、藩の政を動かしてきた不平不満の声が、十年の年月をへて、再び家中の下級藩士らを中心に、彼方此方であがったのだった。

そして、主君の鴇江憲実が聖願寺豊岳の建言を受け入れず却けたことが、家中の聖願寺派への反発や藩政改革を求める声を、公然とあと押しすることになった。

少なくともこの十年、主君の鴇江憲実が聖願寺豊岳の建言を却けたことは一度もなかった。それを却けることは、五人の年寄、国家老、江戸家老の重役の合議による政を主君が受け入れない、ということであった。

聖願寺豊岳の建言は、世継ぎ松之丞重和が急逝した今、幕府に新たな世継ぎを届ける必要があり、正室・蘭の方の次女の沙紀姫に婿養子を迎え、婿を世継ぎにたてるというものであった。婿養子の候補もあげてあった。

聖願寺豊岳のこのあからさまな建言に、国元の重役らもためらったが、聖願寺どのが要請しておられるのだから、と重役らの合議のうえ、これまでの通りに主君の裁可を求めた。

ところが、鴇江憲実は裁可をしなかった。

「世継ぎについては、急がずともよい。わたしに考えがある」

と臨席の座を立ち、それ以後、重役らの要請に応ずることはなかった。

主君・鴇江憲実の言葉はたちまち家中に知れわたった。

聖願寺豊岳の動かす政に異議を唱え、藩政改革を求める藩士らは、重役の中で唯一、聖願寺豊岳の政を鋭く批判してきた年寄役の戸田浅右衛門の下に結集し、聖願寺派に対抗する勢力は次第に広がりつつあった。

それとともに、主君・鴇江憲実が、世継ぎについて考えがある、と言ったのは、十年前、側室の阿木の方とともに殺害された和子が、じつは江戸のどこかに生きて匿われており、その和子を津坂に帰還させ、鴇江家の嫡子に擁立する御存念なのだと、まことしやかな説がとり沙汰された。

ほかにも、お世継ぎさまが十年前の仇を晴らしに津坂城に乗りこんでくる、という仇討ちじみた噂話が、津坂城下では語られたりもした。

丹波久重とあらくれの配下の《裏横目》総勢十二名が、津坂城下を窃に発ったのは八月の上旬だった。

鈴本円乗と名乗る奥羽南部の絵師と十一名の門弟が、向島の寺島村、百花園の近所にある《唐物　紅毛物品々　御眼鏡処》の渡来物を商う都屋の寮に逗留を始めたのは、同じ八月の中旬だった。

円乗は六十すぎの長身痩軀に十徳を着け、剃髪した頭に焙烙頭巾をかぶり、長い杖を頼りに、絵心を動かす画題を求めて、向島の野や江戸市中への気ままな散策を始めた。

渡来物を商う都屋は、浅草蔵前通りの駒形町に表店を構えている。

本店は京の烏丸にあって、駒形町の店は江戸店である。

京の都屋は烏丸の朱雀家に出入りする御用達で、文化九年、朱雀家の蘭姫が津坂藩鴇江家に輿入れし、津坂藩の江戸屋敷にご正室として暮らし始めてからは、江戸店の都屋もご正室の御用達となり、江戸屋敷への出入りが許された。

鈴本円乗と門弟らが、向島の都屋の寮に逗留を始めてから一ヵ月と二十日余がたった十月上旬の弦月の夜、十間堀に架かる押上橋の畔の茶店を、丹波久重率いる裏横目の一党が襲撃した。

五

翌朝、宰領屋の小僧の六助が、永富町三丁目の市兵衛の店に顔を出した。

「ごめんなさ～い。市兵衛さん、いらっしゃいますか。宰領屋で～す。うちの旦那の託けで参りました。宰領屋で～す」

六助は、表戸の腰高障子を引き、土間続きの寄付きから間仕切が開いた奥の台所の板間のほうを見て、甲高い声をかけた。

ややあって、「おう」と市兵衛の声が天井のほうで聞こえ、寄付きの壁側の段梯子を鳴らして、尻端折りにした市兵衛が寄付きに降りてきた。

「洗濯物を干してた」

市兵衛は、段梯子をみしみしと撓らせながら言った。

「へい。日に日に寒さは募りますが、ここのところ、良い天気が続きます」

「矢藤太の託けかい。あがるかい」

市兵衛は寄付きに立って、尻端折りの裾をなおした。

「いえ。うちの旦那が、すぐにおいで願いたいと、お待ちです。先ほど、急な仕事が入りました。お願いいたします」

六助は腰高障子の戸口から、顔をのぞかせた恰好で言った。

「そうか。どういう仕事なのだ」

「詳しくは存じません。先ほどお武家さんが、奉公人をお探しでお見えになりまして、旦那が市兵衛さんにきてもらうようにって……」

「わかった。矢藤太にすぐいくと伝えてくれ」

お待ちしておりま～す、と六助はどぶ板を鳴らして駆け戻っていった。

武家の仕事を請けるのは夏以来だなと考えつつ、着物を着替え、袴を着けて二刀を帯び、念のために羽織を羽織った。

三河町三丁目の《宰領屋》の表戸を引くと、昨夜、若党の小藤次と薄墨の店土間にいた、戸田浅右衛門の二人の供侍と目が合った。

昨夜と同じ黒羽織の二人は、まだ求人客でざわついている店土間の一角に控えるように佇み、市兵衛に丁寧な辞儀を寄こした。

先ほど市兵衛を呼びにきた小僧が、帳場格子の番頭に何かを言いつけられていた。市兵衛を見つけた小僧は、

「おいでなさい」

と寄こし、帳場格子のある部屋の隣の部屋へ声をかけた。

「旦那さん、市兵衛さんがお見えで～す」

店の間を隔てて、間仕切の腰付障子を閉てた矢藤太の接客用の部屋がある。矢藤太が顔を出し、

「市兵衛さん、こっちこっち。お客さまがお待ちだよ」

と、店土間の市兵衛を手招いた。

矢藤太の部屋は、桐の長火鉢に炭火が熾って暖かく、五徳には鉄瓶がかかっている。請け人宿の早朝の忙しい刻限はもうすぎていて、店の間や前土間のざわめきはさほど気にならない。

戸田浅右衛門が、長火鉢から離れた部屋の中ほどに端座していた。

市兵衛が部屋に入って対座すると、昨夜と何ひとつ変わらぬ態で手をついた。

「昨夜は馳走に相なり、ありがとうございました。片岡さま、唐木さまにお気遣いいただき、まことによきときをすごさせていただきました」

「いいえ。わたしも兄に呼ばれた身にて……」

と、市兵衛も手をついて辞儀をした。

「片岡さまと唐木さま、お立場が違うとは申せ、ご兄弟の絆がゆるぎなくさわやかで、なんというよいご兄弟ぶりかと、つくづく感じ入り、帰りの夜道、笹野ともその話ばかりいたしておりました」

「兄には、わたしは不肖の弟です。それゆえ、かえって気になって、放ってはおけないのでしょう」

「いえいえ、決してそのようなご兄弟ではございますまい」

などと言い交わしているところへ、矢藤太が湯気のゆれる茶の碗を茶托に乗せて、市兵衛の膝の前においた。

「そういうわけでね、市兵衛さん。昨日の今日だから、戸田さまとお引き合わせをしなくてもいいんで、早速、戸田さまのご用件なんだけどね。戸田さま、あっしはこちらに坐らせていただきますよ」

矢藤太は、市兵衛から浅右衛門へ向いて言い、長火鉢の座についた。

「どうぞ」

浅右衛門は、市兵衛から笑みをそらさずに頷いた。

「戸田さまは、このご用件は是非、市兵衛さんにお願いしたいとお考えで、わざわざ宰領屋を探して見えられたのさ。て言うか、唐木市兵衛という人物を見こんで、市兵衛さんが請けないなら、ほかの誰かにという気はないと仰ってね。だからあっしは、唐木市兵衛さまのお人柄は、宰領屋が太鼓判を押して請け合いますと、申しあげたところさ」

矢藤太は顔つきを神妙にしても、いつものくだけた口調で言った。

市兵衛は浅右衛門と顔を見合わせ、破顔した。

「昨夜は何も言われませんでしたね。ということは、兄には知られたくないご用件なのですか」

「そうではございません。じつは、唐木さまにこのような仕事をお頼みいたしてお引き受けいただけるかどうか、片岡さまにおうかがいいたしました。そうしますと、片岡さまは笑って仰られたのです。唐木さまはこちらの宰領屋さんの斡旋を請け、渡り奉公を生業になさっておられ、宰領屋さんが斡旋した仕事は間違いなく請けられるゆえ、宰領屋さんを通して頼まれては、と教えていただいたのです。よってこのように、今朝、宰領屋さんを訪ね、ご主人に斡旋を依頼いたした次第でござる」

「そうでしたか。では、ご依頼の子細をおうかがいいたします。矢藤太は、もうどのようなご依頼なのか、知っているのだな」

「うん。大体のところはね。ただし、算盤勘定が役にたつご依頼じゃない。戸田さま、市兵衛さんにさっきの話をもう一度お願いいたします」

矢藤太は言って、鉈豆煙管を咥えて炭火の火をつけた。

「はい。では……」

浅右衛門は、ほんのわずかなためらいの間をおいた。

「唐木さま、これは、わが藩のご用ではございません。わたくしの一存にて、こうせずには気が済まないゆえ、このようにするのでございます。わが幼馴染(おさななじ)みに、田津民部と申す侍がおります。父親が勘定方勘定衆にて、父親の血を引いたのでしょう。民部も子供のころより、算勘が得意な頭のよい子供でした。十三歳で父親について勘定所に見習出仕し、二十歳になって勘定方助役(すけやく)に採用され、二十三歳のとき、ようやく勘定衆に就いたのです。父親は倅(せがれ)の民部と番代わりをして、隠居暮らしを始めました。それからおよそ三十年、民部は津坂藩勘定方の勘定衆ひと筋に勤め、今年、五十三歳になっております。わたくしは民部のひとつ上の、五十四歳でござる」

浅右衛門は、骨張った掌(て)を片方の手の甲へ、物思わしげに重ねた。浅右衛門は、見た目より若かった。

「民部ほど有能ならば、せめて勘定組頭に就いてもおかしくはなかったものの、身分家柄の制限があって、民部は勘定組頭にすら就けなかった。民部の父親もそうでした。わたくしは身分家柄に胡坐(あぐら)をかき、器(うつわ)でもない藩の年寄役を拝命し、今は廻(めぐ)り合わせにて、江戸家老職を申しつかっております。こんなわたくしが言うのは痴(おこ)がましゅうござるが、生まれた身分家柄の差が、愚かにも有能な民部の出世を妨げたのです。わたくしが四十の齢(とし)で年寄役に就いたときでした。民部に、組頭に就けるようご家老さまに口をきいてもいいぞと、それとなく申し入れたことがございます。すると、民部は真顔になって、物静かに申しました。そういうことはしてはならん。自分は主君に仕える侍である。豊かではなくとも勘定衆の役目にも今の暮らしにも不満はない。友としての気持ちはありがたくいただく。それだけで充分だと、民部はそういう男でした」

そこでまた、浅右衛門はためらいの間をおいた。浅右衛門の痩せた肩が、ゆっくり上下していた。

「民部の妻は、物頭に就いておる一門の一女でしてな。民部の田津家とは、身分違いと申しますか、家柄が大分違いました。志麻どのと申して、民部より六つ年下の美しいお内儀でした。志麻どのは一度、番方の高官の家に嫁がれたが、子が生まれず、ただそれよりも夫の粗暴なふる舞いに耐えられず、少々もめた末に離縁となり、里の生家に戻っておりました。志麻どのが里に戻って一年余がたって、民部との縁談が持ちあがったのでござる。相手は家柄の低い勘定衆の田津家で、当時、民部はすでに三十三歳のいい歳をして未だ妻も迎えられず、出世の希のない下級侍と見られておりました。家中では、出戻りではあっても、家柄の違う器量のよい志麻どのでは、この縁談は無理だろうと言われていたのです。それが、志麻どのが、望まれているなら民部に嫁ぎたいと申されたようで、民部は志麻どのを娶ることが決まったのです」

浅右衛門は、ふっ、と笑みを浮かべて続けた。

「わたくしは、民部と志麻どのが祝言を挙げると決まって、意外とはまったく思いませんでした。民部は、上役相手や傍輩らの間で上手くたち廻るのが苦手な、そういう融通の利かない男であったのは確かでござる。とは申せ、民部は目鼻だちの整った、痩身ながら上背のあるよき風采で、しかも、勤勉ひと筋だけではありません。民部は、剣術も相当な腕前でございました。わたくしと民部は、少年のころ城下の同じ海部道場に通い、幼馴染みという以上に、剣術を通して友の情を育んできたのです。わたくしと民部の友の情は、五十をとうにすぎたこの齢になっても変わりません。いや、変わらぬはずだったと申すべきか……今、こうして民部のことを思いますに、お内儀の志麻どのが生きておられたら、このようなことはなかったのかもしれない。わたくしには、そう思えてならないのでござる」

浅右衛門を見つめていた市兵衛は、さりげなく矢藤太へ向き、この話は聞いていたのか、と目で訊いた。矢藤太は、いいや、初めてさ、と目で応え、鉈豆煙管を吹かし、指先でくるりと廻して吸い殻を莨盆(たばこぼん)の灰吹(はいふ)きに落とした。

「お内儀の志麻どのは、亡くなられたのですか」

市兵衛は訊いた。

「流行病(はやりやまい)が越後を襲ったのです。沢山人が亡くなりましてな。その流行病に志麻どのもやられ、数日寝こんでから急に容態が悪くなり、呆気(あっけ)なく亡くなられた。八歳の倅と五歳の娘を残しましてな。民部が四十二歳のときでございました。高齢の両親、妻と二人の子供らの暮らしを、かけがえのない宝物のように守っておりましたので、さぞかし、つらかったでしょう。おのれの内面を外へ表すのが苦手な男ですから、民部の悲しみや苦しみが傍(はた)から見ていて痛々しいほどでした。慰(なぐさ)めにかけた言葉など、空(むな)しいばかりにて……」

そのとき、店の間側の腰付障子ごしに手代の声がかかった。

「旦那さま、《鬼六屋(おにろくや)》さんの使いの方がお見えですが、どうなさいますか」

「鬼六屋さんか。そっちは番頭さんに頼んでくれるかい。この前と同じ請料(うけりょう)でかけ合うように、番頭さんに伝えておくれ。もう少しって言ってきたら、多少はしょうがないから、値引き額は番頭さんに任(まか)せる」

「へい。承知いたしました」

障子ごしの声が消えると、矢藤太も浅右衛門に言った。

「戸田さま、ご依頼の用件の話を進められてはいかがですか」

「そうでしたな。唐木さまに、田津民部がどのような侍なのかを、少しでも知っていただきたいので、つい、要らざる長話になってしまいました。肝心の用件をお話しいたさねば」

「いいのです。戸田さまのお話をうかがい、田津民部どのがどのような方か、ご様子が目に浮かびます。よきお仲間なのですね」

「竹馬の友、でござる」

浅右衛門は、嚙み締めるように言った。

「ということは、田津民部どのは江戸におられた。すなわち、江戸屋敷に勤番しておられ、このようなこと、と言われた出来事が、江戸で田津民部どのにふりかかった、あるいは起こったのですね」

「わたくしにはまったく解せぬ事態が、田津民部の身に起こったとしか思えませんでした。正確に申せば、ふりかかったのでも起こったのでもなく、民部が起こした、ということなのかもしれませんが……」

浅右衛門は目を畳に落とした。

「戸田さま、ご依頼の用件を、おうかがいいたします」

市兵衛は言った。

六

「民部が江戸の勘定方の勤番を命ぜられたのは、丸三年前の、五十歳の秋でございました。その秋、たまたま江戸屋敷の勘定方に欠員が出て、江戸から国元に勘定衆の補充の要請があって、日ごろ、仕事がきちんとしている民部に、江戸勤番にいってくれるか、と上役よりの話がございました。そのとき民部は、自分はもう五十歳の年齢にて、妻はおらず、倅は十六歳、娘は十三歳のむずかしい年頃であり、また七十代の半ばの老齢の両親の世話に手が要るゆえ、江戸勤番は今少し若く壮健な方をと辞退を申し入れたのです。しかし、江戸屋敷の要請は経験の浅い者ではなく、とあって、半年ほどの臨時で手当も出る、来年、殿さまの参勤ご帰国のご行列の供をして帰ってこられる、と組頭に押しつけられた恰好で、江戸屋敷の勤番が決まったのでございます」

「田津民部どのが今年五十三歳ならば、臨時の江戸勤番は、半年では終らなかったのですね」

「いかにも、でござる。江戸勤番に就いて半年がすぎると、あと半年、もう三月ばかり、さらに半年だけ、などと延び延びに続いたらしく、今年で足かけ四年、この秋で丸三年がすぎております」

「足かけ四年も会わなきゃあ、国に残した高齢のご両親や倅や娘たちが、どうしているかと、気にはなったでしょうね」

　矢藤太が煙管を吹かして言った。

「この五月でございました。上旬のその朝、民部が仕事場に姿を見せぬので、組頭に命じられて、傍輩の者が屋敷内の長屋へ様子を見にいきましたところ、民部は長屋にはいなかったのでございます。で、男ひとりの殺風景な住まいに、茶碗や鍋釜、また布団(ふとん)などの日々の暮らしの道具はそのままに、着物などの衣類や、民部の身の廻りの物なども普段と変わらぬ様子で、几帳面(きちょうめん)な民部らしくきちんと片づけられておりました。民部がいないだけで、変わった様子はなかったそうでございます。傍輩は組頭に知らせ、組頭から江戸勘定所勘定頭、そして、当時はまだ存命であった江戸家老の聖願寺どのに報告がのぼったのでございます。五十をすぎた分別のありそうな侍が、まさか欠け落ちでもあるまい、何か間違いが起こったのかもしれん、すぐに探せ、ただし、当人のためだ、あまり大事にせぬように、と聖願寺どのが指図をなされたのです」

「田津民部どのは、今なお、お姿を消されたままなのですか」

市兵衛が言うと、浅右衛門は、ふうむ、と言いづらそうに喉を鳴らした。

「屋敷蔵の御用金が、百五十両ほど不足しておるのが判明いたしたのは、翌日でございました。津坂藩の蔵元は、《津坂屋》五十右衛門と申し、享保のころに創業した前代が津坂より出た米問屋にて、当代の五十右衛門は、津坂屋の五代目に相なります。津坂屋は津坂藩の蔵元でございますから、領国の年貢米ならびに物産の江戸廻漕と、江戸蔵に搬入された年貢米と物産の管理を請け負っております。江戸屋敷の飯米をのぞいた米や物産を市場に出し、金貨銀貨の御用金に替えて、その御用金が江戸屋敷の営みを支え、のみならず、津坂藩の政を動かしておるのは、申すまでもございません」

「津坂藩の江戸蔵屋敷は、本所大川端の御蔵橋の近くですね」

市兵衛は、語調を改めて言った。

「さようです。江戸屋敷を営みます御用金は、津坂屋が管理いたしておりますので、月々や節季ごとの決まった日時に江戸屋敷へ入金があり、臨時の要り用がある場合も入金を要請いたし、その度に津坂屋から御用金が賄われております。民部の役目は、津坂屋へ入金の請求書を出し、入金された御用金の受けとりや、江戸屋敷における支出の出納掛でございました。それゆえ、民部は本所の蔵屋敷へ、とき折りは出入りいたしていたと、聞いております」

「御用金の監理がお役目なんですから、当然、蔵屋敷に出入りする機会は多かったでしょうね」

と、矢藤太が言い添えた。

「江戸屋敷に入金された御用金は、勘定衆が執務をする勘定部屋に続く屋敷蔵に一旦収められ、要り用に応じてそこから支出されます。厳重に監理されており、消えた百五十両余に民部がかかわっているなら、一体どのようにしてと、思わざるを得ません。まさか、夜盗のように屋敷中が寝静まったころを見計らって屋敷蔵に忍びこみ、などとそんな胡乱なふる舞いを民部がするわけがないと、わたくしが一番存じております。ではござるが、民部が忽然と江戸屋敷より姿を消し、そのあと、百五十両余の御用金の不足が判明いたした。なんたることか。それを知らされて、わたくしは呆れて言葉がございませんでした」

「国元に知らせが届いて、田津民部どのの高齢のご両親や子供らは、さぞかし心を痛められたでしょうね」

「いや。国元には民部の失踪は、未だに届いておりません。じつは、わたくし自身も江戸屋敷に着任するまで、知らなかったのでございます」

市兵衛と矢藤太は、顔を見合わせた。

「民部の行方知れずと御用金不足の事情を、聖願寺どのはなぜか、どちらも表沙汰にしてはならぬ、伏せておけと命ぜられたのです。かような不始末が表沙汰になることは、津坂藩の体面に疵がつく。そのようなとるに足らぬ者の不始末など、一々国元の殿さまのお耳に入れるほどのことではない。田津民部は事の次第が判明するまでは、病気療養としておけ、事情を明らかにするときは、機を見て自分が判断すると申された、と聞いております」

「へえ、とるに足らぬ者ですか。なんだか、怪しいですね。表沙汰にしないことに、意味があったんですか」

矢藤太がまた言った。

「聖願寺どのがすでに亡くなられており、いかなる意味があってそのようになされたのか、わかりません。しかし、事の次第が判明するまでと言われながら、内々の調べの指示をされたわけではなく、一件は放っておかれたのでございます。一介の勘定衆の失踪など、さして気にされなかった、ということもあるのでございましょう。とは申せ、ときがたてばいずれ噂は国元にまで届いたはずですが、そうならなかったのは、お世継ぎを廻っての様々な動きが渦巻き始めたからでござる。わたくし自身、その渦巻きの中であがいておりました。のみならず、津坂藩のお世継ぎの鴇江憲吾さまがご帰国なされた先月十月、江戸家老の聖願寺どのまでが、江戸屋敷において何者かの手にかかって一命を落とされ、聖願寺どのを襲った者は未だ不明のままでございます。津坂藩内に絶大な力を有しておられた聖願寺どのが亡くなられ、江戸屋敷は混乱し、民部の失踪と御用金が消えた一件は、すっかり忘れ去られたと申しますか、それどころではなかったのでござる」

「ていうことは、田津民部さまと御用金紛失の一件は、有耶無耶になっちまったってわけですね」

「まあ、有耶無耶も同然、と申してよいかもしれません。わたくしが江戸屋敷に着任いたし、もう半年も前に民部の一件が起こっていたことを知らされ、驚き呆れました。勘定頭、勘定組頭、勘定衆を集めて、なぜ国元に知らせなかった、殿さまにご報告がなかったと問い質しましたが、聖願寺どののお指図ゆえ仕方なかったと申しますのは、もっともな言い分でございました。何より、勘定方の誰もが、民部が百五十両の御用金に目が眩み、着服して逐電した、それしかあり得ぬ、詮索しても無駄であると、疑っておりませんでした」

「田津民部どのが御用金を着服し逐電、と決まれば、津坂の田津家は改易になるのでは。田津家の方々は、拝領屋敷を追われるのですか」

市兵衛は言った。

「そうでしょうな。民部の両親は、夫婦そろって八十近い長命で健やかだが、あの歳で拝領屋敷を追われるのは、あまりにもむごい。倅の可一郎は十九歳、妹の睦は十六歳になっております。まだ若い孫たちが、爺さま婆さまの面倒を見なければなりません。殿さまに、田津家への寛大なご処置をお願い申しあげる所存でござる。わが殿さまは、寛大なお方ゆえ、お聞き届けいただけるのではないかと、思っておるのですが……」

浅右衛門は悩ましげに言いかけ、短く沈黙した。それから、

「唐木さまにお頼みいたしたいのは、わが友の民部に、半年前、一体何があったのか、そして何ゆえ、老いた両親と若い倅と娘を残し姿を消したのか、その訳を調べていただきたいのでござる」

と続けた。

「わたくしは、わが幼馴染み、わが友、わが仲間の民部が、百五十両の御用金に目が眩み着服して逐電したとは、どうしても思えぬのでございます。民部のすべてを知っているとは申しません。しかしながら、わたくしの知る限りの民部は、そんな見すぼらしい真似をする侍では、断じてございません。もしも、本途に民部が御用金を着服して逐電したなら、やむを得ずそうしなければならない訳があったのに違いないのです。ゆえにそうしたのだと、思うのです。民部に何があったのか、なぜそうしなければならなかったのか、訳を知らねばなりません。それを知らねば、民部が可哀想です。残された両親や子供らが、こののち、地獄を見ることになりかねないのです」

「戸田さまのお気持ちはお察しいたします。ですが、どんなご立派なお方でも、ふと魔が差すこともございます。それでもよろしいんで……」

矢藤太が、それとなく口を挟んだ。

「いたし方ございません。民部に代わって、残された両親や子供らが地獄を見ぬよう守ってやるのがわが務めと、心得ております」

「田津民部どのを、信じておられるのですね」

市兵衛が言った。

「民部は竹馬の友なのでござる。唐木さま、お引き受け願えますか」

「お引き受けした場合、田津民部どのの日々の暮らしぶり、仕事ぶりなど、江戸屋敷だけではなく、本所の蔵屋敷にもお訪ねいたし、いろいろと訊きこみをすることになります。わたしのようなよそ者がいきなりお訪ねして、津坂藩の方々の合力(ごうりき)を得られるのですか。江戸家老の戸田さま自らお調べになられるのが、よいのではありませんか」

「みなに、厳しく伝えておきます。この度、宰領屋どのの斡旋により、唐木さまに田津民部の一件の調べを請けていただいた。ゆえに、一件について知っておることやもしやと気づいたことを、すべて唐木さまにお応えするようにと。たぶん、津坂藩の内々の事情を外へもらすことになりかねないと、異論を言いたてる者もおるでしょうが、なあに、殿さまに仕える同じ家臣が、半年も前に忽然と姿を消し、しかも同時に不明金まで出ておるにもかかわらず、事情を調べもせずに放っておいて、殿さまに仕える侍の分を果たしたと言えるのか。おのおの方が何もしなかったのは、何もできなかったからであろう。よって、そのような調べを生業にしておられる方にお頼みするのに、なんの異論があると言うてやるつもりでござる。これでも江戸家老ですからな。はは……」

浅右衛門は、少し愉快そうに笑った。だが、すぐに真顔に戻って続けた。

「国元にも江戸屋敷にも、聖願寺どの亡き今なお、藩の政が変わることを、快(こころよ)からず思っておる者も大勢おります。わたくしが、民部の姿を消した訳を調べてやればよいのですが、変わることを拒む者らは、新任の江戸家老に面と向かっては従順なふりをしながら、内心ではみな口を閉ざします。わたくしでは、却(かえ)ってだめなのでござる。よって、藩内の対立にかかり合いのない唐木さまに、是非ともこの調べをお引き受けいただきたいのでございます」

そして、一通の折封を前襟(えり)から抜き出し、市兵衛の膝の前へ差し出した。

「わたくしの添状でございます。これをお持ちくだされば、わたくしに反発する者らの扶(たす)けは得られずとも、邪魔だてされることはございますまい。中には、仕方あるまいと思う者もおるでしょうから、少しはお役にたつと思われます。何とぞお持ちくだされ」

「さようですか。では、お預かりいたします」

市兵衛は折封の添状を手にし、矢藤太に言った。

「矢藤太、そういうことだ。戸田さまのご依頼を、請けることに決めた。あとは宰領屋に任せたぞ」

「へい。承知いたしました。戸田さま、唐木市兵衛さまの請け人は、宰領屋矢藤太が務めさせていただきます」

「よろしく、お頼み申します。唐木さまにお引き受けいただき、ほっといたしました。そこで唐木さま、お引き受けいただきましたので、早速ですが、ひとつ、お伝えしたい話がございます。よろしゅうございますか」

「どうぞ。お聞かせください」

「民部のことで、少しばかり気になる話を、つい先だって、屋敷の門番から聞いております。調べの役にたつかどうかは、なんとも申せませんが」

「何を聞かれたのですか」

「先だって、大目付さまのお屋敷をお訪ねした戻りでございました。たまたま門前に箒をかけておる年配の門番がおり、ふと、田津民部を最後に見かけたのはいつごろかと、訊ねたのでございます。門番が今年の五月の初めごろと申しましたので、最後に見かけた折り、何か普段とは違う様子、気にかかることはなかったかなどと訊ねますと、そういうことは何もなかった、普段と変わらず物静かな様子で、と申したあと、この八月の中ごろ、源治郎と名乗る者が民部を訪ねてきたと、門番が言い足したのでございます。表沙汰にはなっておらずとも、門番は民部の事情を承知しておりますので、田津民部さまはもうお屋敷にはおられぬと言うたのでございますが、源治郎は意外そうな顔つきを見せ、もうお屋敷にはおられぬとは、どちらへお出かけなのでございますか、いつごろお屋敷にお戻りになるのでございますか、もしかしてお国へ戻られたのでございますか、などとしつこく訊ねますので、そんなことはおまえに教えられぬ、おまえはどこの者で、田津さまになんの用なのだと訊きかえしたそうでございます。源治郎は、自分は下谷の山伏町の者でございます、大した用ではございません、田津さまがもうお屋敷にはおられないのならばけっこうでございますと、さっさと戻っていった、それだけでございますが」

「下谷山伏町の……」

「お、唐木さまは、下谷山伏町の源治郎なる町民をご存じなので」

「そうではありません。何者でしょうか」

「わたくしも、民部とどのようなかかり合いの男なのか、気になりましてな。門番が申しましたのは、源治郎の身形（みなり）はみすぼらしくなかったものの、四十前後のあまり柄のよさそうではない男だったそうでございます。下谷山伏町とは、柄の悪い男らが多くいる町なのでございますか」

「お武家屋敷と寺町に囲まれた、小さな町家です。往来を北へ抜けると、浅草田んぼで、浅草田んぼの日本堤に吉原がございます」

矢藤太が言った。

「ああ、吉原でございますか。民部がそういう場所へいって戯れていたとは、思えぬのですが。あの男は、そういう場所が苦手のようだった」

「吉原は、金もかかりますのでね」

「金？　そうでござるな。金が要るので、ございましょうな」

浅右衛門は言うと、不意に沈鬱な様子を見せて沈黙した。


浅右衛門が二人の供侍を従え、三河町三丁目の往来をいくのを、市兵衛と矢藤太は店頭に出て見送った。

「やれやれ。ちょいと厄介な仕事を引き受けたね、市兵衛さん。当人は半年も前に百五十両の金を懐に江戸から姿を消した。当人もいねえのに、なんでそんな真似をしたのかと、今さら訳を探ったって、大した訳なんかあるはずがねえんだろうがね。たぶん、訳を探れば探るだけ、田津民部さんの傍からは知られていねえ行状が次々に暴かれて、戸田さまの友の情けが却って仇になるのが落ちさ。むずかしい仕事じゃねえが、人の行状を暴くのはあんまりぞっとしねえから、こういう仕事は案外に厄介なんだ。市兵衛さんが断るんじゃねえかと、おれは内心冷ややひやしてたんだぜ」

「宰領屋の矢藤太の斡旋なのだ。断るはずがないだろう」

「よく言うぜ。初中終、文句をつけるくせに」

「文句はつけても仕事は請ける。宰領屋の請人料が高くともな」

「それは仕方ねえだろう。市兵衛さんに合う仕事を探すのに苦労してるんだ。市兵衛さんに飯炊きやら風呂焚きを、やらせるわけにはいかねえからさ」

市兵衛と矢藤太は顔を見合わせ、ふっ、と噴いた。

「で、市兵衛さん、何から手をつける気だい」

「まずは、田津民部が五月の初めに姿を消した前日、あるいはそのあたりにどんな仕事をしていたのか、あるいはどこかへ出かけたか、それを当たってみるつもりだ。もう半年も前だが、普段通りでも、何か違いがあったかなかったか、覚えている者もいるはずだ」

「ああ、そうだな。それからだな。山伏町の源治郎は、どうするんだい」

「それも、おいおいな」

市兵衛は、冬の晴れた空を見あげて言った。駿河台の武家屋敷地の空に、何層もの白い雲がかかっていた。

「市兵衛さん、昼にはまだ早いが、《新富(しんとみ)》で蕎麦(そば)を食おうぜ。ようやく話がまとまって、ほっとしたら急に腹が減ってきた」

「いこう。わたしも腹が減った」

そこへ、使いに出かけていたらしい小僧の六助が、小さな身体(からだ)にひと抱えの風呂敷包を両手に抱えて戻ってきた。

「あ、旦那さま、市兵衛さま、お出かけでございますか」

六助が甲高(かんだか)い声を寄こした。

「おう、六助。市兵衛さんと新富へいってくる。番頭さんに、伝えといてくれるかい」

「へえい。旦那さまと市兵衛さまは、蕎麦屋の新富にお出かけになりましたと、番頭さんにお伝えいたしますう。いってらっしゃいませえ……」

六助が往来一杯に、甲高い声を響かせた。

七

下谷御徒町、津坂藩鴇江家江戸屋敷の奥方居間に、正室・蘭の方が黒漆の上板に綿入をつけた脇息に凭れ、左膝のやや手前においた桐火桶に、指の細長い白い掌を差しのべていた。

平らにした灰の中心に二つ重ねた桜炭の熾が、蘭の方の掌を温めていた。

蘭の方は、奥仕えの若い女中のひとりに、火桶にかざした手の甲の皺を伸ばすように摩らせ、黒紫地に錦糸の裾模様をほどこした打掛を袖を通さず肩にかけ、もうひとりの若い女中にも、その肩を擦らせていた。

居間の内庭側の腰付障子に、縁廊下を鳴らして人影が差した。

人影は二体あって、縁廊下に着座し、古参の女中の声が障子ごしに言った。

「奥方さま、志方どのをお連れいたしました」

「入りや」

蘭の方は脇息に凭れた恰好を変えず、気だるげにかえした。

腰付障子が静かに引かれ、手入れのいき届いた内庭の灌木や石灯籠が白々と見え、その内庭の眩(まぶ)しいほどの明るい景色を、志方進(すすむ)の大柄な裃(かみしも)姿が遮(さえぎ)った。

志方は居間に腰をかがめて踏み入り、志方の後ろから続いた古参の女中が閉(た)てた腰付障子を背に端座し、手をついた。

「奥方さま、お呼びにより、おうかがいいたしました。ご用を承(うけたまわ)ります」

頭を垂れたまま、志方の太い声が言った。

蘭の方は、肩の尖(とが)った痩身を凭れかかっていた脇息から起こし、二人の若い女中へ、もうええ、というふうに掌を払った。

「志方どのに話がある。呼ぶまではずしや」

二人の若い女中は、居間の片側の縁廊下から退っていき、古参の女中は、次之間の間仕切を背に、蘭の方の側に着座した。

「志方どの、もそっと近う。離れていては話がしにくい。近ごろは、屋敷内でも大きな声を出せませんのでな」

蘭の方は肩に羽織った打掛をなおし、桐火桶にまた掌をかざした。そして、大柄な体躯(たいく)の志方が、

「畏れ入ります」

と、ずる、ずる、と膝を進める様子を冷やかに見つめた。

聖願寺豊岳も、大柄で壮健な身体つきであった。

だが、聖願寺豊岳も、聖願寺亡きあと江戸屋敷の聖願寺派を束ねる勘定頭の志方進も、身の丈があって風采は立派ながら、蘭の方にはどこかしら《足らんもの》が感じられてならない。

周到に考えを廻らせたつもりでも、用心深さや抜け目のなさに欠けたところがある。この越後の田舎侍らで大丈夫か、と口には出さないが、蘭の方はかすかな苛(いら)だちを覚えた。

蘭の方は十九の歳に、越後津坂藩の鴇江憲実の正室として輿入れをしてからこれまで、越後の津坂へ足を踏み入れたことはない。津坂がどのような領国かいっさい知らず、知りたいと思ったこともない。

越後どころか、天下の江戸の藩邸で暮らすとはいえ、京から武骨な東国へ下ることすら、気に染まなかった。

「志方どの、特別な用があってお呼びたてしたのではござりません。しばらく、お顔をお見せにならしゃりませんので、具合はどないなっておりますのか、お聞きしたかっただけどす。お話がないのは、事の次第に変わりはない、疎漏(そろう)はないものと思うておりましても、何も聞こえてこぬのは案外に不安なものどす。もう十一月も押しつまって参りました。すべては、予(かね)ての事の次第通りと思うていて、よろしいのですやろな」

「奥方さまに申しあげます。いかにも、事は粛々と推し進めておりますゆえ、ご懸念にはおよびません。志方進、不肖の身ではございますが、ご家老・聖願寺豊岳さま亡きあと、そのご遺志を継ぎ、主君・憲実さまに忠誠を誓い、ただ今の間違った方向へ進む藩政を正し、津坂藩に聖願寺豊岳さまご存命の折りの正常な状態をとり戻すため、わが身命(しんめい)を賭(と)して断固やり遂げる所存でございます。国元のわれらと志を同じくする方々とも入念に手順を決め、江戸の者、国元の者、双方とも合意しております。あとは、決起の日を待つのみでございます」

「さようですか。それならそれでよろしいのやが、主君・憲実さまに忠誠を誓いというのは、正室のわらわにも、志方どのが身命を賭して忠誠を誓うと考えて、よろしゅうございますのやろな」

「申すまでもございません。津坂藩江戸屋敷は、奥方さまがおられるからこそ、何があろうと、これまでと変わらぬ静謐(せいひつ)が保たれておるのでございます。われら家臣一同、のみならず、蔵元の津坂屋五十右衛門と奉公人一同、このの ちも奥方さまをお支え申しあげます」

蘭の方は、物憂げに目をそむけた。

「長年津坂藩につくした廻船問屋の香住屋が、おとり潰しにされ、香住善四郎は領国追放の憂き目に遭わされた。そのうえ、聖願寺どのまでが賊の刃に命を散らして、まことに果敢ないもんでござります。聖願寺どのが亡くなって、勢いづいた貧乏侍どもが、改革じゃ改革じゃと言いたて、耳ざわりで聞くに堪えません。そこへ、聖願寺どのの後釜にすわった老いぼれの田舎侍が、江戸家老でござるとしゃしゃり出て、殿さまをそそのかして、なんとわらわに謹慎を申しつけた。家臣の分際で、正室のわらわに指図するとは、無礼も甚だしい。戸田浅右衛門のあのしわくちゃ顔を、見るのも気色悪うていやじゃ」

「奥方さまのご機嫌を損なわぬよう、戸田浅右衛門には釘を刺しておかねばなりませんな」

ふん、と蘭の方はできるのかというふうに鼻で笑った。

「聖願寺どのは、毎朝必ず、挨拶じゃと申してまめにおこしになられました。むろん、挨拶だけではのうて、江戸屋敷や国元の情勢を、斯く斯く云々とわかりやすうに話して、いろいろと助言をくれることもございました。ほんまにうるさいくらいでしたけれど、今にして思えば、お家の情勢がどうなっているのかわからないより、うるさいぐらいのほうが、よかったのかもしれません。志方どのは、聖願寺どのほどまめではござりませんなあ」

「あいや、それがしは聖願寺さまのような江戸家老ではなく、一勘定頭でございます。ただ今の江戸家老は戸田浅右衛門にて、江戸家老の手前、奥方さまに毎朝ご機嫌うかがいに参りますのは、なかなかいたしかねまして……」

「おや。志方どのは戸田浅右衛門に釘を刺すのでは、ござりませんのか」

「あの、その、それとこれとは……」

志方は戸惑いを見せ、

「今は、戸田浅右衛門の顔をたてておいたほうが得策と考え、目だたぬように自重いたしておるのでございます」

と、とりつくろったのを、蘭の方はまた鼻で笑った。

蘭の方は、内庭に降る午前の日が、縁廊下に閉てた腰付障子にも白く射していているほうへ漫然と目を遊ばせた。

「別によろしいので、ございます。人それぞれ。聖願寺どのは聖願寺どの。志方どのは志方どの。よいところも、そうでないところもございますのが、人間でおじゃります。今は、戸田浅右衛門の老いぼれに、身勝手なふる舞いをさせないように、志方どののお力を頼りに思うております」

　ところで、と蘭の方は続けた。

「聖願寺どのと都屋の丹次郎を斬った賊の調べは、どうなっておりますのや。もうひと月がすぎました。賊の目星はついておるのでおじゃりますか」

「目星はついております。賊は埒もなく藩の改革を唱え、藩を主導してこられた聖願寺さまのご苦労も、政がどういうものかも知らず、見当はずれの正義をふりかざしておる痴れ者に相違ございません。あの者らは江戸屋敷では、所詮ほんのひと握りの寡勢にて、屋敷の片隅にどぶ鼠のように身をひそめておるばかりでございますが、ほどなくけりをつけてご覧に入れましょう」

「早いとこどぶ鼠の尻尾をつかんで、目に物見せてやらなあきませんな」

「御意。ただ、邪魔者は戸田浅右衛門でございます。戸田の老いぼれは、江戸家老の重職にありながら、賊の探索にほとんど関心を示しておりません。それどころか、賊の捕縛に本気で向き合う気などなく、戸田の邪魔がなければ、もっと迅速に探索は進むのでございますが……」

　すると、蘭の方は急速に気が冷めたかのように桐火桶へ目をやり、かざした掌を物憂げにひらひらさせた。

それから、ふと、何かを思い出したのか、「そうや」と言った。

「浅右衛門が、半年以上も前の勘定衆の起こした欠け落ち事件を、熱心に調べなおしておるそうでございますな。勘定衆はどなたも、志方どのの配下の者でござりましょう。その欠け落ち者は、一体何をやらかして、そないなことになったんでございますか」

「それでございますか。戸田浅右衛門め、江戸家老の立場を利用し、今さら探っても無駄なことを、ほじくり出しております。奥方さまも、以前、聖願寺さまからお聞きおよびになられたのではございませんか。この五月の初めごろ、勘定衆の田津民部という者が、御用金を百五十両ばかり着服いたし、忽然と出奔いたした事件でございます。田津民部は五十三歳にて、隠居をしてもおかしくないそんな年寄りが、ある日突然、無分別で愚かなふる舞いにおよんだのでございます。聖願寺さまは、高々百五十両とは申せ、藩の大事な御用金を年寄りが着服し欠け落ちとはみっともない、お屋敷の体面もあるので、あまりご近所には表沙汰にならぬよう処置せよ、それしきの事は殿さまのお耳を煩(わずら)わせるまでもないと、命じられたのでございます」

「ああ、そう言えば聞いた覚えがございます。田津民部の名を思い出しました。

「琴乃、そなたも聞いた覚えがあるのやないか」

琴乃と声をかけられた古参の女中が、「はい」と頷いた。

「田津民部どのの欠け落ちの一件は、お屋敷中にすぐに知れわたり、口にはせずとも、みな存じております」

琴乃がさらりと言った。

「で、田津民部は今、どうなっておるのでございますか」

「はい。未だ行方知れずでございます。勘定衆ひと筋で勤め、ほかにこれと言ってとり得のない五十三歳の老侍が、突然血迷うて、百五十両を懐に江戸から逃げ出した。それだけでございます。調べなおしたところで、もうどうにもなりますまい。国を捨て侍を捨て、生きているのやら死んでいるのやら。どうせ、百五十両もとうに使い果たしておるでしょうな」

「浅右衛門が、そんな今さらどうにもならへん欠け落ち侍の一件を調べなおしておるというのは、どういう事情なのでございますか」

「戸田浅右衛門は五十四歳で、田津民部とはどうやら幼馴染みだったと聞いております。身分家柄は違いますが、幼いころから若衆になるまで誼を結んだ仲間が、江戸家老に着任してからみっともない事件を起こしたと知り、田津民部はそんな不埒な真似をする男ではない、何かの間違いだと申して、半年も前の事情を無駄にほじくりかえしておるようでございます。しかし、事情は明らかにて、江戸家老の指図で今さら調べなおしたとて、実事が変わるわけではございません。江戸屋敷の者は、殆ど本気で相手にはしておりません。戸田の老いぼれが勝手に右往左往しておる、ただそれだけでございます」

「あの不機嫌そうな面がまえで、幼馴染みが気にかかるのか。案外に甘い男なんやな。けど、その田津民部の一件、ほんまに事情は明らかなんか」

「も、もちろんでございますとも。ほかに何がございましょう」

志方がうろたえを隠して言ったとき、内庭側の縁廊下にきた奥女中の影が、腰付障子に差した。奥女中の影は縁廊下に着座し、

「お知らせいたします。ただ今ご家老さまがお戻りでございます」

と、障子戸ごしに言った。

「お入りなされ」

琴乃が、腰付障子の影に声をかけた。

障子戸が引かれ、奥女中が内庭の明るい光景を背に縁廊下に手をついた。

「志方さま、ご家老さまのご指示でございます。大広間に侍衆は集まるようにと

仰せでございます」

「ご家老が大広間に？ はて。相わかった」

志方は縁廊下へ見かえり、訝しそうに言った。

「いきいき……」

蘭の方が、こっちの話は済んだ、もう用はない、と言うかのように不機嫌そうに顔をそむけた。

第二章　隠れ里

一

矢藤太と三河町三丁目の《新富》で蕎麦を食ったその日の昼下がり、市兵衛は黒鍬谷の返弥陀ノ介を訪ねた。

弥陀ノ介は、公儀目付支配下の小人目付衆百二十八名の小人頭のひとりである。

小人目付は隠密目付とも言われ、高等隠密の御庭番と身分は違うが、公儀の隠密の指図を受ける影の者である。

九月、越後津坂藩の影の者が江戸へ送りこまれたと、御庭番より幕府に報告があった。弥陀ノ介は、御目付役筆頭・片岡信正の指図を受け、江戸に送りこまれた津坂藩の影の者を探っていた。

その九月晩秋の夜ふけ、弥陀ノ介は組下の波山達吉郎とともに、向島曳舟川の土手道において、津坂藩の影の者・丹波久重とその一党の襲撃に遭った。

二人は斬撃と銃弾を浴び、曳舟川に転落した。

達吉郎の亡骸は、曳舟川から暗渠を通って横川へ流れ、業平橋の橋杭に引っかかった。

一方の弥陀ノ介は、曳舟川の枝川へ流され、押上村の十間堀に下り入り、水草に引っかかって浮いていた。

弥陀ノ介を助けたのは、たまたま十間堀の土手道を、夜釣りの戻りに通りがかった、押上橋の畔で小さな茶店を営む清七という男であった。

そのとき、不思議な偶然が清七と隠密目付の弥陀ノ介を結びつけた。

清七は越後津坂藩鴇江家に仕える、真野文蔵と言う侍だった。十年前、主君の鴇江憲実と年寄役・戸田浅右衛門からある隠密の使命を授けられ、清七と名を変え江戸に身を隠した、真野文蔵もまた影の者であった。

瀕死の重傷を負いながらも、弥陀ノ介は命をとり留めた。

弥陀ノ介の疵を縫い、脾腹に受けた銃弾をとり出した医者は、助かるのは無理だと言った。医者は、弥陀ノ介が目覚め死の淵から甦ったとき、神仏のご加護があったとしか思えぬ、と驚いた。

赤坂御門外黒鍬谷の弥陀ノ介の組屋敷は、柘植の垣根に囲われている。

医者も驚く驚異の回復力を見せた弥陀ノ介は、もう起きて普段と変わらぬふうに動き廻っていた。

早く勤めに戻りたくて、うずうずしている様子であったが、弥陀ノ介がお頭と呼ぶ支配役の片岡信正に、春になるまで休め、と固く命じられていた。酒も、女房の青に禁じられているのは、言うまでもない。

市兵衛は羊羹の菓子箱を、手土産に携えていった。

「市兵衛、気を遣わせて済まんな。あがれ」

着流しに綿入の半纏を着けた弥陀ノ介が、市兵衛を迎えて言った。

弥陀ノ介は、勝手の土間をあがった茶の間にいた。茶の間の板間に切った炉のそばに、太い片腕に二歳の娘の春菜を軽々と抱えて胡坐をかいていた。

春奈は真綿のように白い顔を市兵衛へ向け、目をぱっちりと見開いている。およそ一年半前に春菜が生まれたとき、

「母親似でよかった」

と、弥陀ノ介は心から喜んだ。

弥陀ノ介は五尺（約一五〇センチ）余の背丈に、分厚い肉が肩にも胸にも隆々と盛りあがった体軀は岩塊を思わせ、背丈に比べて腕は丸太のように太く長い。

ごつい才槌頭に総髪が貼りつき、総髪に乗せた小さな髷が飾りに見える。

広いおでこと、ひとつながりの太い眉、その下の窪んだ眼窩にぱっちりと見開いた獲物を狙う獣のどう猛な目が光っている。

ひしゃげた獅子鼻は胡坐をかき、顔が裂けたような大きな口と瓦をも嚙み砕きそうな白い歯、そして顎の骨が左右に張って、一見すると恐ろしげだった。

ただ、それに慣れると、じつに愛嬌のある風貌である。

女房の青は、数奇な運命に翻弄されて江戸に辿り着いた唐の女である。

青竹を思わせる痩身に鋼の膂力を秘めた美しい女であったが、青はそういう定めであったのか、弥陀ノ介の女房になった。

弥陀ノ介の子の春菜を産んで母となり、春菜も年が明ければ三歳である。

青は市兵衛が訪ねてきたときは、目尻の吊りあがった鋭い眼差しをふっとやわらげ、美しく笑う。

「市兵衛、ゆっくりしていけ」

「おう、市兵衛、久しぶりに、青の拵える夕飯を食っていけ」

青と弥陀ノ介が言った。

青の拵える料理は、大皿が並びそれを小皿にとり分けて食する唐風である。弥陀ノ介と市兵衛が腹一杯に食っても余るほどであった。だが、二人が食べきれない様子を見て青は嬉しがるのだった。

「済まん、弥陀ノ介、青。仕事が入った。ゆっくりしていられないのだ。今日は弥陀ノ介の見舞いを口実に、少々訊ねたいことがあってきた」

「仕事か。残念だな。見舞いはこの通り、甦った身体の力を持て余しておる始末だ。よって、見舞いは済んだ。市兵衛の訊ねたいことを聞こう。そうだ、天気がよいので、そぞろ歩きをするか。春菜も外で遊ばせてやりたい」

弥陀ノ介は片腕の春菜をゆらし、茶の間の板間から勝手の土間に降りた。

「あんた、長くはだめだよ」

青はまだ弥陀ノ介の身体を気遣っている。

「わかっておる。お天道さまの下で、春菜を遊ばせてやると喜ぶ。さあ、いこうな春菜。市兵衛、いくぞ」

と、弥陀ノ介は春菜を抱えて、岩塊の短軀をはずませた。

「市兵衛、次はゆっくりしていけ」

青の声に送られて、黒鍬谷の往来に出た。

武家地から町家の小路を抜けて、いなり坂の小坂をのぼったところに、円通寺がある。円通寺の鐘楼は、赤坂御門外に時を報じる時の鐘である。境内の東側の一画に、稲荷の鳥居があって祠が祀ってある。

日陰に入ると肌寒いが、日射しの下は心地よい温かさであった。

市兵衛と弥陀ノ介は、鐘楼の石段に腰かけた。弥陀ノ介は春菜を足下に降ろしてやった。よちよち歩きの春菜は、父親の足下から少しずつ離れていき、境内の枯葉や小石の粒を拾って、弥陀ノ介の大きな掌に載せにきた。

本殿の廻廊のほうで、近所の子供らが賑やかに遊んでいて、子供らが、「わあっ」と、甲高い喚声をあげて、ばらばらと境内に散らばっていくのを、春菜は呆気にとられて見守った。

そんな春菜の小さな身体に、葉を散らした樹林を透かして、斑色の冬の日が、やわらかく降っている。

「なるほど。それで、御徒町の江戸屋敷の様子が知りたいのか」

弥陀ノ介が、春菜から目を離さずに言った。

「戸田浅右衛門どのは、田津民部は御用金を着服して欠け落ちするなど、そんな真似ができる男ではない、断じてない、と言われた。田津民部は武士だと、その一念のみで信じておられる。戸田どのが、腹の底から友を信じておられるのはよくわかった。だから、この依頼を請けることにした」

「信じることと事実が、同じとは限らないがな」

「弥陀ノ介、事実とはなんだ。見たいものだけを見て、触れたいものだけに触れる。聞きたい言葉にしか耳を傾けない。それが事実か」

「おれを責めるな。市兵衛の数少ない味方だぞ」

あは……

市兵衛と弥陀ノ介は、日射しの中へ笑い声をまいた。

弥陀ノ介ら小人目付は、津坂領より影の者が江戸へ差し向けられた御庭番の報告を受け、津坂藩の江戸屋敷を隠密に探っていた。

市兵衛は戸田浅右衛門の依頼を請けたとき、もしかして津坂藩より江戸へ差し向けられた影の者、すなわち、丹波久重とその一党の《裏横目》の狙いと田津民部の欠け落ちにかかり合いがあるのか、と疑念を抱いた。

弥陀ノ介から何か訊けるのではないかと、市兵衛は思った。

「田津民部は五十三歳だ。その名前に、何か心あたりはないか。どんなささいな事でもかまわない。聞かせてくれ」

「江戸屋敷の侍衆の顔は、みな見覚えている。だが、名前までわかる者は、全部は無理だ。田津民部が五十三歳なら、老人ではなくとも、かなりの年配だな。御徒町の江戸屋敷には、足軽まで入れて、六十名以上の侍衆が数えられた。本所の下屋敷と、蔵元の《津坂屋》の蔵屋敷詰の者を数えれば、おそらく百名近い人数になると思う。若い侍は多いが、年配の侍もそれなりにいる。田津民部が姿を消したのが五月なら、顔はわからずとも、田津民部の名や噂(うわさ)を聞いたかどうかだな」

　弥陀ノ介が太い首をかしげ、考えた。

「田津民部が江戸勤番に就いたのは、文政五年の秋らしい。今年で足掛四年。民部は今年の五月まで、勘定衆(かんじょうしゅう)の役目ひと筋の暮らしぶりだったと、戸田どのの調べではわかっている。江戸屋敷に親しく交わる友もおらず、酒もあまり嗜(たしな)まなかったそうだ。けれども、傍からは見えない民部の、もうひとつの姿があったのかもな。そう思えてならない」

「文政五年の秋から今年の五月までだと、丸三年と二、三ヵ月になる。五十をすぎた侍が、その間、役目ひと筋のひとり暮らしというのは、さぞかし侘しかろうな。たぶん、おれなら耐えられん」

「民部の上役は、勘定組頭の加藤松太郎。志方進と言う勘定頭の支配下だ。志方進と加藤松太郎については、何かわかることはないか」

「名前と顔はわかる。加藤松太郎は志方進の、まあ腰巾着だ。志方の命ずるままに動くだけで、これと言って見どころのない男だ。志方進は、江戸家老の聖願寺豊岳の懐刀と、津坂藩御用達の商人らの間では言われていたし、志方もそれを自認してはばからなかったようだ。大柄で風采もなかなかいい。聖願寺豊岳も上背があったゆえ、二人は屋敷内では目だった。聖願寺豊岳が江戸屋敷のすべてを指図し、志方進がそれを忠実に行う実務を負うていた。聖願寺が斬られ、新しい江戸家老が国元より遣わされても、江戸屋敷の実務は、これまで通り、志方進が動かしているのではないか」

「おそらく、そうなのだろうな。戸田どのが江戸家老に赴任したものの、江戸屋敷の多くの者が勘定頭の志方進に従い、志方進の指図がなければ動かぬらしい。聖願寺豊岳亡きあとを、そっくりそのまま志方進が引き継いだ。今のところ、江戸屋敷は何も変わっていないと、戸田どのは言われた。聖願寺と手を組み、鴇江家のお世継ぎを廻るお家騒動に、陰で様々に画策したと見られている正室の蘭の方の処遇にも、手を出せないそうだ」

「御公儀は、諸藩の内情に口出しはしないという建前だ。澱んだ流れは自ら浄化せよというわけだ。津坂藩の江戸屋敷を隠密に探って、波山達吉郎は落命し、おれは深手を負った。何も変わらぬのであれば、おれたち影の者は捨て石だったことになる。元より、捨て石は承知のうえだがな。あはは……」

「いいではないか、捨て石で。十年前、国で命を奪われた幼き子が、じつは江戸で生きていた。生きていた幼き子は、十年前と同じく命を狙われた。しかし、影の者が捨て石となって、幼き子は命をとり留めたのだ。幼き子は無事国へ戻り、国の世継ぎとなって、国は変わり始めている。捨て石は、無駄ではなかった。そうではないか、弥陀ノ介」

「そうかもな」

　春菜が白い石の小粒を、作り物のような小さな指先に摘まんで、弥陀ノ介の膝元へよちよちと駆けてきた。「とと、はい」と、白い石の小粒を大事な宝物のように、弥陀ノ介の大きな掌へ枯葉やほかの石粒と一緒に載せた。

「ありがとう」

弥陀ノ介が相好をくずすと、春菜はぱっちりと目を見開いて「うん」と頷き、また父親の膝元から離れた地面にしゃがんで、宝物を探し始める。

市兵衛は、春菜を見守る弥陀ノ介の横顔に言った。

「いまひとつ、田津民部が姿を消して三月がたったこの八月、下谷の山伏町の源治郎と名乗る男が、江戸屋敷に田津民部を訪ねてきた。身形は悪くはないが、年のころは四十前後の、柄の悪そうな男だったらしい。門前で応対した門番は、三月前の田津民部の一件は屋敷中に知れわたっていたが、口外してはならぬと固く命じられていたため、田津民部は江戸屋敷にはいないとだけ伝えた。すると、いつ江戸屋敷に戻ってくるのかなどと、しつこく訊いてきたらしい。訝しんだ門番は、田津民部はもう戻ってこない、いかなる用かと質したところ、源治郎は、大した用ではないと断って去り、それきりだった」

「下谷の山伏町か。浅草の場末だな。お役目ひと筋の老侍が、場末の柄の悪そうな男となんぞかかり合いがあったのか。だとすれば。やはり、人はひと筋縄では済まぬということか」

弥陀ノ介は、春菜から市兵衛へ眼窩の底に光る目を向けた。

「山伏町の北側の武家地を抜けると浅草田んぼだ。浅草田んぼの日本堤に吉原がある。山伏町から吉原まで、遠くはない」

「そうか。田津民部が吉原通いをしていて、山伏町の源治郎が吉原の廓に雇われていた。二人は、吉原の廓で知り合ったいかがわしい仲とかだな」

「田津民部は、人知れず吉原通いをしていたのだろうか」

市兵衛は、境内の木漏れ日に目を細めて言った。

「吉原は一日千金の町だ。吉原へ通うには金がかかる。一勘定衆にはかなりの負担だろう。むろん、裏通りの安女郎屋もあるが、田津民部が吉原通いをしていたなら、吉原で散在した藩の御用金が百五十両にふくらみ、切羽つまって欠け落ちしたという筋書きも考えられる。おれが探った限りでは、江戸屋敷の者で吉原で戯れていたのは、江戸家老の聖願寺豊岳、勘定頭の志方進、勘定組頭の加藤松太郎が、とき折りご相伴に与りますという態で供をしていた。いずれも蔵元の津坂屋五十右衛門が、聖願寺らを吉原へ招いたものだ。おれが報告を受けていたのはそれぐらいだ。禄の低い勤番侍が、吉原通いはむずかしい。田津民部に、傍輩らの知らない馴染みの女がいるとしたら、おそらく岡場所だろう。武家奉公は朝帰りが許されぬゆえ、岡場所でも御徒町の江戸屋敷からそう遠くない町家に違いない。御徒町にそう遠くない岡場所だとすると、浅草広小路、駒形町、田原町、門跡前、新寺町、広徳寺前、それから新鳥越とか、少し遠くなるが池之端あたりとかな」

「さすが、弥陀ノ介。よく知っているな」

「どこも寛政の御取り締まりで潰されたが、もともとが隠れ里だ。日陰に身をひそめてひっそりと続ける手だては、いろいろあるのだ。隠れ里だけではない。こんなところに、と意外に思う町家の貧しい裏店でも、春を鬻いで暮らしておる者はおる。裏店の家主は、口止料を手にして気づかぬふりをする。田津民部に馴染みがいたとしたら、そういう場所かもな。案外、藩の御用金の百五十両を懐に、隠れ里の馴染みと手に手をとって姿をくらました。それもあるぞ」

「だとしたら、戸田どのはどう思われるかな」

「どうも思わぬさ。そうか。田津民部にもそういうところがあったのか、と思うだけだ。あとは、不明の御用金の穴埋めをどうするか、追手を使って田津民部の行方を追わせるか、それとも、放っておくことにするか。もう半年もすぎて、追っても無駄だろうが」

市兵衛と弥陀ノ介は顔を見合わせ、木漏れ日の降る境内に高笑いをまいた。

しゃがんでいた春菜が、弥陀ノ介と市兵衛を見あげた。

「春菜、そろそろ帰ろう。母が心配しておるぞ。春菜はまだ帰らないのかなと」

弥陀ノ介は石段から腰をあげ、枯葉や小石の粒を片方の掌に載せ、一方の長く太い腕で父親を見あげる春菜をふわりと抱え、

「いこう、市兵衛」

と、市兵衛を促した。

「これからどこへいく」

境内を山門のほうへいきながら、弥陀ノ介はのどかに訊いた。

「兄上に、戸田浅右衛門どのから仕事を請けたと報告しておく。聖願寺豊岳亡きあとの津坂藩の国元の情勢について、兄上から何か聞けるかもしれないのでな。国元の情勢と田津民部の失踪にかかり合いがあるとは思えないが、念のためだ」

「市兵衛、おれも田津民部が気になる。どういう事情だったのか、話せるときがきたら聞かせてくれ」

「いいとも。話してやる」

「五十をすぎた老侍が、つまらぬことになっていなければよいのだがな」

そうだなと、市兵衛は頷いた。

春菜を片腕に抱えた弥陀ノ介と市兵衛は、段々になったいなり坂をくだった。

二

翌日も、のどかな冬の日が続いた。

やわらかな日射しが降る中を、市兵衛は大川の風が冷たい両国橋を越え、東両国の広小路から横堀の駒留橋を渡って、大川端の土手道を津坂藩蔵元・津坂屋五十右衛門の蔵屋敷へととった。

津坂藩の蔵屋敷は、屋敷の東方が幕府の広大な御竹蔵の土塀で、御竹蔵の入堀に架かる御蔵橋を北へすぎた大川端に、土塀を廻らせ、長屋門を構えていた。

門前の大川端に物揚場があって、石段の下の船寄せに係留した船の、筵にくるんだ葛籠ふうの大きな荷物を、冬でも素肌に袖なしと下帯だけの人足らが肩にかつぎ、声をかけ合い、歩みの板を軋らせ、物揚場の石段をのぼって、両開きにした長屋門を通って、塀の上に蔵の屋根が見える屋敷内へと運びこんでいた。

大川の対岸は浅草御蔵で、午前の光に映えた眩しいほど白い漆喰の壁と黒光りする瓦葺屋根の土蔵が、川上側の一番堀から川下側の八番堀まで、まるで城壁のようにつらなっていた。

旗本御家人の采地や幕領より、品川沖、あるいは鉄砲洲沖に廻漕した年貢米が、瀬取船に積み替えられて大川をさかのぼり、浅草御蔵へ搬入される。

仲仕らが米俵をかついで続々と運びこんでいく賑やかな様や、浅草御蔵から江戸市中の米問屋の集まる河岸場へと、山積みにした米俵を搬送する船も、ひっきりなしに大川へ漕ぎ出していく様が見えていた。

大川のはるか上流に架かった大川橋がくっきりと眺められ、竹町の渡し船や御厩河岸の渡し船が、紺色の川面に小さな波をたてている。

市兵衛は白い雲のたなびく青空を見あげ、いくか、と声に出した。

人足らの邪魔にならぬよう、蔵屋敷の長屋門をくぐった。数間ほどの石畳の先に玄関があった。

市兵衛は玄関先に立ち、案内を乞うた。

その早朝、手代風体の男が永富町の市兵衛の店を訪ねてきた。男はつ⃝と染め抜いた黒看板を着け、津坂藩蔵元・津坂屋手代の貞助と名乗った。貞助は、主人の津坂屋五十右衛門の書状を届け、

「唐木さまのご都合をおうかがいするようにと、申しつかっております」

と、辞儀をして言った。書状には、

江戸家老・戸田浅右衛門さまより、勘定衆・田津民部の欠け落ちいたし候儀、唐木市兵衛さまお調べにつき、家中の者すべからく合力（ごうりき）いたすべしとのお指図有之候。仍（よ）って本日、巳（み）の刻（午前九時〜一一時）、本所蔵屋敷にてお待ち申上げ候。

などとあった。

市兵衛は、勘定組頭の加藤松太郎や支配役の勘定頭・志方進のほか、蔵元の津坂屋五十右衛門にも、田津民部の勘定衆の役目、民部の欠け落ちと御用金百五十両余の不足の子細を確かめねばと思っていた。

市兵衛が押しかけずとも、蔵元の五十右衛門のほうからこいと言ってきた。

「本日巳の刻、承知した。そのように伝えてくれ」

貞助に返事をした。

案内を乞うてほどなく、黒看板にお仕着せの貞助が玄関の間に現れた。

「おいでなさいませ。どうぞ、おあがりくださいませ」

貞助は先に立ち、黒羽織の蔵役人に混じって、津坂屋のお仕着せを着けた手代らが机に向かっている部屋のそばを通りすぎ、廻廊のような拭（ぬぐ）い板の長い廊下を通り、次之間から十畳ほどの座敷へ市兵衛を案内した。

市兵衛は、違い棚のある壁側に向いて着座した。

「畏れ入ります。お刀をお預かりいたします」

貞助は、市兵衛の佩刀を袱紗で捧げ持ち、次之間へ退っていった。

貞助と入れ替わるように、同じく黒看板の若い男が、茶托の碗を運んできた。

腰付障子を引き開けて庭が見えたが、庭は広くはなく、土塀際に小ぶりな枝の松の木が三本並び、むくげの灌木が繁る一画と一灯の石灯籠が、まだ午前の日射しをあびていた。

長屋門をくぐったときは、荷物を運ぶ人足らのかけ声が賑やかだったが、通された座敷に表の賑やかな声は届かなかった。途中の、蔵役人や手代らが執務していた部屋のざわめきも途絶え、座敷は寂と静まっていた。

庭を囲う土塀の向こうに、御竹蔵と思われる葉を散らした樹林が、雲のたなびく青空を背に冬枯れた枝を広げていて、あおじのさえずりが、ちっち、ちっち、と庭のどこかで聞こえた。

やがて、次之間に数名の人の気配が入ったのがわかった。

羽二重らしき艶やかな黒紺の羽織を着けた男と、藍地に松葉小紋の裃を着けた侍、今ひとり、薄茶のこれは麻裃の侍が従って姿を見せた。

三人は座敷に端座する市兵衛に会釈もくれなかった。

松葉小紋の裃の大柄な侍が壁側を背に市兵衛と対座し、黒紺の羽織の町民風体が左手、麻裃の侍が右手に着座した。

「唐木市兵衛さん、ようこそ、おいでなされました。わたくしは、津坂藩の蔵元を申しつかっております津坂屋五十右衛門でございます。こちらは……」

五十右衛門は松葉小紋へ手をそっと向け、

「津坂藩江戸屋敷の勘定頭・志方進さまでございます。また、こちらは志方さまのお指図の下、勘定組頭をお勤めの加藤松太郎さまでございます」

と、慇懃ながら、市兵衛に対し少々尊大な口ぶりで言った。

蔵元の津坂屋五十右衛門ひとりでは、なかったのだ。

市兵衛は畳に手をつき、頭を低くした。

「唐木市兵衛と申します。お初にお目にかかります。この度、津坂藩江戸家老・戸田浅右衛門さまのご依頼を請け、本年五月、勘定衆・田津民部どのが江戸屋敷より欠け落ちなされた一件の調べを、相務めております。本日早速、津坂屋五十右衛門どののご連絡を頂戴いたし、参上いたしました。何とぞ……」

「先に為すべき大事があるというのに、愚かな」

組頭の加藤松太郎の吐き捨てる声が、市兵衛の言葉を遮った。

「同感でございます。今さら蒸しかえしてもどうにもならぬ古い話を、何をお考えなのか、合点が参りません。藩の御用金を着服いたし欠け落ちした勘定衆ごときの不祥事より、亡くなられた聖願寺豊岳さまを襲った下手人の探索は、一体どうなっているのでございましょう。そちらが先ではありませんか。順序が違うのではありませんかね」

五十右衛門が言うのを、市兵衛は手をついたまま聞いた。

「ご老体が言うのだ。仕方があるまい。老いぼれても家老は家老だ。気の済むようにさせてやればよい。唐木市兵衛さんか。手をあげてよいのだぞ。町家暮らしゆえ、武家の作法には慣れておらぬようだが」

志方進がくだけた口調で言った。

市兵衛は手をあげた。

五十右衛門は痩身だが、背丈はありそうだった。ひと重の細い目に冷笑を浮かべ、市兵衛に向けていた。

五十右衛門と向き合う座の加藤松太郎は、小太りで、目と目が離れた猜疑心の強そうな扁平な顔を、やはり市兵衛からそらさなかった。

三人とも、三十代の半ばか、四十すぎの年ごろに思われた。

五十右衛門は中庭側の縁廊下のほうへ目を転じ、声をかけた。

「貞助、障子を閉めておくれ」

はい、と離れたところで声がかえり、縁廊下に摺足を鳴らして現れた貞助が、火の気のない座敷の腰付障子を素早く閉てていった。

「霜月ももう末になりますと、このお日和でも、やはり寒うございます。来月は極月。はや年の瀬でございます」

五十右衛門が膝の上で、手の甲を擦りつつ言った。

と、貞助が縁側の障子戸を閉てていたときだった。

座敷の拭い板の廊下側の襖が静かに引き開けられ、黒羽織の四人の侍衆が、断りもなく座敷に入ってきた。四人とも黒鞘の一刀を手に提げ、固い表情をゆるめることなく座敷の一角に居並び、それぞれ刀をわきへ寝かせた。

市兵衛は、右手のやや後方に、襖を背にして着座した四人を見守った。

四人は日に焼けた浅黒い顔色に、削いだように頬がこけていた。

志方も加藤も五十右衛門も、四人のふる舞いを訝しんではいなかった。

「唐木さん、お気になさらずに」

五十右衛門が、市兵衛に呼びかけた。

「こちらの方々は、当蔵屋敷にお勤めいただいております、津坂藩無念流の今川志楽斎先生とそのご門弟にて、四龍と呼ばれておられるご同輩でございます。先般、御徒町の江戸屋敷にてご家老の聖願寺さまが賊に襲われる由々しき事件があって、それ以来、二本差しのお客さまが当蔵屋敷に見えられた場合は、四龍のみなさまにご同席をお願いしております。内密の用件であっても、余所に漏れるようなことは決してございませんので、ご心配なく」

　すると、志方進の低い声が訊ねた。

「唐木さんは、三河町の《宰領屋》とか申す請宿にて、仕事の仲介を請けておられるそうだな」

「はい。宰領屋は武家屋敷の奉公人を、多く仲介いたしております」

「武家屋敷の奉公人と申しても、中間小者、せいぜい足軽の類ではないのか。それも、ある時期を限った渡り奉公だ。まさか、両刀を帯びて侍の恰好をしておるのだから、一季や半季の下男奉公ではあるまい」

「仰る通り、渡り奉公でございます。渡りの中間小者、足軽などの勤め以外に、臨時の用人役の仲介などもございます。用人役と申しましても、主に台所勘定の決済をつけ、暮らしがたつように始末するだけでございます。武家の中には、台所勘定に苦慮なさる方々もおられ、宰領屋さんにそのような武家の仲介をお願いしております。渡り用人などと、言われております」

「ああ、渡り用人も聞いたことがある。幕府は大勢の旗本御家人を抱えておるゆえ、中にはそういう武家もあるだろう。なあ、五十右衛門」

「渡り用人は、むろん存じております。ですが、渡り用人と申しましても、御公儀の高官や諸大名家のご重役にご奉公なさる方々もおられますが、どうやら唐木さんはそういう渡り奉公ではなく、町家の元は手代などが、算盤(そろばん)ができるというだけで武家に雇われ、雇われている間は二本差しが許され、お侍の真似(まね)をしている渡り奉公のようでございますね」

市兵衛は莞爾(かんじ)として頬笑(ほほえ)み、頷いた。

ぷっ、と加藤が噴き、五十右衛門は眉尻(まゆじり)を下げて呆(あき)れ顔を見せた。

「算盤ができるだけでお武家の用人役が勤まるなら、わたしども津坂屋の小僧でも務まりますよ。まだ前髪も剃(そ)らぬ面皰(にきび)だらけの小僧が、へえい、ただ今、などと返事をしながら、二本差しで奉公するのでございますね」

加藤と五十右衛門が、どっと笑い声を座敷にまいた。

しかし、志方は薄笑いを浮かべ、市兵衛を睨んで言った。

「唐木さん、算盤ができるのはわかった。だが、侍の真似をして二本を差しておるのだから、剣の修行はしたのだろう。何流を稽古なされた」

「これと申しあげる流派はございません。若いころ、強くなりたいと一念で自分なりに工夫し、剣の稽古はいたしましたが、剣の師はおりません」

「どうやら唐木さんは、剣の修行もまともに積んでおらぬようだ。戸田浅右衛門どのも、これ式の者にお家の恥を曝すのか。みっともない」

「戸田浅右衛門さまでは、無理でございます。津坂の領国しかご存じない方が、田舎から出てきて江戸家老に就かれても、天下の江戸では通用しません。もうお歳でございますし」

「五十四歳の爺さんだからな。津坂藩の内情を江戸市中にばらまくようなことをしても、老いぼれて恥だとも、みっともないとも感じぬのでしょう」

加藤が言い添えた。

「加藤さまのご懸念の通りです。このままでは、津坂藩の不手際や不穏な情勢が江戸市中に曝されるばかりか、御公儀にもとりあげられ、お咎めを受ける大事にいたりはせぬかと、心配でなりません」

「お言葉でございますが……」

市兵衛は、薄笑いを浮かべている志方に言った。

「お家の恥を曝す、津坂藩の内情を江戸市中にばらまく、と申された事柄が、半年前の田津民部どのの欠け落ちのみならず、先月、江戸家老の聖願寺豊岳さまが何者かに襲われ落命なされたこと、津坂藩お世継ぎの松之丞重和さまが刃傷（にんじょう）に遭われたこと、また、ほかにもるる聞こえております事柄ならば、すでに江戸市中には、おそらく虚実織り交ぜ知れわたっております」

「なんだと」

と、加藤が市兵衛を睨みつけた。

「すなわち、戸田さまが町家の宰領屋の仲介により、田津民部どのの欠け落ちの事情調べをわたくしにご依頼なされたことが、お家の恥を曝す、津坂藩の内情を江戸市中にばらまく事態にはあたらぬと、申したいのでございます」

「埒（らち）もない噂が江戸市中に流れるのと、藩の禄を食（は）んでおる者がお家の事情を暴くこととは同じではない。一緒にはならぬ」

「噂には虚も実もございます。実のほうは、御徒町の江戸屋敷からも、またこちらの蔵屋敷からも、すでに流れ出ていたのではございませんか」

「とんでもない。何を証拠に、こちらの蔵屋敷からなどと。証拠もなく、そのようないい加減なことを申されるのであれば、お話しになりませんね」

五十右衛門が不快そうに顔をゆがめた。

「失礼いたしました。津坂の領国しか知らず、田舎から出てきて江戸家老に就いても、天下の江戸では通用しない、もう歳だと、証拠もなく戸田さまのことを申されましたので、つい」

「あ、いや、それは……」

「唐木さん、小理屈を言うのだな。よかろう。唐木さんにきてもらったのは、早々に伝えておいたほうがよかろうと思うてな。昨日、戸田さまの突然のお指図で、唐木さんの調べに合力するようにと命じられたが、いかなる人物か素性も知れぬのに、江戸屋敷であれこちらの蔵屋敷であれ、唐木さんの都合で勝手に出入りされ、うろうろされては迷惑だし、何よりも目障りだからだ。若い侍の中には、気の荒い者もおる。万が一間違いが起こっては、唐木さんの命も保証しかねる事態もなきにしもあらずだ。そのような不測の事態が起こらぬよう、唐木さんに訊ねたいことがあれば、田津民部をよく存じておるわれらが教えて差しあげ、余計な手間を省いて進ぜようと思うたのだ。唐木さん、言うておく。仮令(たとえ)、戸田さまの添状を持っておるとしても、わが許しもなく、勝手気ままに江戸藩邸に入れるなどと、勘違いせぬようにな」

市兵衛は、志方を凝っと見つめた。それから、やおら言った。

「ご忠告、痛み入ります。それでは、いたし方ございません。田津民部どのが姿を消された前日、田津民部どののご様子を、お訊ねいたします。いかなる仕事についておられたのか、最後に見かけられたのは、どなたがいつどこで、その折りどのような言葉を交わされたのか、お聞かせ願います」

「それがしが、おこたえいたそう」

田津民部の上役だった組頭の加藤が、への字に結んだ赤い唇をゆるめた。

「田津民部は、江戸屋敷の台所勘定の出納掛だ。台所勘定は一日たりとも欠かせぬゆえ、欠け落ちした前日も、屋敷の御用部屋でその勤めについていた。わが配下の掛なのだから、申すまでもない。御用金は、蔵元の津坂屋より決まった時季に納入される。江戸屋敷のお台所を支える御用金は、大事に屋敷蔵に保管いたしておる」

五十右衛門がそれを受けた。

「むろん、決まった時季の御用金のほかにも、江戸屋敷に臨時の出費などがあれば、その都度、津坂屋に要請があって、納入される臨時の御用金もございます。臨時の御用金は、数十両の場合も、数百両、ごく希には五百両、六百両とかの場合もございますが、それは急に大がかりな普請などがあった場合に限られます。まあ、百数十両から二百両前後が多いようでございます。それらの支出、収入の詳細は、当蔵屋敷に伝わります元帳にすべて記し、また、当蔵屋敷の収入支出の書付や受領書なども、何ひとつおろそかにせず、保管いたしております。分厚い元帳が膨大な数になりますが、お確かめになりますか」

「いえ。それにはおよびません」

「それがよろしゅうございましょう。うふふふ……」

五十右衛門は鼻で笑った。

「あの日のことは忘れはせん。田津民部に、普段の日と変わった様子は見られなかった。強いて申せば、少し蒸し暑い日であったかな。田津民部が、執務中に傍輩と言葉を交わしているのも見てはいないし、来客もなかった。のちの調べで、屋敷中の者に、田津と言葉を交わしたか、変わった様子に気づかなかったかと訊ねたが、朝夕の挨拶や通りがかった折りに会釈ぐらいは交わしたものの、誰もこれといって覚えていることはないとこたえた。夕刻、仕事の済まぬ者は夜勤をするが、それ以外の者はそれぞれの長屋へ退っていく。田津もそのときに長屋へ引きあげたのだろう。見張っていたのではないので、定かではない。江戸屋敷の勘定方には若い勘定衆が多い。田津は高齢ゆえ、町家の酒亭へ出かける親しい傍輩もいなかったし、元々酒もあまり好まなかったようだ。すなわち、あの日の田津は、出納掛の用件以外、誰とも言葉を交わさなかったと思われる。あの男にありがちなことだ。珍しいわけではない」

「田津民部さまが、百五十両の御用金を懐に、欠け落ちなさる前日でございましたから、きっと、そのことばかりが気になり、ご同輩と言葉を交わす余裕など、なかったのでございましょうね」

五十右衛門がまた言った。

「いかにもだ。翌日、出仕の刻限がすぎても田津は出仕せず、人を長屋へ見にいかせた。むろん、田津の姿はなかった。部屋に変わったところは見られず、ふらりと出かけてそのまま戻ってきていない、そんな様子だった。どういうことだと騒ぎになった。もしかして、前夜ひとりで出かけ、どこかで災難に遭って戻ってこられぬのかもしれぬ、おのおの方、心あたりを捜せと命じたが、誰も心あたりがなかった。申したように、田津民部は人づき合いのいい男ではない。そんな男を、捜しようがなかった。屋敷蔵の御用金が、百五十両余不足していると判明したのは、その翌日だ」

三

津坂藩蔵屋敷を出た市兵衛は、冬の天道がまだ空に高い刻限、川向こうの晴れた空に浅草寺の五重塔を望みながら、本所大川の土手道を大川橋へとった。

浅草寺の時の鐘（かね）が九ツ（正午頃）を報（しら）せて、横川の時の鐘屋敷のかすかな鐘の音が聞こえたのは四半刻（約三〇分）ほど前だった。

良い天気で寒くはなく、冷たい川風はむしろ心地よかった。

大川橋を浅草側へ渡り、花川戸（はなかわど）町、北馬道（きたうまみち）町をすぎ、浅草寺の裏道を西へとった。裏道の南側は、浅草寺の長い土塀がつらなり、北側は浅草田んぼが広がる向こうに吉原の黒板塀が見えた。

市兵衛は、下谷山伏町へいくのに、わざと廻り道をした。浅草田んぼの間を吉原へいく田んぼ道を、通ってみたかったからである。

浅草寺の裏道を抜け、浅草溜（ため）の板葺屋根や吉原の黒板塀ごしにひしめく妓楼（ぎろう）の板葺屋根を北に眺めつつ、田んぼ道をなおもいった。

この道は、浅草のほうから鷲神社へ向かう道でもあった。

ほどなく、田んぼ道は、北方の鷲神社のほうへ折れる道と、武家屋敷地の往来を通って西の入谷へ向かう道、南の新堀川のほうへ曲がる四辻に出た。

市兵衛は四辻に立って、しばし浅草田んぼの景色を見廻して思案した。それから、やおら入谷へ向かう道に歩みを進めた。

小堀に沿って土塀が両側に続く武家屋敷地を一町（約一〇九メートル）ほどすぎて、再び田んぼ道に出た。その田んぼ道をしばしいくと、途中、入谷方面と下谷方面への分かれ道になっていた。

坂本村の集落が道沿いに茅葺屋根を並べている。

集落のはずれに、葭簀をたてかけた掛茶屋が、《おやすみ処》の幟を垂らし、薄い煙を茅葺屋根の上にのぼらせていた。そばきり、うんとん、さとうもち、と記した提灯を軒に提げ、扇子やら笠やら藁草履なども吊るしてある。

往来の人通りはまばらで、掛茶屋の縁台にも客はいなかった。

市兵衛は掛茶屋の板庇をくぐり、「茶を……」と、竈のそばにいた紺手拭を姉さんかぶりにした中年の女へ声を投げた。

「へえ、おいでなさい」

女は市兵衛に愛想のよい返事を寄こし、すぐに茶の支度にかかった。

市兵衛は刀をはずし、葭簀の陰の縁台に腰かけると、「さとう餅も頼む」と言い足した。

女が盆に載せた茶碗を運んできて、市兵衛は香ばしい茶を喫しながら、たてかけた葭簀の間より、分かれ道の東方の田んぼの向こうに、寺院の堂宇がいく棟も甍を並べる入谷の景色を眺めた。

それから、分かれ道が南方へゆるやかに曲がっていく先の、下谷のほうへと目を転じた。

吉原は分かれ道の北方にある。

下谷から吉原へいく道か、と市兵衛は呟いた。

しばらくして、黒蜜に浸したさとう餅の鉢が、箸を添えて運ばれてきた。

「やあ、美味そうだ。では、いただくとしよう」

市兵衛は鉢と箸をとった。

「どうぞごゆっくり」

いきかけた女に訊いた。

「おかみさん、この道は吉原へいく客はよく通るのかい」

「へえ。下谷のほうからのお客さんは、この道をいかれます。吉原へいくお客さんを乗せて、町駕籠もよく通りますよ。日本堤とは違って、この道だと人目につきにくいので、吉原通いのお客さんは案外に多いんです。昼間は鷲大明神さまの参詣のお客さんが、この道をいかれます。鷲大明神の祭礼の日は酉の市の縁日が盛んで、朝から暗くなるまで人通りが絶えないんですよ」

「下谷の山伏町は、この道をいけばいいんだね」

「へえ。この道なりに三ノ輪の裏田んぼを通って、松平さまの大きなお屋敷に出ますから、そこの土塀に沿って門前の往来へ廻れば、黒鍬組の組屋敷があります。山伏町は黒鍬組の組屋敷の西側です。お武家屋敷とお寺に囲まれた小さな町家ですけど、ほかに町家はありませんから、いけばすぐにわかります」

「源治郎という男が山伏町にいると聞いたのだが、おかみさん、源治郎さんを知らないかい」

「山伏町の源治郎さん……ああ、はいはい。箕輪の源治郎さんなら知ってます」

「箕輪？　山伏町の源治郎さんと聞いているのだが」

「山伏町の中に、箕輪と呼ばれている通りがあって、その通りの町家を箕輪とも呼ぶんです。源治郎さんの店は箕輪にあります。商売繁盛の鷲大明神さまの参詣にこの前を通りますので、参詣帰りにうちにも寄って、蕎麦きりを食べていかれることがありますよ」

「源治郎さんは、どんな商売をしているのだ」

「お客さん、源治郎さんにどういうご用なんですか」

「怪しい者ではない。源治郎さんに少々用があって、これから訪ねるところなのだ。じつは、人に頼まれた用で、源治郎さんの顔も知らない。だから聞いただけだ。会えばわかることだ。ありがとう」

　市兵衛は黒蜜の甘い餅を頬張った。

　すると女は言った。

「源治郎さんは、箕輪で茶屋を営んでます。うちのような茶店じゃありません。若い女をおいて、お酒も呑ませるし、ほかにも……」

　女は頬笑んで、それから先は言わなかった。

　なるほど、そういうことかと、合点がいった。

　ふと、弥陀ノ介の言葉を思い出した。

　五十をすぎた侍が、その間、役目ひと筋のひとり暮らしというのは、さぞかし侘(わび)しかろうな。おれなら、耐えられん。

市兵衛は頬張った餅を、黙々と咀嚼(そしゃく)した。

山伏町の小路の角を西へ折れた先が、箕輪と呼ばれていると聞いた。

小路を挟んで、南側が山伏町、北側が箕輪で、その先の武家地の通りも箕輪と言うらしい。出格子窓のある二階家が板葺屋根を並べて、間口の狭(せま)い店の三軒目が、源治郎の営む茶屋だった。

西日が二階家の出格子窓に射し、閉てた障子戸を白々と照らしていた。狭い小路に人通りはなく、どぶ板を踏み鳴らす音が寂(しん)とした小路に、何かしらみだりがましく聞こえた。

市兵衛は三軒目の店の、低い板庇(いたびさし)の下に入った。引違いの腰高障子が、素っ気なく閉じられている。

ごめん……

と、間をおいて二度声をかけ、店の中で人の気配がした。

建てつけの悪い音をたてる腰高障子を引いた。

ちょうど、薄暗い土間の中仕切の格子戸を引き開けた男と目が合った。

「おいでなさいまし」

男が探るような声を、戸口の市兵衛に寄こした。細縞(ほそじま)の着流しに黒の角帯をきゅっと締めた、中背の痩せた男だった。

「どうぞ、お侍さん。遠慮せずにお入りになって……」

と、手招きして小走りに戸口へきた。

浅黒い顔に大きく見開いた目が、市兵衛を訝しげに見つめつつも、やわらかな笑みでまぎらわしていた。額に深い皺(しわ)が何本も走って老けて見えたが、様子や仕種(しぐさ)は案外に若く感じられた。

市兵衛は男に黙礼して、頭のつかえそうな戸口をくぐった。

前土間の片側に、障子戸を両開きにした三畳の寄付きがあって、段梯子(だんばしご)が二階の切落し口へのぼっていた。二階で人の動く気配がして、寄付きの天井がくすんだ音をたてて軋(きし)んだ。

「お侍さん、初めてですね。なかなかの男前で」

男は掌(てのひら)を擂(す)り合わせ、上目遣いに市兵衛を見あげた。

開けたままにした中仕切の格子戸の奥は、勝手の土間になっていた。竈にゆれている細く小さな火が見えた。

「女は三人。どれも上玉ですぜ。ぴちぴちした若いの、むっちりとろける大年増だって、捨てたもんじゃありませんよ」

「山伏町の源治郎さんですね」

市兵衛が言った。

名を呼ばれ、あ？　と源治郎は笑みと不審をない交ぜた顔つきになった。

「三月ほど前、御徒町の津坂藩江戸屋敷に田津民部さんを訪ねてこられた山伏町の源治郎さんと、お見受けいたしました」

「え、ええ。あっしで、ございやす」

「唐木市兵衛と申します。津坂藩江戸家老・戸田浅右衛門さまのご依頼を請け、源治郎さんをお訪ねいたしました」

そこへ、段梯子を軋らせ、裏店のおかみさんのような地味な装いに濃い白粉と紅を差した女が、前土間の市兵衛と源治郎をうかがいつつ降りてきた。

ひとりが階段下の寄付きまで降り、二人目は階段の半ばに身をかがめてのぞく仕種になり、三人目は白い跣と形のよい脹脛が段梯子を踏み締め、たくしあげた着物の裾の裏地の赤いひと筋が白い脹脛にかかって、それしか見えなかった。

源治郎は段梯子の女へ向いて、素っ気なく言った。

「いや、違うんだ。いいからあがってな」

女らが拍子抜けした様子で段梯子の切落し口に消えると、源治郎は市兵衛へみかえって訊いた。

「するってえと、唐木市兵衛さまは津坂藩のお侍さまでございますか」

「わたしは、戸田浅右衛門さまより、津坂藩士・田津民部さまの事情について調べる依頼を請けた江戸の者です。戸田浅右衛門さまの添状も、持参いたしております。ここでお見せいたしますか」

「はあ、ご浪人さんで。いえ、ご浪人さんだからって、決して怪しんで言うんじゃございません。三月前にお訪ねしたときは、門番さんに、田津さんは江戸屋敷にもうお勤めじゃねえと言われ、田津さんはどうやら津坂へ帰国されたらしい、津坂に帰られたんじゃあ、あっしらにはどうにもならねえというわけで、お訪ねしたことも忘れておりました。それが今、唐木さまがお見えになり、三月も前の江戸屋敷に田津さんをお訪ねした事情をお調べになるのが、一体どういうことなのかと、ちょいと戸惑っておりますもんで」

「源治郎さん、今、よろしいですか」

「へい。こんなところにわざわざ、畏れ入ります。お見苦しいところでございますが、火があって少しは暖かいですから。どうぞこちらへ」

と、市兵衛を中仕切の格子戸をくぐり、奥の勝手の土間へ通した。

竈の小さな火が、狭い土間をほのかに温めていた。

市兵衛は、棚や洗い場のある勝手の土間から、薄暗い茶の間にあがった。

茶の間は陶の火鉢がおいてあり、五徳に真鍮の湯罐がかかって、そそぎ口に薄い湯気がのぼっていた。

北の壁側に、小ぶりな茶簞笥や米櫃の木箱、明かりの灯されていない角行灯が並び、勝手の土間に向き合う東側の壁の上に神棚が祀ってあった。

今年の酉の市で買った熊手が、神棚の隣に飾ってある。

「相済いません。験がいいんで、お客さまはこちらへお願いいたします」

源治郎は、市兵衛に寄付き側の襖を背にした火鉢の南側の座を勧めると、手早く茶の支度をして、湯気のたつ碗を市兵衛の膝元においた。そして、自分は神棚を背にした火鉢の座に着座し、

「まったく、月日がたつのは早いもんでございます。御徒町のお屋敷を訪ねてからはや三月。田津さんが最後にうちに見えたのは五月でございましたから、もう半年以上になります。唐木さま、田津さんはお国元の津坂に、本当に戻られたん

でございますか」

と、自分の呑み止(さ)しの湯呑を持ちあげた。

「源治郎さん、それは今ここでお教えすることができないのです。確かなことはわかっておりません。確かに言えることはただひとつ、田津民部さんは御徒町の江戸屋敷にはおられません。それだけなのです」

「はあ、さようで。人それぞれ。みなさん、いろんな事情がございますのでね」

市兵衛の脳裡(のうり)に、段梯子を降りてきた二階の三人の女の姿がかすめた。

市兵衛は言った。

「田津さんは、こちらによくこられたのですか」

「三日にあげずお見えになる常客、というほどじゃございませんが、月に一度か二度、多いときでせいぜい三度、あがっていただきました」

源治郎は顔の皺をなお深くして笑い、天井をさり気なく指差した。

「それはいつごろから」

「へい。あれはほぼ一年前の、鷲大明神の三の酉の縁日の日でございました。夕方近くなって、朝からの曇り空がとうとう降り出し、今に霙(みぞれ)か雪になりそうな冷たい、それも強い雨になったんでございます。あっしは、三の酉の縁日で熊手を買った帰り道に降られましてね。ずぶ濡(ぬ)れと凍(こご)えるのを我慢して、着物を尻端折(しりはしょ)りに熊手をかつぎ、浅草の田んぼ道を駆けに駆けたんでございます。田津さんにお会いしたのは、その途中の田んぼ道でございました。夕方のまだ暗くなる刻限じゃあなかったものの、雨に烟(けむ)り、もう日がとっぷりと暮れたも同然の田んぼ道の先に、傘を差して悠然といかれるお侍さまに追いつきましてね。お侍さまは駆け足の音に気づかれてふりかえり、道端へよけて先へいくようにと、あっしに頷かれたんでございます。暗くて定かに見えませんでしたが、若いお侍さまじゃあねえことはわかりました。何があっても平常心を失わず、動ずることなく、あたふたすることのねえ、一本筋の通ったいいお侍さまのお姿だなと恐縮しながら、先にいかせていただいたんでございます」

「何も言葉を、交わさなかったのですか」

「へい、そのときは。ようやくこの店に戻って、そんな冷たい雨の日ですから、お客さんはくるわけもございませんので、女らも暇なもんですから、まあ大変と、ずぶ濡れで凍えているあっしの世話をしてくれ、身体を拭き、着物を着替え、凍えた身体を温めて、熊手を神棚に飾ってと……」

源治郎は、後ろの神棚へ手だけを軽く差した。

「やれやれと、やっと落ち着き、この雨じゃお客さんもこねえだろうから、みなで一杯やるかと女らと話をしていたところに、戸口のほうで、ばらばらと雨垂れが傘を叩(たた)く音が聞こえたんでございます。おっと、この雨でもお客さんかいと応対に出ますと、雨戸を一尺（約三〇センチ）ほど閉じずに開けてあったんですが、その一尺ほどの隙間の障子戸を透かし、人影がぼうっと映っておりました。それで、障子戸を引きましたら、雨の田んぼ道でお見かけした、さっきの姿のいいお侍さんが、軒庇の下で傘をすぼめたところだったんでございます」

「田津民部さんは、どうしてこの店を……」

「どうして、場末のうちみてえな店をってことで、ございますよね。どうせ女と戯(たわむ)れるなら、ちょいと足を延ばせば、華やかな吉原だってあるじゃねえかと、誰だって思いますよ。はい」

源治郎は市兵衛をからかうように言った。

　市兵衛は言いかえさなかった。

「なぜか、そいつはあっしにもわかりません。おしずにあとから聞いて、もしかしたらそうじゃねえかな、と思うことはございますが」

「田津さんの馴染(なじ)みは、おしず、と言うのですね」

「へい。おしずでございます。あの夕刻、やれやれとここで女らとくつろいでいたとき、おしずだけ二階へあがったんでございます。おしずはみなでわいわいと騒ぐのが苦手と言いますか、賑やかなのをあんまり好まねえ気性なんでございます。目だつほどではねえものの、器量はいいほうだし、相対で話をしたら気だてのよさがわかるんですが、あんな辛気臭い女は嫌だと仰るお客さんも、中にはいらっしゃいます。田津さんは女と戯れるためにきたんじゃなく、雨の中をたまたまうちのような店の並ぶそこの路地を通りがかって、おしずを見かけたんでございましょう。二階へあがったおしずが、窓の板戸を開け、雨の様子を見ていたところ、暗い路地に傘を差して佇み、おしずを見あげている田津さんに気づいたそうでございます。おしずが、お入んなさいな、と声をかけたら、お客さんなのに田津さんは、かまわぬか、と気遣われたそうで。たぶん、田津さんはこういう場所へこられるのは初めてだった。そんな気がいたします。余ほど、おしずが気に入られたんでございましょうね」

それから、源治郎は言葉つきを少し改めて続けた。

「唐木さま、田津さんが五月初めの最後に見えた折りに、じつは、おしずを落籍せたい、いくらかとお訊ねになったんでございます。遠い越後の津坂からお役目で江戸にのぼり、それも大分年配になられていたお侍さまが、本気なのかいと、訝りましたもんで、こんな場末の茶屋でも二十両はいただかなきゃなりませんと、お断りするつもりで高めにお伝えしたところ、田津さんは相わかった、今は七両しか持ち合わせがないのでこれを手付けにおいていく、次にくるときに残金をかならず工面してくるゆえ、おしずを落籍せたいという客が現れたら、もう相手は決まっているゆえ断るように、と唐桟の財布から七両を出して、本途においていかれたんでございます。あのときは少しばかり驚きました。本気なんだと。なのに、それを最後に田津さんは、ぷっつりと姿をお見せにならなかったんでございます。あっという間に三月がたちましてね。おしずは働かないわけにはいきませんし、手付の七両も預かったままでございます。残金の工面にご苦労なさっているのかもしれず、また、急な仕事が入って、お忙しいのかもしれませんが、三月は長すぎるじゃございませんか。それで、田津さんのご了見をお聞きするために、御徒町のお屋敷をお訪ねしたんでございます」

「源治郎さん、おしずさんにも話しを聞きたいのですが」

「はい。承知しております。おしずをこちらに呼びますので」

「源治郎さん、わたしが二階へいきます。一切りはおいくらですか」

「えっ」

と、源治郎はためらいを見せた。物思わしげに目を落とした。だが、すぐに顔をあげて言った。

「では唐木さま、二朱を頂戴いたします。お客さまには、一合の酒と簡単な膳をご用意いたします」

四

おしずは、先ほど、寄付きに降りてきた二人の女ではなかった。

段梯子を踏み締めた白い跣と形のよい脹脛に、たくしあげた裾の裏地の赤いひと筋がかかっているのが見えた、三人目の女だった。

地味な唐茶（からちゃ）に草紙文（そうしもん）の単衣（ひとえ）を着け、赤い弁慶縞（べんけいじま）の中幅帯を高尾（たかお）結びに締（し）めていた。つぶし島田の下の少しのっぺりしたぐらいの白い顔に、広い額（ひたい）が目だち、きれ長なやや鋭い目が、顔だちをかえって寂しく見せた。

それでも、紅を強く塗ったぷっくりとした唇の間から、白い歯を見せた頬笑みが、おしずの顔だちの寂しさを、手品のように優しげに変えた。

市兵衛とおしずは、閉てた引違いの障子戸に、白い西日が二階の板庇の影を映している出格子の窓際で向き合った。

「お侍さん、お務めをいただかせてください」

おしずの声は、少し低く、やわらかだった。働き者の節くれだった長い指の両掌を蓮(はす)の台(うてな)のようにそろえ、市兵衛との間に差し出した。

市兵衛は頷き、おしずの蓮の台に、財布から出した二朱銀をおいた。

「ありがとうございます。ただ今、お酒と膳をお持ちします」

おしずは階下へ降りていき、勝手のほうで膳の支度にかかる物音と、源治郎と言い交わしている声が切れぎれに聞こえた。

ほかの二人の女も階下に降りていて、二階は静かだった。出格子の障子に射す日の中を、小鳥の影がとき折りかすめ、ちっち、ちっち、とここでも可憐(かれん)な鳴き声が聞けた。

ほどなく、おしずは黒塗りの膳を運んできた。

膳には一合の小さな徳利(とっくり)と杯、くわいの煮転(にころ)がしの小鉢、蓋(ふた)つきの椀(わん)が添えてあった。おしずは膳を市兵衛の膝の前におき、

「お待たせいたしました。お侍さん、どうぞ」

と、節くれだった両手で徳利を挟み、市兵衛に差し出した。杯に満ちたぬるい燗酒(かんざけ)を、市兵衛はゆっくりと口に運び、それを呑み乾(ほ)すまでおしずから目を離さなかった。

おしずの年ごろは、二十六、七と思われた。

田津民部は、去年の酉の市の日から今年の五月までのおよそ半年、ひそかに、おそらく江戸屋敷の誰にも気づかれず、月に一度か二度、せいぜい三度、この隠れ里のおしずを訪ねていたのか。

田津民部は五十二、三歳。娘ほど年の離れたおしずに、何を見ていたのか。

おしずは、市兵衛の杯にまた酌をした。

「お侍さん、まだ呑まれますか。それとも、お休みになりますか」

四畳半の部屋には、唐草文の床が延べてある。

市兵衛は二杯目の杯を膳に戻し、おしずに言った。

「おしずさん。唐木市兵衛と申します。源治郎さんから聞かれたかもしれませんが、津坂藩江戸屋敷勤番の田津民部さんは今、御徒町の江戸屋敷にはおられません。半年前の五月、田津さんは江戸屋敷を出られ、はや半年余がすぎ去っております。田津民部さんが江戸屋敷を出られたわけは、江戸屋敷で言われていることがあります。しかし、それは確かな間違いのない事情とは申せません。田津民部さんが江戸屋敷を出られた事情を調べるようにと、津坂藩のさる方のご依頼を請け、こちらの源治郎さんを訪ねました。源治郎さんに、おしずさんが田津民部さんの馴染みであったとうかがいました。おしずさん、田津民部さんについて知っていることを、お聞きしたいのです」

市兵衛が言うのを、おしずは黙って聞いていた。徳利を両手で包むように胸のあたりに持ち、凝っと市兵衛を見守った。明らかに動揺を浮かべた目が、わずかに赤らんだ。

「おしずさん、よろしいですか」

頷いたおしずの目に、言葉にならない戸惑いが浮かんでいた。

「田津民部さんは、今年、五十三歳になられました。田津さんを昔からよくご存じのさる方は、田津さんは、お役目ひと筋に殿さまに仕え、代々の家を守り、よき夫よき父であり、武士らしく生きてきた男であると、申しておられました。十年ほど前、お内儀を急な病により亡くされ、そののちは独り身を通され、老父母の世話をなされ、まだ幼い二人の子を育ててこられたのです」

おしずは、白く細い首を少しかしげるように、また頷いた。そして、しばし、考えてから言った。

「田津さんから、聞いています。ご両親はお元気のようですけれど、もう八十近いので気がかりだと、仰っていました。二人のご兄妹は、兄の可一郎さんが十九歳の若衆で、お城に見習出仕をなさっていて、縮尻らぬかと心配だとか、妹の睦さんは十六歳のむずかしい年ごろなのに、そばにいてやれないのが心苦しいと、気をもんでいらっしゃいました」

ああっ、と市兵衛は思わず声が出た。

田津民部は、このおしずという女に、それほど心を許していたのか、と胸の中に小さな驚きを覚えた。

「田津さんはおしずさんに、津坂のご一族のことや、あるいはお役目の話などを、よくされたのですか」

「ご両親とお子さま方の話を、一度お聞きしただけです。津坂のご一族のことは何も知りませんし、お役目についても話されたことはありません。田津さんはいつも、物静かに少し呑んで……」

おしずは、市兵衛の杯に徳利を差した。

市兵衛は杯をひと口舐め、膳に戻して言った。

「おしずさん、田津さんが最後に見えた五月の日のことを、聞かせてください。あの日、田津さんは源治郎さんに、おしずさんを落籍せたいと、七両の手付けを残していかれました。手付けであっても、七両は大金です。田津さんのおしずさんへの強い思いが、ひしひしと感じられます。田津さんは、おしずさんにどのような話をされたのですか」

「どのようなと……」

言いづらさを寂しげな笑みでつくろったおしずの目に、ずっと言葉にできない戸惑いが浮かんでいた。

「もしかして、田津さんは、おしずさんを落籍せ、妾(めかけ)として江戸の町家に囲うのではなく、津坂に連れていきたいと、言われたのではありませんか」

おしずは徳利を膳におき、そばの出格子窓に閉てた障子戸を、少し引いた。微眇(びびょう)な昼下がりの明るみが、外へ向けたおしずの横顔をなで、潤(うる)んだ目に光を湛(たた)えているかのように見えた。

やがて、おしずは心なしか投げやりに言った。

「冗談はやめてくださいって、言いました。あたしみたいな女が、田津さんと一緒にいけるわけがありません。ご身分に障(さわ)りますって、お断りしました」

「しかし、田津さんは諦めずに言われた。津坂で、ともに暮らそうと。おしずさんは、津坂へいくことを承知なされたのですね。おしずさんが承知されたから、田津さんは七両の手付けを源治郎さんにおいていかれた」

　おしずは、膝においた手へ顔を移した。

　働き者の節くれだった手を隠すかのように、片方の手で物憂げな仕種を見せて摩(さす)った。

「婢(はしため)奉公でいきます。そう言ったんです。田津さんが一所懸命なので、そう言って差しあげないと、お気の毒でしたから」

「その日を最後に、田津さんはおしずさんを訪ねてこなくなった」

　おしずは、こくりと頷いた。

「つまらないことを言ってしまったって、きっと後悔していらっしゃるんだと思います。あたしのような女に、津坂まで本途(ほんと)についてこられたら、体裁が悪いとか、ご近所で悪い評判がたつとか、あとになってお気づきになって、困っていらっしゃるんでしょうね。あれは嘘(うそ)だ、戯れだ、本気になどするなと、笑って仰ればいいだけなのに。あたしも一緒に笑って、わかっています、真に受けてはいませんと、言って差しあげるのに」

「わたしに、この仕事を依頼された方は、田津民部さんの幼馴染みなのです。田津民部さんをよくご存じなのです。田津民部はそのような男ではない、田津民部は侍らしい侍なのだと、信じておられます。おしずさんは、田津さんが訪ねてこなくなったのは、つまらないことを言って後悔しているからだと、思うのですか。あれは田津民部さんの本心ではなかったと、思うのですか」

おしずは、何もこたえなかった。

また、出格子の障子戸の隙間へ、顔をそむけるように向け、凝っと何かを見つめていた。昼下がりの明るみが、おしずの横顔を撫でた。

小鳥のさえずりが聞こえ、出格子の下の路地を通る人の足音が聞こえた。

「お入んなせ」

と、路地の並びの、隣かその隣の店の女が、通りがかりに声をかけた。

男と女の戯れた言い合いが聞こえたが、足音は去っていき、路地はすぐに静けさをとり戻した。

路地の静けさは、おしずの思いを映しているかのように果敢なげだった。

「おしずさん、ほかには何か。五月のあの日、田津民部さんがおしずさんに言ったことで、覚えていることはありませんか」

やおら、おしずは言った。

「田津さんは、希に、ご自分の考えていることを、口に出されることがありました。たぶん、大したことではなくて、つい、独り言のように……」

「独り言を？」

市兵衛は訊きかえした。

「五月のあの日の帰り際に、明後日は品川の柳太左衛門に会い、そうだな、と呟いてから、急ぎの用が入らなければ三日か、四日後にはくると仰ったことを、覚えています。そのときは、お役目のご用で明後日に品川へと思っただけで、品川は土地の名前しか知りませんし、柳太左衛門さんがどういうご用の方かもわかりませんけれど」

市兵衛の脳裡に、品川沖に停泊するいく艘もの廻船が浮かんだ。

「品川の柳太左衛門に会うと、言われたのですね」

おしずは、あの日の田津民部にそうしたかのように、また、こくりと頷いた。

五

東海道の主駅・品川宿へ着いたのは、翌日の巳の刻をすぎたころであった。

昨日ほどではないものの、千ぎれ雲の間から市兵衛の菅笠に射す日が穏やかだった。天気のよい日が続いていた。

旅籠やおやすみ処、料理屋や酒亭などが半暖簾や長暖簾を下げ、瓦葺屋根の不ぞろいな二階家を、往来の両側につらねて、いき交う人通りにかける客引きの声が、彼方此方に聞こえた。

どこかの酒亭か茶屋の二階で、午前のその刻限から、町芸者の鳴らす三味線と太鼓や鉦もはや賑やかに酒宴が開かれていた。

これが午の刻（午前一一時〜午後一時）を廻るころには、旅籠にも宿場女郎目あての嫖客があがって、賑わいはいっそう盛んになる。

谷ツ山をすぎて歩行新宿、品川北本宿へといたり、陣屋横丁のある一丁目から目黒川に架かる板橋を渡った南本宿一丁目の往来を、海側へ道を変えた。

猟師町の海岸沿いの土手道に出ると、波打ち際の石ころだらけの浅瀬に繋いだ漁師船が静かな波に洗われ、波打ち際から遠く離れた沖には、帆を畳(たた)んだ帆柱をたてた千石を優に超える西廻りの廻船(かいせん)が、いく艘も停泊している。

瀬取りの伝馬船(てんません)が船荷や人を乗せて、それらの大きな廻船の間をぬっていき、さらにはるか彼方の沖には、白い米粒のような帆を張った船が、どこへいくともなく紺青の海に浮かんで見えた。

白千鳥が空や海岸端を飛び交い、波打ち際に集まって、ぴゅるぴゅる、と鳴き騒ぎ、風も海も穏やかで、潮の淡い香りが流れてきた。

この品川宿の猟師町に、笠屋(かさや)柳太左衛門の住まいがある。

笠屋柳太左衛門は、一艘持ちの直乗(じきのり)船頭であった。

昨日、市兵衛は源治郎の店を出てから、御徒町の津坂藩江戸屋敷を訪ね、門番に蔵方の笹野景助に取次を頼んだ。

門番は、この十一月に着任したばかりの江戸家老と、前任の江戸家老・聖願寺豊岳の懐刀と言われ、聖願寺亡きあとの江戸屋敷に影の権勢をふるう勘定頭の志方進との確執に、唐木市兵衛という浪人者がからんでいるらしいと聞いていた。

門番は、この男が唐木市兵衛か、と訝りつつも笹野景助に取次いだ。

さして待たされず、裃(かみしも)を着けた笹野景助が門前に慌(あわ)てた様子で現れた。

「唐木さま、このようなところにお待たせいたし、申しわけございません。じつは、屋敷内は少々面倒な情勢になっておりまして、ただ今は、お入りにならないほうがよいのではと、思われるのです」

笹野は、困惑を隠さず声をひそめた。市兵衛は笹野を手で制し、

「お気遣いなく。事情は承知しております。と申しますのも、今朝ほど……」

と、すでに本所の蔵屋敷において、勘定頭の志方進、勘定組頭の加藤松太郎、津坂屋五十右衛門に会い、釘（くぎ）を刺された子細と、下谷山伏町の源治郎を訪ねた経緯を、御徒町から向柳原（むこうやなぎわら）へ武家屋敷地の往来を歩きながら伝えた。

「……というわけで、品川の柳太左衛門がいかなる者か、ご存じならば、教えていただきたいのです」

市兵衛が言うと、笹野は「はい」と、戸惑い気味にこたえた。

「品川の柳太左衛門の名は、聞いたことがございます。廻漕業者の笠屋柳太左衛門のことかと思われます。品川の猟師町に住まいがあって、一艘持ちの直乗船頭と聞いています。しかし、それは確かに変です。おかしいですね。勘定所の出納掛の田津さんが、わざわざ品川まで出向いて、柳太左衛門に会うご用があったとは思えないのですが」

市兵衛は、明日、品川の笠屋柳太左衛門を訪ねると告げ、戸田浅右衛門への報告を笹野に頼んで、向柳原の通りを戻っていった。

笠屋柳太左衛門の住まいは、海岸の石垣道を目黒川のほうへ曲がり、またひとつ曲がって、宿場町と猟師町の境を流れて海へそそぐ目黒川端の一画に、広い前土間のある大きな二階家を構えていた。

店の背戸口を出たところから目黒川の船寄せに、雁木が石垣を下っていて、船寄せの杭に伝馬船がつないであった。川端の板塀を囲った庭に、松の古樹が板塀の外へ枝を広げ、船寄せの伝馬船に影を落としていた。

その目黒川にも、白千鳥が飛び交い、対岸の北本宿の町並よりも高く、御殿山の高台の並木が眺められた。

笠屋の軒庇をくぐって前土間に入り、応対に出てきた若い者に、主人の柳太左衛門へ取次を頼んだ。若い者に代わって現れたのは、横縞の着流しに鈍い黄茶色の革羽織を着けた、白髪混じりの年配の男だった。

男は、笠屋の水主らをまとめる小頭だった。市兵衛が津坂藩江戸家老の戸田浅右衛門の添状を見せ、柳太左衛門を訪ねた事情を伝えると、

「旦那はただ今、積荷の点検に《武蔵丸》へいっております。そろそろ戻ってま

いりますので、どうぞこちらへ」

と、店奥の八畳間に通された。

部屋は板縁と土縁があって、土縁の外に松の古樹が枝を広げる庭に面していたが、石垣下を流れる目黒川は、板塀に遮られて見えなかった。

腰付障子を両開きにしていても、少しも寒くはなかった。

取次の若い者が、むむ、とうなりながら茶碗と莨盆を運んできた。

それから四半刻ほどがたち、のどかな静けさに包まれていた店が急に賑やかになり、前土間のほうで男らの活発な遣りとりが聞こえた。

ほどなく、廊下を足音が近づいてきて、襖ごしに低い男の声が言った。

「失礼いたしやす」

襖が引かれ、地味な焦げ茶の袷を着流し、独鈷模様の博多帯を締め、紺青の羅紗綿の長羽織を羽織った大柄な男がにじり入った。

男は引手をとって静かに襖を閉じ、市兵衛の正面へ進んで対座した。

そのとき、大きな黒足袋が、焦げ茶の裾からのぞいた。

男は膝に手をそろえて辞儀をし、低いが張りのある声で言った。

「笠屋柳太左衛門で、ございやす。江戸よりわざわざのお越し、畏れ入りやす」

黄金色に焼けた肌に、頬骨がやや高く、太い眉と大きな目を見開き、通った鼻筋と唇を真一文字に結んだ風貌が、いかにも精悍な海の男を思わせた。

「唐木市兵衛と申します。唐突にお訪ねいたしたご無礼を、お許し願います」

市兵衛も辞儀をして言った。

「とんでもございません。そのようなお気遣い、無用でございやす。笠屋は廻漕業を営んでおり、毎年、越後津坂藩御廻米の積船にお申しつけいただき、まことにありがたいことでございやす。この度、新しくご着任の江戸家老・戸田浅右衛門さまの添状は拝見いたしやした。どうぞこれは……」

と、柳太左衛門は浅右衛門の添状を、市兵衛の膝の前へ、長い腕を差し出して戻した。そして、大柄な上体をゆるやかに起こし、市兵衛が添状を前襟に差し入れる仕種を見守りつつ言った。

「わたしども廻漕業を営む者は、お客さまの大事なお荷物をお預かりいたしておりましても、荒波に廻船を乗り出し、風や雨やお天道さまを相手の生業でございやす。すなわち、蔵元の津坂屋さんとはおつき合いはございやすが、津坂藩江戸屋敷のお役人さま方とおつき合いをいたす機会は、滅多にございやせん。唐木さまは、江戸屋敷のどのようなお役目をお勤めでございやすか」

「いえ。わたしは津坂藩の役人ではありません。江戸家老の戸田さまのご依頼を請け、津坂藩のあるお役人の、ある始末にいたった事情を調べております。わたしは江戸の者です」

「するってえと、唐木さまは江戸のご浪人さんでございやすか」

「さようです。戸田さまは、わたしが請けた調べは、同じ津坂藩の方ではないほうがよいであろうと、お考えのようです」

「さようで。唐木さまが津坂藩のお役人さまでなきゃあ困るとか、面倒な事柄に巻きこまれたくねえとか、そんな了見の狭(せま)いことを言うつもりはございやせん。津坂藩は笠屋のお客さまでございやす。ご家老の戸田さまのご用で差し遣わされた方がどなたであれ、おこたえできることはおこたえいたしやす。仮令(たとえ)、江戸のご浪人さんでございましても」

柳太左衛門は黄金色の頬をゆるませ、市兵衛が後ろに寝かせた黒鞘の一刀を、ちらりと見た。

「笠屋柳太左衛門さんにお訊ねいたします」

と、市兵衛はさり気なくきり出した。

「およそ半年前の五月の上旬、江戸屋敷勘定方勘定衆の田津民部さんが、おそらくはこちらの店に、柳太左衛門さんを訪ねてこられたと聞いております。それは間違いありませんか」

柳太左衛門はゆるませた顔つきを市兵衛に向け、ゆっくりと頷いた。

「田津民部さまが訪ねて見えたのは、覚えておりやす。てっきり、若いお役人さまが見えるのだろうとばかり思っておりましたのが、田津さまが今年五十三歳とお聞きし、ちょいと意外でございやした。その数日前に町飛脚で是非にも会いてえと知らせがあって、津坂藩の勘定方のお役人さまのご要請ならなんぞご用だろうと思い、この日にと、すぐに返事をいたしやした。ちょうど、夏の津坂藩の蔵米積船が無事、品川沖に廻着したあとで、次の船出までには、まだ間があるときでございやした」

「田津民部さんのご用は、当然、御蔵米の御廻米についての、お訊ねだったのでしょうね」

「へい。津坂藩の御廻米は、毎年、春の初めに蔵米積船が四、五艘の船団を組み、越後へと出船いたしやす。四つの船団ぐらいが、数日おきに出船いたしやす。江戸の蔵元からは、数名の手代が津坂領へ先に遣わされ、津坂湊に入船する船団に蔵米を積みこむ手配をいたしやす。で、蔵米を積みこんだ船団は、江戸へと廻米いたしやす。田津さまは、毎年のその段どりを、いろいろとお訊ねになり、まあ大体、その段どりのことを、おこたえいたしやした」

「大体、とは、ほかに訊かれたこともあるのですか」

「ふふん、大体は大体でございますよ」

市兵衛はしばし考え、語調を改めた。

「津坂藩の蔵米積船は、請負米ではなく、賃積みの廻米ですね」

「請負米ではございやせん。蔵元の津坂屋五十右衛門さんが差配なされて、わたしら廻漕業者の持船がお雇船になりやす」

請負米は、蔵米廻漕の一切を請け負う商人請負のことで、賃積みの廻米は、藩が積船を雇い廻漕料だけを支払う方式である。

「航路は西廻りなのですか」

「西廻り航路でございやす。上方、西国、下関をへて北国の海をいき、越後の津坂湊へと向かいやす」

「東廻りの航路は、使わないのですか」

「津軽藩や南部、伊達の廻米は東廻りで江戸へ廻米されやすが、津軽海峡に難所があって、北国諸藩の蔵米船は、ほとんどが西廻り航路をとり、大坂の蔵屋敷、あるいは江戸の蔵屋敷へ搬入されやす」

「柳太左衛門さんは、一艘持ちの直乗船頭ですね」

「へい。千三百石積みの武蔵丸でございやす。親父譲りの古い弁財船でございやすが、上方、西国、北国へと、荒波に耐えてよく働いてくれやす。わたしが船頭になって、かれこれ十年になりやす」

「船頭荷物の積み合わせは、行われているのですか」

「田津さまは、それもお訊ねになりやした。幕府の城米船に船頭荷物の積み合わせは許されておりやせん。ですが、幕府とは違い、近ごろはどちらの藩でも蔵米積船に船頭荷物の積み合わせが許されておりやす。武蔵丸にも、船頭荷物の積み合わせのお許しを、慣例として津坂藩よりいただいておりやす」

「柳太左衛門さんは、田津さんにそのようにこたえられたのですね」

「へい。そのようにおこたえいたしやした」

「大体それだけで、ほかには訊かれなかったのですね」

市兵衛は念を押した。

「ほかに？　そうでございやすね。もう半年以上前のことで、細かいお訊ねについては、よく覚えておりませんが」

柳太左衛門の口ぶりに、曖昧さが感じられた。

「柳太左衛門さん、わたしには妙に思えるのですが」

「わたしのおこたえしたことが、妙だと……」

「柳太左衛門さんのおこたえが、妙なのではありません。田津民部さんが、柳太左衛門さんにそのように訊ねたことが、妙に思えるのです」

柳太左衛門は、訝しげに首をかしげた。

かまわず、市兵衛は言った。

「藩の蔵米のみならず、紬などの藩の物産を蔵米積船に積みこみ、西廻り航路の遠い船旅をへて江戸表に廻漕し、品川沖で瀬取り船にて本所の津坂藩蔵屋敷に搬入すると、蔵元の津坂屋五十右衛門さんが、御徒町の上屋敷、本所の下屋敷と蔵屋敷などの飯米をのぞいた蔵米、および藩の物産などを本所の蔵屋敷にて売り出し、御用金に替え、国元の台所勘定を賄う御用金、あるいは江戸屋敷の台所勘定を賄う御用金の差配を請け負い、また御公儀や両替商などからの借用金の利息払いや返済、新たな借り入れの手続きまで、一切を津坂屋五十右衛門さんが仕きっておられることは、津坂藩の者ならみな知っております」

「まあ、そうでございやしょうね」

「津坂藩士なら、況(いわん)や勘定所の勘定衆なら自明のことを、田津民部さんは、わざわざ町飛脚まで使って手紙を寄こし、柳太左衛門さんにそれを訊ねにこられたのですか。田津民部さんは、わざわざ柳太左衛門さんに会いにきたのは、ほかに訊ねたいことがあったためではありませんか」

柳太左衛門は、膝においた節くれだった手で物思わしげな拍子をとった。

店の表のほうで、若い者らの言い交わす声が聞こえている。

「田津民部さんは、五月のその日、柳太左衛門さんを訪ねることは、江戸屋敷の傍輩(ほうばい)のどなたにも伝えておりません。今はどうかわかりませんが、おそらく、上役の勘定組頭の加藤松太郎どの、勘定頭の志方進どの、蔵元の津坂屋五十右衛門さんも、となると、当時の江戸家老の聖願寺豊岳どのも、五月のあの日、田津民部さんが柳太左衛門さんを訪ねることを、知らなかったのではないかと、わたしには思えてならないのです」

「そうなので、ございますか」

柳太左衛門は穏やかに言った。

「わたしにこの調べを依頼なされた江戸家老の戸田浅右衛門さまも、ご存じではありませんでした。田津民部さんが、五月のあの日に柳太左衛門さんを訪ねると知っていたのは、田津民部さんに所縁のある女でした。女がそれを知ったのも、田津さんが独り言に呟かれたのを、偶然、耳にして覚えていたのです。もうお察しでしょうが、津坂藩のあるお役人のある始末にいたった事情とは、田津民部さんの事情です。田津民部さんは、柳太左衛門さんを訪ねた翌日かその次の日かに、御徒町の江戸屋敷を出奔し、それ以来、行方が知れません。田津民部さんの行方が知れなくなったあと、江戸屋敷の御用金の百五十両ほどが不足していると、判明したそうです。柳太左衛門さんは、それはご存じでしたか」

「いえ、存じませんでした」

　と、柳太左衛門は声をいっそう低くし、眉をわずかにひそめた。

「わたしは廻漕業の船頭でございやす。江戸を離れているときが長く、津坂藩の廻米が済んだあとの夏から秋にかけては、江戸から大坂、西国のほうへと廻漕業についておりましたので、その話は初めてお聞きいたしやした。田津民部さまが出奔なされたとは、意外な」

「江戸屋敷では、田津民部さんが百五十両の御用金を着服し欠け落ちしたと、噂になっております。ただし、半年前、江戸家老に就いておられた聖願寺豊岳どのは、外聞が悪いというので表沙汰にはしておりません」

「田津民部さまは所縁の女と手に手をとって、なので」

「女は、柳太左衛門さんの名以外、田津さんが出奔したことも知りません。ご家老の戸田浅右衛門さまは、田津民部さんとは幼馴染みにて、古い友でした。田津民部さんは、父母を敬い家族を慈しみ、忠勤を怠らぬ侍らしい侍である。御用金を着服して欠け落ちなど、そんな見すぼらしい真似をする侍ではない。もしも、田津さんが御用金を着服して逐電したなら、そうせざるを得ない理由があったのに違いない。それを調べるように、と申されたのです。柳太左衛門さん、五月のあの日、田津さんは柳太左衛門さんに何を訊ねられたのですか」

柳太左衛門はしばし黙考し、何かを承知したかのように小さく数度頷いた。

やおら座を立って庭側へいき、腰付障子を閉じた。

目黒川のほうで聞こえていた白千鳥の鳴き声が、小さくなった。それから、廊下側の襖を開けて、若い者らの声が聞こえる店の表へ、

「おおい、誰か、お客さまに新しい茶を頼む」

と言いつけた。

へえい、と若い者の声がかえってきた。

六

「以前、津坂屋の五十右衛門さんに蔵米の廻漕運賃の増額を訴え、同じ船持ちと語らい、下り荷の積留の手段に出たことがございやした。わたしら廻漕業者は、津坂藩の蔵米の廻漕運賃を稼ぐ雇船でございやすが、品川沖を出船するときは、津坂屋さんの定積の船荷も積みこんでおりやす。その定積荷物の積みこみの手間代と廻漕運賃の増額を、前から蔵元の津坂屋さんに訴えておりやした。津坂屋さんは、津坂藩にかけ合っておくと言いながら、一向に埒が明きやせん。業を煮やして積留という手段に訴え、津坂屋の五十右衛門さんにいろいろと脅されても引きさがらず、結局、津坂屋さんのほうが折れて、運賃の増額と船頭荷物を増やすことで折り合いをつけたんでございやす。わたしは一艘持ちの直乗船頭の親父譲りで、言うことは言う、通す筋は通す、通らねえ筋は通さねえ、とそんな気性なもんで、どうやら田津民部さまは、柳太左衛門なら隠しだてはしねえだろうと思われたようで、わたしにそれをお訊ねに見えたんでございやす」

「それを、とは」

市兵衛は訊いた。

「唐木さまは、沢手米(さわてまい)はおわかりになりやすか」

「濡米(ぬれまい)のことですね」

「へい、さようで。津坂藩は毎年、春の二月下旬から四月初めにかけて、蔵米の江戸廻米を行っておりやす。その江戸廻米の折り、必ず相当量の沢手米が出ているが、それぐらいの沢手米が出ることはやむを得ぬことなのか、というお訊ねでございやした。西廻りの長い航海でございやす。雨もあれば嵐にも遭いやすし、大波をかぶるなど、不慮の災難に見舞われる場合もございやす。しかしながら、お客さまの大事な荷物を安全に、少しでも早く廻漕いたすよう心がけ、それができているからこそ、これまで笠屋が無事に廻漕業を営んでこられたと、自慢に思っておるんでございやす。で、田津さまに申しやした。わたしの承知している限り、先代の船頭の親父とわたしの代まで、わが《武蔵丸》の廻漕に相当量の沢手米を出した覚えはございやせん。ほかの蔵米積船にも、相当量の沢手米を出した話は聞いてはおりませんでしたので、沢手米がどれほど出ているのか訊ねやすと、少ない年で蔵米積船の五分あまり。一割近い年もあったと申されやした」

「津坂藩の石高は七万石です。江戸廻米は一万三千石ほどでは……」

「大体、一万四千石にはいかねえぐらいになりやす」

「一万三千石としても、その五分が沢手米だとすると、四斗俵では千六百二十五俵。三俵一両に替えるなら、およそ五百四十一両二分余です。一割近くも沢手米が出れば、千両を超えるほどの損害になったこともあったと、田津さんは言われたのですか」

「ですから、それは沢手米の名目で、表沙汰にはできねえ江戸屋敷の資金繰りに使われているんじゃございやせんか、例えば、奥方さまの御殿の贅沢な改装に急に大きな費えが必要になったとか、と申したんですがね」

「田津さんは、なんと言われましたか」

「そういうことは、あまりお詳しくはねえようで、凝っと考えこんでおられやした。ただ、田津さまはこう申されやした。沢手米が出ると、代米を収めねばならねえ。お城の蔵米を江戸へ新たに廻米しなければならず、その船賃もまたかかって、藩の台所はただでも苦しいのに、沢手米の代米を手当しなければならない所為で、さらに苦しくなっている。藩の台所勘定は年々逼迫して年貢率があがり、今は四割二分を超えている。年貢率があがってお百姓らの不平不満の声が聞こえ、領内の米不足が城下の諸色をじりじりと押しあげ、町民の間に藩の政を糾弾する声も広がっていると、だいぶ気にかけておられやした」

「しかし、それは沢手米だけの所為ではありませんね」

「わたしも、そう申しやした」

柳太左衛門が頷いた。

「領内の米不足は、天候不順による米不足やら、藩の台所勘定が苦しい所為で年貢率があげられたばかりではねえのではと。藩が領米の積出し高の管理を怠っていたか、あるいは、領米を金貨銀貨に替えることを藩が望んでいるからではござんせんか。わたしら廻漕業者は、お客さまの望みのままに大事な荷物を積みこんで運ぶだけでございやす。藩の政は、わたしら廻漕業者の与り知らねえ事情でと、申したんでございやす」

「津坂藩の領米の積出しは、津坂湊の廻船問屋の《香住屋》が、廻船問屋仲間の行事役を藩から任され、差配していたそうです。香住屋は領内の米不足を考慮せず、城下の米問屋仲間と通じて米を積出し、そのため、津坂城下は米問屋の打毀しが起こりかねない不穏な情勢であったと、聞こえておりました。香住屋を廻船問屋仲間の行事役に強く押したのは、江戸家老の聖願寺豊岳どのと、香住屋と聖願寺どのは陰で結んでいると、それも言われていたのです」

柳太左衛門は、ふうむ、とうなった。

「先月、突然、廻船問屋の香住屋さんがおとり潰(つぶ)しになって、家財没収、ご主人の善四郎(ぜんしろう)さんは領国追放になったと聞き、吃驚(びっくり)いたしやした。善四郎さんには、津坂湊でご挨拶したことがございやす。で、もっと吃驚したのは、御徒町の江戸屋敷で、前の江戸家老の聖願寺さまが賊(ぞく)に襲われ亡くなった、と聞いたときでございやした。一時は、津坂藩はどうなっちまうんだと、胸がどきどきいたしやした。唐木さん、あれはどういう事情なんでございやすか」

「ご当主の鴇江憲実さまのお世継ぎが正式に決まって、それをきっかけに、聖願寺豊岳どのが執(と)っていたこれまでの藩政の改革を、ご当主が命じられたと聞いています。香住屋のおとり潰しは、その改革のひとつだったと思われますが、聖願寺どのを襲ったのも、聖願寺どのの存在が改革を阻(はば)む事態を憂慮した家臣の仕業ではないかと言われているようです。定かではありませんが」

「ほう、よくご存じで。どおりでご家老さまが、田津民部さまがなんで欠け落ちしたのか、事情調べを唐木さまにご依頼なさったわけだ」

「田津民部さんは、江戸屋敷に勤番する一勘定衆にて、出納掛に就いておられました。江戸屋敷の内情を詳しく知る立場にはありません。ただ、毎年の蔵米積船に出る沢手米が、不明金になっているのではないかと、気づかれたのですね」

市兵衛がなおも言うと、柳太左衛門は唇をへの字に結んだ。

「田津さまはそういうお立場ですから、仮令それに気づいても、わたしみてえな船頭に確かめにくるしか、手だてがなかったんでしょう。沢手米の所為ばかりではねえのは承知しているがと仰って、思案に暮れておられやした。それで、沢手米とは別のことを、お話しいたしたんでございやす」

「別のことを？」

「わたしの船でその指示を受けたのは、一度きりでございやす。三年前の蔵米積船のことでございやす。津坂湊で蔵米のほかに、紬などの定積の船荷を積みこんだ折り、蔵元の津坂屋から遣わされていた手代の指示で、船団は途中、若狭の長浜湊に寄港し、廻船問屋の《武井》の指図に従って、米二千俵を降ろすことになったんでございやす。船団の船頭らが、江戸廻着が長浜湊に寄港した日数分遅れ、また江戸廻着米が当初の総量と違うことになっても、運賃は値引きできねえと確かめたところ、手代らは、急遽、江戸から届いた指示だから、委細は江戸で五十右衛門さんに訊け、というものでございやした」

「若狭の長浜で、蔵米の積船を替えたのですか」

「とは限らねえようで。わたしらは雇船でございやすので、指示に従って長浜湊に寄港し、米二千俵を降ろして、それから西廻りの航路で品川沖に無事廻着いたしやした。元々、運賃の半分は船改めを受けて積出し地の津坂に向かう前に支払われ、残りの半分は江戸廻着後に支給されやす。津坂屋の五十右衛門さんが残りの半分を船持ちに支払う折り、途中の若狭長浜で蔵米の一部を降ろしたのは、大津(おおつ)の米市場の相場が高騰している知らせが入ったからだと、明かされやした。大津の米市場には、大坂堂島(おおさかどうじま)の米相場の動向がほぼ同時に伝わって、それに近い相場で取引されており、堂島の米相場は高値が続いている。仮令わずかでも、大津市場で米を売りさばいて、津坂藩に利益をもたらすため急遽判断した、というのでございやす。北陸からは、大津をへて畿内(きない)へ通じる街道がございやす。津坂藩主の鴇江憲実さまの奥方さまのお里は、京の朱雀家でございやす。朱雀家は若狭の長浜湊と周辺の村々を采地にしておりやす。そのご縁により、朱雀家御用達の米問屋が大津市場で二千俵の米を売りさばき、それを朱雀家御用達の別の商人が為替に替えて江戸屋敷へ送るんだそうでございやす」

「朱雀家の御用達商人は、おそらく駒形町の《都屋》でしょう」

「都屋？　そうなんでございやすか」

「京の烏丸に本店があって、唐物や紅毛物を商う商人です。朱雀家の御用達で、文化三年に駒形町に江戸店を開きました。朱雀家から津坂藩にお輿入れなされた奥方さまが江戸屋敷に住まわれてからは、都屋の江戸店の主人は、江戸屋敷にも出入りが許されています。しかし、江戸店の主人は、江戸家老の聖願寺豊岳どのが賊に襲われたとき、偶然にもその場に居合わせたらしく、聖願寺どのとともに斬られて命を落とされたとも聞いています」

「よくご存じで」

と、柳太左衛門は笑って続けた。

「それと、五十右衛門さんはこうも仰ったんでございやす。津坂湊の廻船問屋と長浜湊の廻船問屋の交易は頻繁に行われ、長浜湊の商人から津坂藩へ支払いがある場合、京の朱雀家が中立して江戸屋敷へ支払い勘定を済ますことは、これまでにしばしば行われてきた。この度の、商人同士ではない蔵米の勘定は、津坂藩の台所事情を考慮したあくまで臨時の措置ゆえ、余所でみだりに言い触らさねえように、とでございやす」

「田津さんに、それも話されたのですか」

「田津さまは、余所の方ではねえ津坂藩の勘定方のお役人さまでございやす。お立場は違うにしても、蔵元の五十右衛門さんよりもまだお身内の方ですし、何よりも熱心にお訊ねでございやしたんで、田津さまなら間違いはねえだろうと考え、全部お話しいたしやした」

「田津さんはなんと言われましたか」

「そんな話は知らねえ、自分は勘定方の下役の出納掛にすぎねえが、江戸屋敷の台所勘定は、蔵元の津坂屋が差配して廻ってくる御用金によって賄われていることぐらいわかる。それ以外の御用金など知らぬ、そんなものがあったなら、その出納の勘定帳や元帳はどこにあるのか、と仰られやした」

「そうでしたか」

「へい。ひどくつらそうに眉間(みけん)に皺(しわ)を寄せて考えこまれやしたんで、拙(まず)いことを言っちまったのかなと心配になって、京のほうからのご入金も、一旦は、蔵元の津坂屋さんを通しているのではございやせんかと、申しあげたんでございやす。けど、そのあと田津さまが欠け落ちをなさったとは、とんでもねえことでございやす。わたしが言ったことと、やっぱり、かかり合いがあるんでしょうね」

そこで、市兵衛と柳太左衛門の言葉は途ぎれた。

庭側の腰付障子ごしに、目黒川の白千鳥のかすかな鳴き声が聞こえていた。

七

夕刻、市兵衛が永富町三丁目の安左衛門店の木戸をくぐると、家主の安左衛門が店から小走りに出てきて、「市兵衛さん、お帰り」と呼び止めた。

「安左衛門さん、ただ今戻りました」

市兵衛は、路地に出てきた安左衛門に辞儀をした。

「今日はどちらまで」

「品川まで、所用があっていっておりました」

「品川かい。そいつは遠いね。ご苦労さん」

「安左衛門さん、何かご用ですか」

路地で出会えば挨拶はするが、店にいた安左衛門がわざわざ出てきて市兵衛に話しかけてきたのは、用があるのに違いなかった。

家主の安左衛門の店は、路地を挟んで東側に五軒、西側に三軒の二階家が並ぶ割長屋の、西側の木戸わきの一軒家である。三軒長屋との間に井戸と、井戸の奥に稲荷があった。

「さっき、七ツ半（午後五時頃）にまだならないころ、北の御番所の渋井さまと背の高い御用聞が、市兵衛さんを訪ねて見えてね。市兵衛さんが留守だからうちへきて、市兵衛さんが戻ったら、三河町の《宰領屋》さんにいるので必ず顔を出すように、とご伝言を預かったんだよ。どうやら、御用のお調べらしいね。市兵衛さん、御番所のお調べを受ける心あたりがあるのかい」

「御用のお調べと、渋井さんが仰ったんですか。御用のお調べが自身番じゃなく宰領屋さんというのは妙ですね」

「ああ？　確かに妙だね。御用と聞いたように思うんだが、ともかく、市兵衛さんに訊ねたいことがあると仰ったのは間違いない」

「わかりました。これから宰領屋さんにいってきます」

市兵衛は安左衛門店の路地から、永富町の土もの店の往来へ出た。

本石町の時の鐘が夕六ツ（午後六時頃）を報せるころ、市兵衛は、北町奉行所定町廻りの渋井鬼三次と御用聞の助弥、そして、請宿・宰領屋の主人の矢藤太の四人で、青物新道の酒亭《蛤屋》にいた。

酒亭だが飯も食わせる蛤屋は、《さけ　めし》の看板行灯を新道の店頭にたて、店内は天井にかけた三灯の八間が明々と灯され、花茣蓙を敷いた縁台の並ぶ土間と片側が畳敷きの小あがりになっている。

小あがりは衝立で隔てた四つの座があって、四人は、店奥の調理場から二階へあがる階段の下になる奥の座につき、銘々膳と鰌鍋を囲んでいた。

その座は階段の裏羽目板が斜めにあがっていて、立つと頭がつかえた。

店土間の縁台も、小あがりの座も客が大方埋まり、紺絣の垢ぬけた小袖を笹文の半幅帯で隙なく締めたお吉が、賑やかな客席の間を忙しく立ち廻っている。

四人の膳には、蛤の田楽、沙魚のおろし醤油漬け、はりはりなどの皿や小鉢に、笹掻ごぼうを敷いた平鍋に背開きの鰌が並んで、出し汁の効いた醤油にみりん、砂糖の甘辛い香りがゆるゆるとのぼっている。

その宵、賑わう店の中で、四人はひっそりと言葉を交わしていた。

と言っても、さっきから呪文を唱えるようにぶつぶつと言い続けているのは、町方の渋井である。

渋井は、いかり肩の痩せた中背の上体を、向かい合った市兵衛のほうへやや傾け、眉尻が下がってひと重のちぐはぐな目が妙に鋭いしぶ面を、少しもゆるませずに話していた。

「それでな、そいつがとうとう白状した場所が、なんと本所大川端の津坂藩・蔵屋敷だったというから驚いた。津坂藩と聞いて真っ先に思い浮かべたのは、市兵衛、おめえだ。市兵衛に頼まれて駒形町の都屋の主人をこっそり調べた。主人の丹次郎(たんじろう)がお出入りをしていたのが、御徒町の津坂藩江戸屋敷で、津坂藩江戸屋敷と言えば、八月のお世継ぎの松之丞重和刃傷(にんじょう)事件。それから、先月の江戸家老・聖願寺豊岳の斬殺事件。そのときに、たまたまか、もしかしたら賊は一緒のところを狙ったのか、居合わせた都屋の丹次郎が聖願寺とともに斬られた事件……」

と、渋井が言いかけたところへ、調理場から丹治(たんじ)が出てきた。

「へい。旦那、お呼びで」

ねじり鉢巻きに前垂れの丹治が、渋井に人のよさそうな笑みを見せた。

話に夢中になっていた渋井は、あ？　と丹治へふり向いた。

「あ、違うんです、ご亭主。丹次郎って別人の話なんで。済んません」

渋井の隣の助弥が、無理矢理に頰笑(ほほえ)んでとりつくろった。

丹治は蛤屋の料理人で、女房で女将のお浜(はま)の亭主である。忙しく接客に立ち廻っているお吉は、三十前の出戻りの、丹治とお浜の女(むすめ)である。蛤屋は親娘三人で営んでいる。

「旦那、もう少し声を落としたほうが……」

助弥がささやき、矢藤太がくすくす笑いを寄こした。

「おう、そうだな」

と、渋井はすぐに気をとりなおして言った。

「さらに例の、押上橋の一件が津坂藩のお家の事情、て言うか、御徒町の江戸屋敷のなんかの事情と、仏がからんでいるんじゃねえか、とそういう推量があれやこれやと、おれの脳裡をよぎったってわけだ。江戸屋敷なら、大川端の蔵屋敷も津坂藩の江戸屋敷だ。こいつはもしかしたら、またまた市兵衛の兄上の御目付さまやら、隠密目付やらの扱いで、おれたち町方が出る幕のねえ一件なのかもなと思わねえではなかった。だからと言ってだ。扇橋の水門に浮かんでいた仏が、どうやら斬殺されたらしいが、津坂藩とかかり合いがあるとは、まだ限ったわけじゃねえ。あるかもしれねえが、ないかもしれねえ。そいつを確かめもしねえで、仏になった事情も素性も知らねえまま、小塚原の死体捨て場に埋められてるってえのは、ちょいと可哀想だし、気になってならねえ。なあ、助弥」

「へい。あっしも気になってなりやせん」

助弥が、こくりと頷いて言った。

市兵衛は空腹で、蛤の田楽や沙魚のおろし醤油漬け、はりはり、鰌鍋の鰌をとりわけふうふう息を吹きかけつつ、勢いよく食べ続けていた。

隣の矢藤太も、やはり黙々と杯を重ねている。助弥が、向かい合った矢藤太の空の杯へ、

「矢藤太さん、どうぞ」

と、徳利（とっくり）を注（さ）した。

「おっと、済まないね」

矢藤太に注してから、市兵衛にも徳利を向けた。

「市兵衛さん、いきましょう」

「うん？　そうか。いただく」

市兵衛は鰌をとり分けた碗と箸をおき、杯をあげた。

「市兵衛さん、今宵は食い気が盛んですね。昼間のお出かけはどちらへ」

「品川だ。途中、腹が減ったが、ずっと我慢してきた」

「品川へ。まさか、品川女郎衆にというのじゃ」

市兵衛の杯に酒を注（つ）ぎながら、助弥がからかった。

「脂粉の香る品川女郎衆ではない。敵は、日焼けして潮の香りがするいかつい廻

船の船頭だった」

市兵衛が言うと、隣の矢藤太が杯を持ったまま訊いた。

「市兵衛さん、品川は田津民部の件でいったのかい」

「そうだ。津坂藩の蔵米積船の直乗船頭に会ってきた。笠屋柳太左衛門という船持ちで、田津民部さんが出奔する前、品川まで会いにいっていた」

「田津民部が出奔する前に。そうなのかい」

すると、渋井がちぐはぐな目を、訝しそうにいっそうちぐはぐにして言った。

「津坂藩の蔵米積船とは、なんの話だ。田津民部とは、津坂藩の侍なのかい。市兵衛はまだ、津坂藩の仕事を請けているのかい」

「渋井さん、注ぎましょう」

市兵衛は、渋井の杯に徳利を傾けた。

「今請けている仕事は、津坂藩の江戸屋敷にかかり合いはありますが、津坂藩から頼まれたのではありません。ですが、その前にまずは、扇橋に浮かんでいた仏さんの話を聞かせてください。わたしの話はそのあとで」

「よかろう。というわけで、ええっと、どこまで話したんだっけ」

「扇橋の水門に浮かんでいた、どうやら斬殺されたらしい仏さんが、津坂藩とかかり合いがあるとは、まだ限ったわけではない。あるかもしれないが、ないかもしれない、というところまでです」

「それだ。というわけで、そいつを確かめもしねえで、仏になった事情も素性も知らねえまま、小塚原の死体捨て場に埋められてるってえのは、ちょいと可哀想だし、気になってならねえが、町方が武家屋敷に御用の筋だと、乗りこむわけにはいかねえ。況や、相手は蔵屋敷ではあっても、譜代大名の江戸屋敷だ。そこで御奉行さまを通して、津坂藩の江戸留守居役に、半年前の五月に、本所の蔵屋敷で喧嘩騒ぎの刃傷沙汰か、あるいは妙なごたごたもめ事に巻きこまれて、蔵屋敷の役人か誰かが、行方知れずになっている事件とかに心あたりはねえか、と問い合せたが、そのような不埒な事件も災難も、当蔵屋敷においては一切ないと、素っ気ない返答が、その日のうちに奉行所に届いた」

渋井は話に夢中になって、勢いよくあおった酒が、着流しの膝にぽとぽととこぼれた。

「ああ、旦那、酒がこぼれてますって」

と、助弥が手拭を出して渋井の膝をぬぐうが、渋井は、あ、そうかい、済まねえな、という調子で、一向に気にせず続けた。

「なあにを言ってやがる。八月にはお世継ぎさまが刃傷に遭い、先月の十月には江戸家老が賊に斬られて落命したのは一体どこの話でえ。病死と届けようが、口外を固く禁じようが、不埒な事件だらけじゃねえかと、江戸の町方はとっくにお見通しだぜ。田舎大名のごたごたやらもめ事なんざあ、面白くもなんともねえから相手にしなかっただけだぜ。けどな、江戸の町家に仏が出たからには、町方は放っておかねえぜ、と言ってやりたかったが、田舎大名でも大名は大名だ。ちゃんと調べもしねえで、白をきり通す気でいやがる。が、おれとしても、はいそうですかと、大人しく引きさがるわけにはいかねえ。こうなったら、江戸屋敷だろうが蔵屋敷だろうがかまわねえ、あたって砕けろでいくしかねえと、御奉行さまのお叱り覚悟で、昨日、津坂屋五十右衛門に直に会いにいったわけさ。蔵元の名字帯刀が許されても相手は商人だと、津坂藩の蔵屋敷の門前までいったところへ、なんと、市兵衛が門前に出てきたのが見えたから、あれ、市兵衛じゃねえか、市兵衛が何をしているんだと意外に思った。なあ、助弥」

「へい。市兵衛さんが津坂藩の蔵屋敷を出て、大川端を颯爽と大川橋のほうへいくのが見えやした。きらきらとお天道さまの射す大川端を、しゅっとした侍姿が絵になっておりましたぜ」

「そうでしたか。気づきませんでした」

「市兵衛がさっさといっちまうんで、声をかける間もなかった。それに、こっちは津坂屋の五十右衛門に会うのが目あてだから、まずはそっちを先にしたのさ」

「津坂屋五十右衛門に会って、手がかりがありましたか」

「五十右衛門の野郎、居留守を使って、出てきやがらねえ。手代みてえのが代わりに出てきて、こちらは津坂藩の蔵屋敷だから、訊ねることは留守居役を通せの一点張りさ。押し問答の末、門前払いを喰らわされた。で、市兵衛に津坂藩の蔵屋敷でどんな用があったのかを、訊きにきた」

「昨日は、わたしが今請けている仕事の件で、津坂屋五十右衛門と、津坂藩江戸屋敷の勘定頭・志方進、同じく勘定組頭・加藤松太郎の三人に会っていました。五十右衛門に蔵屋敷へ呼ばれたのです。渋井さん、江戸屋敷勤番の勘定衆に、田津民部という侍がおります。おりました、と言うべきなのかもしれません。その田津民部が、半年余前の五月、江戸屋敷より出奔したのです。御用金に百五十両の不足がそのあと判明し、田津民部が着服して欠け落ちしたと見られていますが、田津民部はそのような真似を断じてしないと、疑わぬ人がおります。田津民部は今も行方知れずのままです」

「市兵衛さん、扇橋の水門に浮かんでいた仏さんは、もしかして……」

矢藤太が言った。

「ほう。その勘定衆の田津民部の行方知れずが五月。扇橋の水門に腐乱した仏の浮いてたのが八月。仏の素性も、知れねえってわけか。市兵衛、田津民部の話を聞かしてくれ」

渋井が言い、助弥が杯をあげ、ごくり、と喉を鳴らした。

はい、と市兵衛は言った。

八

津坂藩江戸屋敷の大広間は、入側と縁廊下を隔てて中庭に対し、中庭には能舞台が設(しつら)えられている。

その大広間から、北側の大廊下を通って御成書院へいたる。

御成書院は、黒書院とともに、殿さまの御座の間でもある。御座の間より、渡り廊下が正室の蘭の方の住まいである奥へ通じている。

同じ日の夕刻、寂(しん)と静まりかえった津坂藩江戸屋敷の御成書院に、勘定頭の志方進、勘定組頭の加藤松太郎、江戸留守居役の羽崎保秀、そして、蔵元の津坂屋五十右衛門の四人が、殿さまの御座である上段の下に着座していた。

名字帯刀を許されている蔵元の津坂屋五十右衛門も、上屋敷に参上するときは裃を着ける。

御成書院は黒塗り桟の腰付障子が入側に閉てられ、縁側から白い漆喰の土塀まで広がる枯山水の庭は見えない。また大広間へ通る大廊下側には、津坂領の湖に飛来する大白鳥を描いた間仕切が閉じてある。

主君の鴇江伯耆守憲実は、来年の参勤まで津坂在国のため、御座の間でもある御成書院は使われることはない。

前任の江戸家老の聖願寺豊岳は、殿さまが在国の折り、江戸屋敷の主だった者らの合議の場を、この御成書院で、あたかもおのれの御座の間であるかのように開くのを慣例にしていた。

御成書院であれば、屋敷内の侍衆が近づくことはない。

江戸屋敷の主だった者らだけで、内々の合議を持つ場にはまことに都合がよかった。

聖願寺豊岳亡きあと、津坂屋五十右衛門の財力の後ろ盾を得て、江戸屋敷に多数が残る聖願寺派を率いる立場にあった志方進は、聖願寺と同じように、内々の合議は御成書院で行った。

新しく着任した江戸家老の戸田浅右衛門は、見て見ぬふりをしている。

仮令(たとえ)、戸田浅右衛門が咎(とが)めたとて、何もできはせぬ、受け流しておけばよい、と志方進は見くびっていた。

夕刻の明るみが、明障子を透して御成書院に射していた。その明るみの中、津坂屋五十右衛門の物憂い声が続いていた。

「ただ、渋井とか言う少々癖のある町方が、小うるさくつきまとって離れないのです。うるさいからと、下手に懐柔などすると、かえってこちらの弱みを見せることになりかねず、ここは断固として町方の探索を撥(は)ねつけ、われら一同の結束を守り通さねばなりません。確かな証拠は何もありませんし、そもそも、八月の大潮の日に、扇橋の水門に打ち寄せられた亡骸(なきがら)が田津かどうか、それさえ定かではないのです。素性も知れないので、亡骸はすぐに小塚原の死体捨て場に埋められたのです。われら一同がその亡骸とかかり合いがない立場を、しっかりと守ってさえおれば、これまでと何も変わりません。ですから、お互いのため、お互いのためは自分の身のために、気を確かに持って、知らぬものは知らぬと言い通し

ていただかねばなりません。よろしいですね」それ

「唐桟の財布については、どうするのだ。それを質屋に持っていった地廻りの男は放っておいていいのか」

志方進が、眉間に深い皺を寄せて言った。

「唐桟の財布など、珍しい物ではありません。地廻りは今助と言う者で、大徳院門前の岡場所をねぐらにしている破落戸同然の男です。そんな者の言い分が、まともなはずがありません。でたらめをまことしやかに口走ったものの、なんの証拠もないし、それを明かす者もおりません。わたしどもはただ、わたしどもの蔵屋敷を出まかせに言いたてられ、どういう事やらさっぱりわからず、はなはだ迷惑をしていると言うしかないのです。町方は、蔵屋敷に乗りこんでくることはできません。ということは、それ以上は手も足も出せず、調べは打ちきらざるを得ないのですよ。むろん、二ツ目橋のなまずの谷吉には、三年は江戸に戻ってはならない、三年がたったら戻ってこいと、ちゃんと面倒は見てやるからと言い含め金も持たせて、一昨夜のうちに草鞋を履かせましたので、一切、憂えはありません。

「相わかった。何とぞ、ご安心を」

それでいくしかあるまい」

志方が眉をひそめ、ため息混じりに言うと、

「まさか、大潮であんなことになっていたとは、想像だにしませんでした」

と、勘定組頭の加藤松太郎が話しかけた。

「まったくだ。とうに海の藻屑（もくず）になっていると、思っておったのにな。亡霊が恨みがましく甦（よみがえ）ってきおったわけだ」

志方は、呆れたふうに留守居役の羽崎保秀へ顔を向けた。

「いやはや、まさに亡霊話でしたから、それがしも目付役の片岡信正にいきなり問い質（ただ）されて、面喰（めんく）らいました。一体何の話かと、初めはわけがわからず、冷汗をかかされました」

留守居役の羽崎保秀が、不機嫌そうにかえした。

留守居役とは、大名が江戸屋敷においた幕府との交渉役である。また諸大名相互との打ち合わせ役も兼ねており、諸大名の行う外交の窓口係である。

北町奉行・榊原主計頭（さかきばらかずえのかみ）が、大目付に要請した津坂藩本所蔵屋敷に対する訊きとりは、大目付から目付役に指示が廻り、目付役の片岡信正が留守居役の羽崎を本丸中之口の御目付御用所に呼んで、行われた。

「本所の蔵屋敷でそのような不届き千万の事件が起こったとは、まったく与り知

らぬし、報告も受けていない。急ぎ屋敷に戻り、蔵元の津軽屋五十右衛門を呼びつけ、真偽を確かめ、万が一そのような事件が事実なら、当該の者を早急にとり調べ、厳重なる処置をとる旨、改めて報告いたす、と申しましたが……」

「はいはい。それでよかったのです。御目付役とて、なにも起こってはいなかったのに、それをとやかく詮索することはできませんし、報告することもございませんのでね」

五十右衛門が言った。

「ところが、片岡信正は目付の中でも気の細かく執念深い男と言われておりましてな。その半年前の話のついでに、片岡信正が田津民部の一件を持ち出したのですよ。冷汗がどっと出たのは、そのときでした」

「目付が、田津民部のことを知っていたのか」

と、志方が意外そうに言った。

「そのようですな。と申しましても、蔵屋敷の一件と関連づけて言うたのではないのです。ただ、田津民部の欠け落ちやら、松之丞重和さまの病死やら、聖願寺豊岳さまの襲撃事件やら、津坂藩はこの半年あまり、何かと騒がしい出来事が出来いたしておると聞こえている。御徒町の江戸屋敷に、新しく江戸家老の戸田浅右衛門どのが着任されたようだから、ご家老と江戸屋敷のご重役方がよく話し合うて、そうであればだが、これまでの江戸屋敷の旧弊を改め、今少し風通しをよくしてはいかがか、と妙に馴れ馴れしくおためごかしを言うておりました」

「旧弊を改め、今少し風通しをよくしてはだと。幕府の威を借りた目付風情が、偉そうに知ったふうなことを」

と、加藤が口を挟んだ。

「目付の片岡信正の名は、聞いたことがある。聖願寺さまが言うておられた。たぶん、津坂藩の内情を探るため、探りを入れてきているのだ。丹波久重の一件以来、幕府の隠密が動いているのはわかっていた。丹波らが押上橋で斬られた一件は、間違いなく、幕府の隠密が嚙んでいる。片岡信正が、幕府の隠密を指図していたのだな。まあよかろう。思うようにはさせぬ」

「志方どの。だとすれば、幕府の隠密は、何ゆえわが藩の内情に探りを入れてくるのですか。幕府に歯向かっておるのではないのに……」

「そうだ。すべては、津坂藩鴇江家をよりよき領国にするためだ。幕府にはなんのかかり合いもない」

羽崎と加藤が言った。

「幕府は、諸国の大名家を支配下において常に監視を怠らぬ。支配下の大名家に、これまで通りと異なる動きがあると、何を謀(はか)っておるのだと、猜疑(さいぎ)の目を向けてくる。これまで通りでないことを、幕府はひどく嫌う。ときには、影の者を使ってちょっかいをかけてくる。こちらの対応次第では、突然、嵩(かさ)にかかって猛威を奮ってくるから気をつけねばな。だが、少々の騒ぎがあっても、殊勝な素ぶりを見せてこれまでと変わらぬとわかれば、大人しくなる。ただし、五十右衛門、目付がそのように探りを入れてくるなら、事は急いだほうがよいのかもしれん。周囲には気づかれぬよう、気心の知れた同士だけで速やかに一気に事を進め、聖願寺さまが執り行われてきたこれまで通りの政をとり戻す。それこそが、お家のためだ。これ以上ときをおかず、決起するしかない」

「はい。ときは今、なのかもしれません。田津民部の亡骸があがったのは、ときを逸してはならぬという、前知(まえじ)らせかもしれません」

「加藤、人数をそろえられるか」

「お任せを。勘定衆と徒衆(かちしゅう)の中から屈強の者を十三名、それぞれ固い意志を確認しております。狙いは戸田浅右衛門の皺首ひとつ。朝飯前にさっさと済ませます」

「決起はいつに……」

五十右衛門が、ささやき声で質した。

「明後日、十二月一日夜明け前。よいな」

「では、わたしは蔵屋敷にて朗報を受け次第、津坂湊の廻船問屋仲間、城下の米問屋仲間に書状を送って、何があっても動揺せぬよう、商いは従前通りにと知らせます」

「われらも国元の同士へ、手はず通りに憲実さまとお世継ぎの確保に動くようにと……」

加藤が言うのを遮(さえぎ)るように、

「あの、少々懸念が、あるのですが」

と、羽崎が水を差した。

「懸念？　何が」

志方が、羽崎を睨(にら)んで言った。

「田津民部の欠け落ちを調べておる、唐木市兵衛なる浪人者のことです」

「唐木市兵衛が、どうかしたか」

「昨日、留守居役の寄合が、柳橋(やなぎばし)の会席料理屋でありました。そこで留守居役の方々に目付役の片岡信正に、わが藩にかかわりのないつまらぬことをねちねちと訊かれて参った、あれはどういう目付だと話を向けたのです。あいや、大丈夫。つまらぬことの詳しい話はしておりません。そうしますと、あれは切れ者と言われておるとか、片岡に睨まれると厄介だとか、慇懃だが腹の中は不遜な目付だとか、あまりいい評価はしておらぬようでした。中にひとり、片岡家は代々目付や物頭などを務める名門の旗本だ、と言う者がおりましてな。信正の父親の賢斎も目付役で、信正は賢斎の長子にて、若きころより抜群の俊英と言われていたそうです。で、その者が言うには、信正には十四、五ほど歳の離れた腹違いの弟がおり、どういうわけか、弟は片岡家を出て浪人暮らしをしておるらしいのです。その者は弟の生業までは知らぬようでしたが、信正は、片岡家を出たか出されたかわからぬその浪人者の弟を、何くれと気にかけ可愛がり、弟も諏訪坂の片岡家に、今でもしばしば出入りしておると言うておりました。弟の名は唐木市兵衛。つまり、ご家老の戸田どのが田津民部の欠け落ちの事情調べを依頼した唐木市兵衛は、おそらく、目付役筆頭・片岡信正の弟です。唐木市兵衛は、片岡信正が遣わした影の者かも知れませんな」

五十右衛門と加藤は、唖然としていた。

「なるほど。あの男、ただの浪人者ではなかったか」

志方が、誰に言うともなしに言った。

「忌々しい。あの男の澄ました面は、どうも気に喰わなかった。五十右衛門、戸田の老いぼれも、幕府目付の片棒をかついでおるのかもな。ならば、戸田は殿さまを裏ぎって幕府の手先になったわけだ。排除されて当然だな。むろん、唐木市兵衛も放ってはおけぬぞ、五十右衛門。ここぞと嗅ぎ廻る薄汚い野良犬は、目障りゆえ、人目のつかぬところで始末してやれ。今川志楽斎にやらせろ。田津民部が消えた事情を探っておるのだ。田津と同じ運命を味わわせてやれば、なるほどどうなったかと、当人も身を以て知り、納得して旅だてるだろう。明後日のわれらの決起の日に、蔵屋敷で唐木もだ。できるか」

「で、できますとも。志楽斎ら四人ならば、容易いことで。唐木市兵衛の始末はこちらにお任せください」

「ただし、今度は未練たらしく甦ってこぬよう、土の中に埋めてしまえ。跡形もなく消してしまうのだ」

「は、はい。承知いたしました。小伝馬町の牢屋敷で処刑された罪人を、回向院に運んで埋める人足がおります。その者にやらせれば、間違いありません。金次第で上手くやってのけますので」

そのとき、御成書院の腰付障子に射していた夕刻の淡い明るみは、いつの間にか宵の青みがかった灰色に変わっていた。四人は、薄暗い沈黙に包まれた。

第三章　海嘯（かいしょう）

一

東西に通る小名木川へ北の本所側の横川が合流し、南の深川の亥ノ堀川へと分流する。その亥ノ堀川を東西に渡す扇橋の水門に、八月の大潮で海のほうから塵芥（じんかい）とともに一体の腐乱した亡骸（なきがら）が打ち寄せてから、およそ三月がたっていた。

十一月下旬の夜ふけ、地廻（じまわ）りの今助は、一ッ目の往来を大徳院門前へ曲がり、その途中の、粗末な裏店（うらだな）が並ぶ路地に通じる木戸をくぐった。

夜がふけて、単衣（ひとえ）に綿入れの半纏（はんてん）を羽織ってはいても、身体（からだ）の芯（しん）まで凍（こご）えそうな寒さであった。

昼間、松井（まつい）町の置屋の旦那の使いを頼まれ、深川の永代寺（えいたいじ）門前の茶屋まで手紙を届けた。返事は明日でいいと言われていたので、その戻り、夕方の門前仲町の賑わいと、酒亭に灯された提灯の明かりに誘われ、酒亭の縄暖簾をくぐり、使いの駄賃でちびちびとやり始めた。

呑み始めたときは、明日の分を残してと考えていたのが、わずかな酒では我慢ならず、はては数文を残して有金を使い果たし、門前仲町から本所の大徳院門前までの深々と冷えこんだ夜道を、誰かれかまわず思いついた相手に不平不満を吐きかけつつ、寒さを堪えて帰ってきたのだった。

大徳院門前のどぶが臭う九尺二間の裏店に着いたとき、身体は凍えて、酔いはすっかり覚めていた。

腰高障子を鳴らしてかび臭い暗がりに入ったが、路地も店の中も、凍えそうな寒さはほとんど変わらなかった。

腹がへっていても、食う物は何もなかった。行灯も灯さず、棚の味噌壺を手探りで見つけ、壺の底にほんの少し残った味噌を指先でこすりとり、指先に味を感じなくなるまでぴちゃぴちゃと嘗めつくした。

「ちきしょう」

無性に腹がたって、暗い店へ怒声を投げた。

四畳半の古畳をぎしぎしとたわませ、敷きっぱなしの湿っぽい煎餅布団に、綿入れの半纏を着たまま転がった。布団をかぶり、だんご虫のように身体を丸く縮め、暗闇へ腹だたしさを投げつけた。

「馬鹿野郎」

途端、

「うるせえっ」

と、隣の住人の男が、薄い壁ごしに怒鳴った。

隣の住人は、川浚いの人足をやっている、気の荒そうな中年男だった。今助同様、女房も子もいるわけがない。

今助は言いかえせず、不貞腐れてぎゅっと目をつむった。

そのとき、店の腰高障子が敷居からはずれそうな音をたてて叩かれた。

「今助、いるか、今助。御用だ。起きろ。開けるぜ」

がたん、がたがた、と建てつけの悪い腰高障子がいきなり引かれた。

「だ、誰でい。この夜ふけに」

今助が飛び起きると、提灯の明かりが射した路地から、黒い大きな人影が頭を低くして戸をくぐり、かび臭い土間に踏みこんだ。

影は一体で、暗くても十手(じって)らしい得物を手にしているのがわかった。

どうやら、岡っ引のようだった。

「御用だと言っただろう。訊(き)きてえことがある。番所へこい」

岡っ引が厳しい口調を寄こした。

「御用だと。おれに御用なんかねえぜ。こんな夜ふけに叩き起こされて、間違いでしたじゃ済まねえぜ」

今助は腹だちまぎれに言いかえした。

「いいから、さっさとこい。文句があるなら、番所で言え。ぐずぐずしてやがると、引き摺(ず)り出すぞ」

岡っ引の口ぶりも荒っぽかった。

ちぇっ、と今助は煩(わずら)わしげに投げつけ、しぶしぶ布団を出た。

路地には、提灯を提(さ)げたもうひとりがいて、こい、とぞんざいな手招きの身ぶりをして、先に立ってどぶ板を鳴らした。

「いけ」

と、岡っ引が今助の肩を小突いた。

「なんでい」

「さっさといけ」

今助は背の高い岡っ引を睨(にら)みあげた。提灯の薄明かりでは、顔を見分けられなかったが、険しい目に見おろされているのはわかった。

大徳院門前の自身番は、元町(もとまち)との組合で、一ツ目の往来を元町の横町へ曲がる角にあった。火の見の梯子(はしご)が、自身番の屋根から夜空へのぼっている。

「連れてきました」

提灯を提げた店番らしい男が、玉砂利を鳴らして、上がり框(かまち)に閉(た)てた《元町》と《大徳院門前》と記した腰高障子に声をかけた。腰高障子が引かれ、店番らの後ろに黒羽織の町方がいて、空(うつ)ろな作り物のような目を今助に寄こした。

町方の空ろなその目を見て、今助は初めてぞっとした。

「いけ」

また、岡っ引に肩を小突かれた。

今助は怖気(おじけ)づき、もう何も言わなかった。

自身番の三畳の部屋の奥に、両引きの腰付障子で間仕切した板間がある。

板間も三畳ほどで、奥の壁の柱に縄目にかけられた者をくりつけておく《ほた》という鉄輪がさげてあり、今助はほたへ横目をちらちらと向けていた。

北町奉行所定町廻りの渋井鬼三次は、板間に畏まって肩をすぼめている今助と向き合っていた。

助弥は渋井の右後ろに端座し、渋井の訊きとりを黙って見守っている。

板間に火の気はなくとも、当番や店番が詰める部屋に陶の火桶があって、火桶に熾る炭火が、閉てた腰付障子を透かして、板間をやわらかく温めていた。

今助は町方に怯えながら、やっと寒さをしのげて内心ほっとしてもいた。

「米沢町三丁目の古道具屋の《恵屋》に、おめえが持ちこんだ唐桟の財布はこれだ。見覚えがあるな」

渋井は白衣の前襟に挟んでいた唐桟の財布を抜きとり、対座した今助の膝の前においた。

今助はすぼめた肩に首をうずめ、両膝に腕を突っ支い棒のように突いて、紺地に浅黄、赤や茶の色合いを縦縞に配した値の張りそうな唐桟の財布を、凝っとのぞきこんだ。

どうこたえようかと、今助は考えていた。

「間違いがねえように、触れてもいいんだぜ」

渋井が言い、今助は仕方なく、唐桟の財布を手にとった。一度、裏を見るふりをして、すぐにそっと戻した。そして、首をしきりにかしげた。

「どうした。おめえが持ちこんだ物は、これとは違うのかい」

「そうじゃなくて、なんか、よくわからねえ。恵屋のご主人がこれだと仰ったんなら、これだと思いやす」

「恵屋の主人は、おめえが持ちこんだ財布はこれだと言ったんだ。そいつを預かってきたから間違いはねえ。おめえが、十日ほど前、恵屋に唐桟の財布を持ちこんだことは覚えているんだな。唐桟の財布を、二百文と少々で恵屋に売り払ったことも、忘れちゃいめえな」

今助は、頭をぺこりとさげた。

「よし、こいつを二百文と少々はちょいと安い気もするが、まあ、それでいいだろう。そこで今助、おめえ、この財布をどこで手に入れた」

「え、どこで、といいやすと？」

「おめえが買った財布なら、どこかの店で買ったか、他人から買ったか。そうじゃなけりゃあ、貰ったのかもな。買ったにしても、貰ったにしても、その店はどこか、その相手は誰かだ。まさか、どっかの店の売物とか他人の物を、くすねたんじゃねえよな」

「と、とんでもねえ。変な言いがかりは、やめてくだせえ。人聞きの悪い」

助弥が、ぷっと噴いた。

腰付障子を隔てて、自身番の当番や店番の動く気配がしている。とき折り、町方の訊きとりに邪魔にならないよう、ささやき声を交わしているのが聞こえてくる。

「丁半博奕の、賭金の形で手に入れたんですよ。持ち金がねえと言うから、これで負けてやったんです」

今助は痩せた肩の間に首をすくめ、殊勝に言った。

「どういうやつらと、丁半博奕をやったんだ」

「差しで……」

「ほう、差しで丁半博奕かい。おめえ、こっちはだいぶやるのかい」

渋井が壺笊をふる仕種をして見せた。

「いえ。ほんの、退屈しのぎの手慰みで。博奕はご禁制ですぜ。あっしは、博奕打ちじゃねえし」

「ご禁制の博奕を、取り締まりにきたんじゃねえ。財布の出どころを確かめてえだけだ。いいか。気を悪くするんじゃねえぜ。もしもだ、こいつを古道具屋の恵屋に持ちこんだ人物が、おめえじゃなく、唐桟の財布を使いそうな、商人とかお武家とか、それなりの人物なら、恵屋の亭主も怪しまなかっただろうし、こっちもそいつは怪しいと、調べたりはしねえ。今助、おめえは唐桟の財布を使ったことなんかねえだろう。おめえが丁半博奕の形で手に入れたなら、それでもかまわねえ。高が財布ひとつのことに、いつまでもかまっちゃいられねえんだ。この財布を博奕の形にとった相手は、どこのどいつだ。名前は」

「な、名前は知りやせん。たまたま、声をかけられ、ちょいと差しでやるかいってそいつが言ったもんで……」

「名前も知らねえ相手と、差しで丁半博奕をやったのかい」

「目の前にいるんで、名前は知らなくても、おいとかおめえとかで通じるんで。差しは二人だけでやすから」

「そうか。そいつとは、いつ、どういうかかり合いだ。名前も知らねえなら、知り合いとは言えねえな。男か、女か。まあ男だろうな」

「野郎でやす。五間堀(ごけんぼり)端の弥勒寺(みろくじ)に住んでるようで」

「五間堀端の弥勒寺？　二ツ目のだな。坊さんかい」

「野郎が坊主なわけはありやせんよ。本殿の床下に、寝泊まりしてるんですぜ。坊主じゃねえことぐらい、がきだってわかるじゃありやせんか。間違えなく、物乞(ものご)いですよ」

「わかった。続けろ」

渋井は面倒そうに言った。

「こいつを恵屋に持ちこむ、三、四日前でやした。深川の三十三間堂の防ぎ役に使いの用を頼まれた帰りの、二ツ目を北森下町(きたもりした)あたりまできたとき、霙(みぞれ)になりそうな冷てえ雨に降られやした。五間堀の弥勒寺橋を渡って弥勒寺の山門まで駆けやしたが、冬の雨に打たれるのは身体に毒だから、小降りになるまで、山門の下で雨宿りをしていったんで」

「雨に打たれるのは身体に毒だからと、弥勒寺の山門の下で雨宿りをしたんだな。そんな雨の日があったかな」

「山門の庇(ひさし)から雨垂れが簾(すだれ)みてえに落ちて、地面に水煙をたてておりやした。紙合羽(かみがっぱ)を着けた通りがかりが、ひとり二人おりやしたが、あとはぷっつりと人通りの途絶えた、雨の昼下がりでやした」

「それで？」

「雨が降りやまねえんで、退屈しのぎに賽子を山門の石畳に転がし、丁だ半だとひとりでやって、小降りになるのを待っておりやした」

「賽子は、おめえのだな」

「へい。たまに手すさびをやりやす。そしたら、兄さん、面白そうだなと、声をかけられやした。着茣蓙を合羽みてえにまとい、破れ藁笠をかぶったいかにも物乞い風体の男が、おれが賽子を転がしているのを凝っと見ていやがったんで。雨がやむまで、退屈でよと言いやすと、野郎がおれの前に胡坐をかいて、賽子がころころ転がるのを見ながら、兄さん博奕打ちかいと聞きやした。博徒はもう足を洗った、勝った負けたでだいぶ命を磨り減らした、しばらく休んで、博奕打ちに戻るか、このままよして草鞋を履くか考えてるところさと、ちょいとからかって言ってやったんでさあ。そしたら野郎が、差しでやらねえかいと言いだして、むろん、初めは博奕はもうやらねえと断りやした。けど、野郎は物乞いのくせにだいぶこっちが好きそうで、金は持ってる、一文銭を駒札代わりにがきの遊びみてえなもんだから、雨がやむまでとしつこく言うんで、当分、雨はやみそうになかったし、一文銭を駒札代わりにするぐれえならいいかなと、野郎につき合ってやることにしやした」

　今助は、膝に突っ張った片方の腕をさすりさすりしつつ、渋井の様子を上目遣いに見かえした。

「山門の下で、丁半博奕をやったのかい」

「野郎が、ねぐらがすぐそこだ、ねぐらなら気兼ねなくやれる、ついてこいと言うんで、雨の中を突っ走って弥勒寺境内の本殿の裏手へ廻り、床下にもぐりこみやした。埃っぽくて、かび臭え臭いはしやしたが、ちゃんと筵を敷いて、床が存外高くて頭はつかえず、手燭の明かりもあって、差しでやる分には不自由はなかった。壺笊の代わりに欠けた湯吞を使って、ちりちりぽんと」

「おめえが勝ったのかい」

「どういうわけか、馬鹿につきやして、野郎のその日の稼ぎを巻きあげやした。五十文以上あったんで、物乞いがそんなに稼げるとは、知りやせんでした。おれが馬鹿についているもんで、野郎は熱くなって、もう銭はねえからこれだと、この財布を出して、こいつは売れば五十文以上になる、間違いねえ、最後の勝負だということで。雨も小降りになっておりやして……」

「野郎からこの財布を巻きあげたんだな。野郎はこの財布をどうやって手に入れたと、聞いたのかい」

「何も聞いておりやせん。どっかで拾ったんだろうと、思っておりやした」

「ずいぶん勝ったんだな」

「へい。ついておりやした」

「今助、おめえの賽子を見せろ」

渋井が今助に腕を差し出し、掌を仰向けた。

「えっ、賽子を、でやすか」

「そうだ。見せろ。今も持ってるだろう」

「い、今は持っておりやせん。店においてきやした」

「町方相手に、つまらねえ白をきるんじゃねえ。いつでも使えるように、肌身離さず持ってるはずだ。お見通しじゃねえかい？」

今助はおたおたし始めたが、渋井が掌を引っこめないので、観念して懐の巾着を抜き出し、二個の賽子をつまんで渋井の掌に載せた。

渋井は賽子を掌で弄び、何度か床に転がした。賽子の転がるのを見て、ふんふんと頷き、後ろの助弥に賽子をわたし、

「助弥、おめえもやってみろ」

と言った。

助弥が賽子を掌で弄んで、何度か床に転がし、「ああ、やっぱりな」と言って、渋井に戻した。

「今助、こいつはいかさま用だな。賽子の芯を片側にほんの少しずらして、誂(あつら)えたんだな。丁の目が出やすくしてあるぜ」

「そんなこと、おれは、し、知らねえ。人から、貰ったんだ」

「誰に」

「おお、覚えちゃいねえが、貰いもんだ。嘘(うそ)は言わねえ」

「心配すんな。いかさま博奕でおめえをお縄にしやしねえ。けどな、この財布は調べなきゃあならねえ。おめえらが手に入れる前は、誰がこの財布を持って、金はいくら入っていたかにもよるんだ。よかろう。今助、こいつを巻きあげた床下の住人のところへ案内してくれ。そいつの言い分を訊きにいくぜ。賽子はあとでかえしてやる」

渋井は賽子を黒羽織の袖に入れ、唐桟の財布を白衣の前襟の間に差した。

「旦那、もう勘弁してくだせえよ。お訊(たず)ねの事情は全部話したじゃねえですか。嘘偽(いつわ)りは申しちゃおりやせん。五間堀の弥勒寺は、二ツ目を深川のほうへいきゃあすぐですよ」

「そいつかどうか、おめえじゃなきゃあわからねえ。いいからこい」

「だって、野郎は物乞いですぜ。いつまでも弥勒寺の床下にいるとは、限らねえ。そっから先は、おれにもわかりませんよ」

「野郎がいなけりゃあ仕方がねえ。あとはどうするか、そのとき考えるさ」

「いくぜ、今助。さあ、立て立て」

助弥が立ちあがってきて、天井に届きそうな長身から見おろし、今助の腕を強引にとった。

二

四半刻後、弥勒寺本殿の裏手に廻り、床下をのぞいた。

今助が提灯を差し入れ、灰色にくすんだ本殿床下をぼうっと照らし出した。

渋井は今助の隣に膝を折ってしゃがみ、床下をぐるっと見廻した。ぼうっとした灰色の床下に、石のような塊（かたまり）が見えた。

助弥は念のために、本殿正面から縁の下をのぞいていた。

「あ、おりやした。あれです」

今助が渋井に言った。

「あの石の塊みてえのが、そうか」

石のような塊が、聞こえるか聞こえないか、というほどの寝息をたてていた。

今助は渋井にかまわず、床下へ声をかけた。

「おおい、あんた。寝てるとこを済まねえな。ちょいといいかい。先だって、この床下で丁半博奕を差しでやったもんだ。覚えてるかい。たんまり、儲けさせてもらったな。おれだおれだ」

すると、石の塊のように見えた灰色の影が、獣が呼吸するように上下にゆれ出し、むっくりと起きあがるのが見えた。

「あ、あんただ。先だっての雨の日に、この床下でおれと遊んだじゃねえか。先だっては、世話になったな」

物乞いは、髷を結っているが蓬髪も同然で、頬から顎を髭が蔽っていた。

眠そうな様子で、今助が差した提灯の灯をぼうっと見ていたのが、今助の隣にいる黒羽織の風体に気づくと、急に提灯の灯から身を隠すように這って逃げ出し、床下に灰色の土煙を巻きあげた。

「おうい、待て。そうじゃねえんだ」

今助が呼び止めたが、物乞いは大きな鼠(ねずみ)が、床下を走り廻るようなすばしっこさだった。

「野郎が逃げやがった。そっちだ」

渋井は夜更けの境内に声を響かせた。

「今助、おめえはここにいろ。おれは正面へ廻る」

渋井が駆け出してすぐ、「待て、この野郎」「わあっ」と喚(わめ)く声と、じたばたと地面を叩く音が、本殿の正面のほうに聞こえた。

「助弥、大丈夫か」

渋井が声を張りあげた。

「旦那、こっちですぜ。捕まえやした」

助弥の声がかえってきた。

正面へ出ると、本殿の参道の途中で、助弥らしき人影が、足を投げ出して坐(すわ)りこんだ人影の腕を、後ろ手に縛りあげているところだった。

「何をしやがるんでい。おれが何をしたってんだい」

縛られている男の影が、助弥に毒突いていた。

「野郎、じたばたすんな」

助弥が男に浴びせ、縄をぎゅっと引っ張った。

「助弥、ご苦労だった」

渋井は雪駄(せった)を参道の石畳に鳴らしつつ、

「今助、いいぜ。戻ってこい」

と、裏の今助を呼び戻した。

騒ぎを聞きつけて、庫裏(くり)と思われる僧房の勝手口が開いて、僧らしき人影がひとつ二つと出てきた。

物乞いは喜多次(きたじ)と名乗り、歳(とし)は三十と言った。けれど、本名かどうか怪しかったし、歳もどう見ても五十は超えていそうだった。

髭に蔽われた顔も、蓬髪の頭も紺木綿の上衣も、床下の土埃をかぶって灰色にくすんでいた。腰に巻いた荒縄がゆるんで上衣の裾(すそ)は乱れ、臑毛(すねげ)に蔽われた素足を剝(む)き出しにして、土間に胡坐をかいている。

これでも、庫裏に入れるとき、二人の僧が頭からかぶった土埃を、箒(ほうき)でばさばさと、だいぶ落としたのだった。

助弥が、後ろ手に縛った喜多次の縄尻をとって傍らに立ち、今助は二人から少し離れた土間にしゃがみ、喜多次を見守っていた。

渋井は、庫裏の板間の上がり框に腰かけていた。

庫裏の板間に灯された二灯の行灯が、そんな三人をほの赤い明るみでくるんでいた。勝手の奥の大きな竈に残り火がゆらゆらと燃えて、広い庫裏の土間と板間を、夜ふけの厳しい寒気から防いでいた。

「ほら、よく見ろ。おめえが持っていた唐桟の財布だ」

渋井は上体を前へ傾け、唐桟の財布を喜多次の眼前へ差し出した。

「おめえに訊きてえのは、こいつを、どこの誰から、いつ手に入れたかだ。覚えているな。もし、忘れたなら、ようく考えて思い出すんだ。思い出せねえなら、おめえらの頭に、喜多次が思い出すように訊き出してくれと、かけ合わなきゃあならねえ。けどな、おれはこんな財布ひとつに、余計な手間をかけたくねえ。おめえがさっさと思い出せば、多少の事なら、ああ、そういうことかい、二度とやるんじゃねえぞと大目に見てやれるし、頭にも口を聞いてやる。どうだ。どこで誰から手に入れたか、思い出したかい」

喜多次は、小さな黒い穴のような目を財布と渋井へ交互に向け、むう、むう、と呼気を鳴らした。

「そんな財布、どこにでもある品じゃねえか。おれが持っていたと、なんで言える。そんな品を見たって、わからねえ」

「そうかい。これかどうかわからねえものの、唐桟の財布を持っていたことは確かなんだな。いいだろう。わからねえなら教えてやる。この財布は、そこにいる今助とおめえが、十三、四日かそこら前の冷たい雨の日に、本殿床下のおめえのねぐらで丁半博奕をやって、おめえから巻きあげた物だ。おめえは、その日の稼ぎの五十文ばかりを今助に全部巻きあげられた。張る銭がなくなり、値のつきそうなこの財布を張ったが、それも巻きあげられた。こいつはそのときおめえが巻きあげられた財布だ。今助に訊いてみろ」

喜多次は今助へ見向き、忌々しそうに睨みつけた。

今助は首をすくめ、喜多次の目をそらした。

「ついでに教えてやる。今助はこいつを両国の古道具屋に持ちこんで、二百文と少々で売ったんだ。おめえが誘ったのに、大負けだったたな」

「誘ったのはおれじゃねえ。こいつだ。博奕は嫌いじゃねえ。差しでやろうとしつこく誘われて、雨宿りの間ぐらいならいいかと、相手になったんだ。この野郎が馬鹿についていやがって、稼ぎをすっかり巻きあげられた。熱くなっちまって、あのあと気分が悪かった」

今助は、顔をそむけて不貞腐(ふてくさ)れていた。

「そうかい。誘ったのは今助だったのかい。まあいい。そういうわけで喜多次、財布の出どころを白状しろ。さっさと済まそうぜ」

渋井はせっついた。

喜多次は、黒い小さな穴のような目を渋井へ凝っと向けた。それから、顔をしかめて言った。

「悪事を働いたんじゃねえ。何も悪いことはしてねえ。頼まれた仕事をやっただけだ。おれは断らなかった。そういう仕事は慣れているからよ」

「そういう仕事とはなんだ」

「仏の始末だ」

渋井と助弥が、目を合わせた。

今助も、ああっ？　と不貞腐れた顔を持ちあげた。

「ふん、なんも驚くことはねえだろう。川に浮いてるのやら、素性の知れねえいき倒れやら、腐乱したのやら、殺されて血まみれなのやら、死んじまえば、善人も悪人もみな仏だ。始末を頼まれたら、おれたちは断らねえんだ。始末を断ったら、仏が可哀想だろう。始末を頼んだ相手が悪人だろうが善人だろうが、こっそりだろうが、大っぴらにだろうが、そんなことはかまやしねえ。悪人をとっ捕まえるのは、おめえら役人の仕事だ。本物の悪人をとっ捕まえもしねえで、可哀想な仏の始末をしたこっちを悪者扱いしやがって。文句があるなら、仏の始末はてめえらでやれ」

「いつのことだ」

「ええっと、いつのことだったかな。ひいふうみい……」

喜多次は目を瞑って考えた。

「五月だ。五月の初めのほうだった」

「詳しく話せ」

「事情を訊きてえなら、縄を解け。隠しだてする気はねえ。おれは頼まれた仕事をやっただけだ。隠しだてする義理はねえからよ」

渋井は喜多次をしばし見つめ、それから、助弥に言った。

「自由にしてやれ」

へい、と助弥が喜多次の後ろ手の縄を素早く解いた。

「くそ、ひでえ目に遭ったぜ」

喜多次は縄目の痕が残った手首を、垢だらけの手で摩った。

「仏は男か。それとも女か」

「男だ。侍だった。夜ふけに、知らねえ男が床下を提灯で照らし、おい、おい、いるんだろう、と声をかけてきやがった。向こうもおれのことを知らなかったが、おれがこの寺の床下をねぐらにしていたことは知っていたんだ。おめえ誰だ、と訊きかえしたら、誰でもいいだろう、急な仕事がある、金になるぜ、やるかい、やらねえかい、と偉そうな口ぶりだった。どんな仕事だと聞いた。そしたら、仏の始末だ、海へ捨てにいく、簡単な仕事だろう、というわけさ。仏の始末なら、引き受けるしかねえじゃねえか。誰かがやらなきゃならねえんだ」

「海へ捨てにいくのかい。仏が出た場所は」

「大名屋敷だ。おめえら町方は手が出せねえ相手だぜ」

「どこの大名屋敷だ」

喜多次は、ひっひっ、と喉を引きつらせて笑った。

「越後の津坂藩だ。知ってるかい」

「津坂藩だと?」

と、思わず声が出た。

「そうだ。東両国から御蔵橋をすぎた、大川端の蔵屋敷だ」

「津坂藩の蔵屋敷か」

　また、津坂藩かい、と渋井が不審を覚えたのは、そのときだった。

「二ツ目の船寄せから荷足船で、大川へ出て、蔵屋敷へ向かったんだ。荷足船は野郎が用意していやがった。野郎が櫓を漕いで、提灯はおれが持った。大川へ出たら、提灯を消せと指図しやがったがな。大川をさかのぼって両国橋をくぐり、蔵屋敷の船寄せまでは、大してかからなかった。野郎は、屋敷には慣れたふうだった。土手道にあがったら、表門があった。けど、野郎は表門の前を通りすぎて、土塀沿いに屋敷の裏門へ廻って、脇門から勝手に屋敷へ入って、庭のほうへどんどん廻っていきやがるのさ。一度も案内を乞わなかったぜ」

と、喜多次は続けた。

　喜多次は男のあとについて、庭の灌木の間を抜けた。

　屋敷は、暗がりが息を殺して様子をうかがっているかのような静けさだった。前をいく男と自分の足音しか、聞こえなかった。

　内塀の妻戸をくぐり、土塀に囲まれた内庭へ通った。

　内庭には、一基の石灯籠に明かりがうっすらと灯され、土塀際に夜空より濃い松並木の黒い影が枝をくねらせていた。

　内庭に面した座敷の板戸は、ぴしゃりと壁のように閉ててあった。その内庭に亡骸が横たわって、筵が無造作にかぶせてあった。

　二人の侍風体が筵のそばに立っていた。

　ひとりは刀の柄(つか)に腕をだらりと乗せ、ひとりは腕組みをして筵の傍らに佇(たたず)み、亡骸の番をしていた。侍風体のぼうっとした顔つきが、薄暗い中で面のように無表情に見えた。

「五十右衛門さんに呼ばれて、めえりやした」

　男が侍風体に小声で言った。

「二人か」

　腕組みをした侍が、低い声で訊きかえした。後ろの喜多次へ、柄に腕を乗せたほうが、表情のない一瞥(いちべつ)を寄こした。

「これですね」

　男は筵のそばにかがんで、筵をちらりとめくった。

　喜多次は男の後ろから、亡骸をのぞいた。陰翳(いんえい)に刻まれて、亡骸の顔つきは見分けられなかった。だが、顔面を割った赤黒く無残な疵痕(きずあと)が真っ先に見えた。ざんばら髪が乱れ、目は空ろに見開いたままだった。

「わかりやした。ちゃっちゃっと片づけやす。五十右衛門さんはどちらに」

「中だ。こい」

侍が屋敷のほうへ顔をふった。

「おい。亡骸をこの筵でくるんでろ。葭簀を持ってくるぜ」

男が喜多次に指図した。

男と侍のひとりが、裏庭の妻戸を一旦出ていき、喜多次と柄に腕を乗せたもうひとりが残された。

喜多次は筵を払った。

仰向けに横たわった亡骸は大柄だった。何ヵ所も斬られて裂けた着物に、黒い血が模様のように染みついていた。黒鞘の大小が、傍らに寝かせてあった。

喜多次は亡骸に合掌した。

どんなふうに始末するにしても、掌は必ず合わせた。

それから、筵にくるむため、大柄な身体を筵のほうへ俯せに起した。すると、背中にもいくつか疵があって、地面にも血がべったりと残っていた。周りを囲まれ、ずたずたにされて仏になったのは明らかだった。

亡骸を俯せに転がしていたとき、前襟の間に差し入れた財布が見えた。柄に腕を乗せた侍は、喜多次の作業に関心を払わず、喜多次の後方にいて、そぞろな様子を見せていた。

気づいちゃいねえな、と喜多次は思った。

亡骸を筵でくるみながら、筵に隠した手を懐に差し入れ、財布を素早く抜きとった。そして、反対側から筵を重ねるようにして、抜きとった財布を自分の懐に突っこんだ。

侍はぼんやりとして、ふう、と面倒そうなため息を吐いた。

と、妻戸が開いて、四、五人の人影が内庭にぞろぞろと入ってきた。

その中に、丸めた葭簀を肩にかついだ男がいた。

三

「野郎とおれが簀巻きにした仏をかついで、裏門から土手道の船寄せに運んだんだ。五十右衛門もほかのやつらも、裏門を出てこなかった。野郎が櫓を漕いで海へ出た。運がいいっていうのか、いき合った船はねえし、海も静かで、楽な仕事だったさ。満月にはまだ早えが、お月さんが高くのぼり、涼しい海風が吹いて、夏のいい夜だったぜ。ずっとはるか沖には、漁火（いさりび）も見えていた。野郎とは、無駄話は一切しなかった。仏を海に沈めるとき、ここら辺でいいだろう、と野郎が言い、よし、と言ったぐらいだった。それと、二ツ目の船寄せに戻って船をおりるとき、手間賃は口止め料もこみかいって訊いてやったら、野郎は鼻で笑って、好きにしなって言いやがった。おれなんか、誰も相手にしねえと、高をくっていやがった。物（ぶつ）でもありゃあ、別だがな」

喜多次は、そいつみたいな、というふうに唐桟の財布を指差した。

「始末料はいくらだ」

「そんなこと、訊きてえのかい。二分が相場だ。あの夜は急だったんで、色がついて倍の一両になった。楽な仕事で、そのうえ大儲けだったぜ」

「色がついたのに、仏の財布をくすねたのかい。罰があたるぜ」

「罰があたるだと。ふざけんじゃねえ。人をずたずたにして、仏を海に捨てさせたやつらに、どんな罰があたったのか、おめえ、知っているのかい。罰があたるなら、そっちが先だろう。おめえの知ってることだけが、世の中の全部じゃねえんだ。とんまな役人に教えてやるぜ。仏があの世にいくとき、この世の物はみんな用なしと決まってるんだ。誰の物でもねえことは、お天道さまもご承知さ。悪事の末だろうが、不慮の災難だろうが、天寿をまっとうしようが、仏の身につけている物は、おれたち始末人がありがたく頂戴するのが、この世のしきたりってもんだぜ。ところが、おめえら役人はどうだ。まだ仏にもなっていねえこの世の者から袖の下をとるわ、ただ酒は喰らうわ、てめえの都合の悪いことは知らぬ存ぜぬと平気で白をきりやがるわ、上の者にはぺこぺこにやにやするくせに、相手が下の者だと見くだして威張り散らしやがる。そんなおめえら腐れ役人に、罰があたるなんぞと、説教されるのはご免こうむるぜ」

「わかったわかった。もういい。夜ふけに大きな声を出すな」

渋井は苦笑を見せて言った。

「五月のことなら、もう半年も前の話だぜ。しかも、場所が大名屋敷ときた。この財布が、ずたずたにされた侍の遺品ってわけか。おどろいたね。こんな財布ひとつに、馬鹿に物騒な謂れ因縁がありそうじゃねえか」

渋井は、また津坂藩だ、と妙な一件にかかり合った気がしたが、大名屋敷は町奉行所の支配外のため、手は出せない。

放っておくしかねえか。せめて市兵衛にこの話を聞かせてやるか、と思ったそのときだった。不意にある記憶が頭をもたげた。

三月前の八月、大潮が深川に押し寄せ、亥ノ堀の扇橋の水門が閉じられた。その水門に、塵芥と一緒に一体の腐乱した亡骸が、海から流されてきた。扇町の町役人より、素性の知れぬ亡骸が出た届けが町奉行所に出され、若い当番同心がその亡骸の検視に出役した。

ひどく傷んだ、男の亡骸だった。

襤褸(ぼろ)同然にまとわりついた着衣と、大柄と思われる身の丈から、亡骸は大人の男と推量できた。

しかも、ひどく傷んだ身体には、何ヵ所もの斬り疵らしきむごたらしい痕跡がかろうじて認められ、どうやら、喧嘩(けんか)か遺恨か、何らかの欲得がらみか、斬殺され海に捨てられたと思われた。

亡骸の素性を探る手がかりは、一切見つからなかった。

侍とは限らない。やくざ渡世の無頼漢、破落戸(ごろつき)が、ごたごたやもめ事の末に始末されたのかもしれなかった。いずれにせよ、亡骸のこの傷み具合では、だいぶ以前のことに違いない、と当番同心は思った。

亡骸は町(ちょう)入用で雇っている人足が、小塚原の死体捨て場に運んで埋められた。

それから、若い当番同心は定町廻りの渋井鬼三次に、扇橋の水門に亡骸が打ち寄せた顚末を伝えた。

「斬り疵だらけの、腐乱した亡骸かい。斬殺されて、海に捨てられたってわけだな。わかった。そいつの素性を調べておくぜ」

渋井は言ったが、内心は無理だろうな、と思っていた。

この手の調べは、大抵、始末はつかない。この江戸で、身元不明の亡骸が見つかるのは、珍しい話じゃねえ、と思っていた。

あれから、三月余がすぎていた。一件の調べに進展はなかった。渋井は、もうあんまり気にしていなかった。一件は放っておかれたも同然だった。

もしかして、あれか。

と、渋井の脳裡に、三月前のその亡骸の記憶が甦った。

この唐桟の財布の持ち主が、扇橋の水門に打ち寄せられたあの亡骸なら、今生にまだやり残したことがあって、成仏できずに戻ってきたってわけかい。

なんてことだ、相手は大名屋敷だぜ、と渋井は思った。

渋井は喜多次に言った。

「喜多次。財布の中にはいくら入っていた」

「大して入っていなかった。嘘は言わねえ。二朱銀一枚に十数文ぐらいだった。見栄(みば)えのする財布にしては、貧乏侍の中身だった。あいつ、何をやらかして、あんなむごい目に遭わされたんだろうな。渡世人ややくざの喧嘩場じゃああるめえし、身分の高いお武家が大勢いる立派なお屋敷で、あんな目に遭わされるとは、思わなかっただろうな。気の毒な話だぜ」

「金のほかに、身元を探る書付のようなものは、なかったかい」

「あったかもしれねえが、覚えちゃいねえ。あったとしても、おれは字が読めねえから、あてにならねえ。けど、勘定はできるんだぜ」

「そうか。字が読めねえなら、書付があったとしても役にたたねえな」

それから、渋井はまた考えた。

「おめえに仏の始末を頼んだ男のことを、ちょっとでも何か気がついたことはないか。目だつ黒子(ほくろ)や、痣(あざ)か疵があったとか、こんなくせがあったとか、なんでもいいんだが、何か思い出さねえかい」

「ふむ。ずっと薄暗くて野郎の顔もよく見えなかったし、話もしなかったしな。あ、そうだ」

と、喜多次が言った。

「屋敷にいた誰かが、たみきちかたにきちか、そんな名前で野郎を呼んだことがあったな。別の野郎の名前だったかもしれねえが……もう半年も前だし、よく覚えちゃいねえ。ほかの名前でわかるのは、五十右衛門だけだ」

「たみきちか、たにきちか。それ以来、男をどこかで、ちらっとでも見かけたことはねえかい」

「だから、ずっと暗くて、はっきりと見たわけじゃねえんだ。野郎の顔も、ぼうっとしか思い出せねえ。道ですれ違っても、気づかねえな」

「わかった。喜多次、床下へ戻っていいぜ。今助もご苦労だった」

渋井は喜多次と今助に言った。そして、上(あ)がり框(かまち)から腰をあげた。


翌朝、渋井は北町奉行の内与力である栗塚康之(くりづかやすゆき)に、半年余前の五月の夜ふけ、越後津坂藩の本所蔵屋敷において、侍がひとり斬殺され、亡骸が海に捨てられたと疑われる一件につき、津坂藩江戸屋敷へ真偽の問い合わせを要請した。

三月前の八月の大潮の日、深川扇橋の水門に打ち寄せた身元不明の亡骸が、五月に本所蔵屋敷において斬殺された侍らしき疑いが浮上したため、というのが問い合わせの理由だった。

問い合わせは、北町奉行・榊原主計頭から大目付、さらに目付を通して津坂藩江戸留守居役に出され、留守居役・羽崎保秀より、町奉行所への返答はその日のうちにもたらされた。

返答は、本所蔵屋敷を差配する蔵元《津坂屋》五十右衛門に、急遽問い質したところ、人を斬殺して亡骸を海へ捨てるなどと、そのような不埒な事件も災難も、当蔵屋敷においては一切ないと、素っ気ないものだった。

そのうえで、町奉行所嫌疑の、深川扇橋の水門に打ち寄せた身元不明の亡骸が津坂藩にかかり合いのある者では断じてあり得ず、津坂藩蔵屋敷のみならず、津坂藩の重役でもある蔵元・津坂屋五十右衛門の名まで、何者かに偽り称された事態は、はなはだ遺憾である、と添えてあった。

渋井は、ふざけんな、これがまともな大名の返答か、と向かっ腹がたった。

元より、調べを止める気はなかった。

むしろ、扇橋の水門に打ち寄せられた気の毒な仏の身元を、なんとしても探り出してやるぜ、と腹をくくった。

まずは、津坂屋五十右衛門に会ってじっくり話を訊こうじゃねえかと、翌日、早々に本所の津坂藩蔵屋敷に向かった。

本所へ向かうその途中、物乞いの喜多次が聞いた、たみきちかたにきちの名の男は、もしかしたらあいつじゃねえかという差口が、御用聞の助弥にあった。

差口の男によると、そいつは本所二ツ目を御竹蔵へいたる手前の、亀沢町のなまずの谷吉という男で、亀沢町の岡場所が寛政の改革で取り締まりを受けて消えたあと、隠し売女をおいている水茶屋や煮売り屋が三軒ほどあって、それらの店の防ぎ役に使われている男だった。

しかも、なまずの谷吉は松坂町に店のある米問屋の津坂屋にも、しばしば出入りしているのは知られていた。松坂町の米問屋・津坂屋五十右衛門は、越後津坂藩・本所蔵屋敷の蔵元を勤め、名字帯刀を許されている。

「ほう。そういう男が松坂町の津坂屋に出入りしているのかい」

「津坂屋ほどの大店でも、表沙汰にはしたくねえもめ事やごたごたが、客や取引相手ばかりじゃなく、いろいろありやす。谷吉が間に入って、そいつを表沙汰にしねえように話をつけるんです。男だてとも、ちょいと物騒な男とも聞いていますが、どういうわけか、五十右衛門が重宝して使っているそうで」

差口の男が言った。

渋井と助弥は、差口の男の案内で、谷吉が住む亀沢町の裏店へ先に廻った。

だが、案内された裏店にいくと、谷吉はもうそこを引き払っていた。

裏店の家主によれば、谷吉は昨夕、郷里の縁者が亡くなったと急な知らせが届いたらしく、とるべきものもとらずという恰好で郷里の上総の木更津へ発った、ということだった。

「急な知らせだと。ちきしょう。谷吉はもう戻ってこねえな」

と、渋井はその偶然が奇妙だと怪しんだ。

ぐずぐずしていられねえぜ、と妙に気が急いた。

亀沢町から一ツ目、そして大川端に出て、御蔵橋を渡ったところ、なんと、津坂藩蔵屋敷の門前へ、市兵衛が出てきたのだった。

「旦那、あれは市兵衛さんですぜ。間違いねえですよ」

助弥が、大川端を颯爽といく市兵衛のしゅっとした後ろ姿を指差した。

「ああ、市兵衛だな」

渋井は、津坂藩の蔵屋敷を出て、きらきらと冬の日が射す大川端を、大川橋のほうへいく市兵衛を見送った。

市兵衛が何をしているんだ、と渋井はこの偶然も奇妙に思った。

偶然が続くじゃねえか、とも思った。

なんだか、三月前の、扇橋の水門に打ち寄せた亡骸に導かれてここまできた、と渋井はそんな気がしてならなかった。

蔵屋敷の門前で、津坂屋五十右衛門に取次を頼んだが、貞助という手代が門前に出てきて、こちらは津坂藩の蔵屋敷ゆえ、町奉行所のお訊ねならば、御徒町の江戸屋敷のお留守居役を通していただきますの一点張りだった。

押し問答の末、門前払いを喰らわされた。

四

田津民部は、障子戸を透かした出格子の窓に、白い霞のかかった青空と、ほんのわずかずつ形を変え流れていく浮雲を眺めていた。

色あせた出格子に、遅い昼下がりの日があたっている。

だが、越後の夏の空は、もっと濃い青色の気がした。

江戸で三度目の夏を、民部は迎えた。

白髪がますます増え、こめかみにしみがぽつぽつと浮き、皺(しわ)も深くなった。

若き日は果敢(はか)なくすぎた。倅の可一郎にも娘の睦にも、老いた両親にも会いたい。志麻の眠る先祖の墓にも、参ってやらねばとも思う。

けれども、自分ではどうにもならぬことが、民部には後ろめたかった。ふと、

「おしず、か……」

と、出格子の空を眺めて独り言ちた。

「はい」

傍らに寝ているおしずが、小声で返事を寄こした。

うん？　と民部は出格子窓の空から傍らのおしずへ顔を向けた。

おしずの生やかな吐息が、民部の横顔をくすぐった。

「どうしましたか」

「どうもしないが」

民部は、不思議そうに聞きかえした。

「ではまた、独り言ですね」

おしずが、ふ、と小さく笑った。

「独り言を言ったか」

「ええ。いつもの独り言……」

「そうか」

おしずと一緒に、民部も小さく笑った。民部はおしずを抱き寄せ、おしずは民部の首筋へ白いしっとりとした腕を廻した。

民部とおしずは、障子戸を透かした出格子の窓に、下谷の空が見える二階四畳半の、薄い夏布団にくるまれていた。少し汗はかいたが、ゆるゆると流れる夏の涼気に汗は乾き、今は心地よいくらいだった。

民部はおしずの静かな、生やかな吐息を感じていた。

おしずは何も話しかけてこず、ただ凝っとしていて、二人だけのたゆたうときの中で目を閉じていた。

外の路地を風鈴売が通りがかって、両掛の屋台に一杯に吊るした風鈴を降りしきる雨のように鳴らしながら、ゆっくりと近づいてきて、窓のすぐ下に一杯の風鈴の音色を降らせ、満ち溢れた。

それから、風鈴の音色はゆっくりと遠退いていった。

ふと、民部は津坂城下はずれの、海辺の光景を思い浮かべた。

はるか彼方の陸の稜線まで延びた海辺に、大きな波が繰りかえし打ち寄せては白くくだけ、波音が遠い昔の記憶を呼び戻していた。

それは、三十年、いやもっともっと前の少年のころに見た光景だった。

青く濃い広大な夏の天空の下に、深い紺青の海が果てしない沖へと広がって、海と空の境より白くくっきりとした雲が、空へ沸きたっていた。

無数の浜千鳥が鳴き騒ぎ、浜辺の餌をついばみ、波間に浮かび、打ち寄せる大波すれすれに羽ばたき、滑空していく。

そうして、白い木の葉のような帆に風をはらんで沖の彼方をいく、北国船の小さな船団が眺められた。

少年の民部が、なぜあの海辺にいたのか、思い出せなかった。

民部はただひとりだった。

あれはいくつの年の夏だったのか。

夏の日はまだ高く耀いていた。だが、少しも暑くはなかった。冷たい海風が、民部の前髪をそよがせていた。

民部は繰りかえし打ち寄せる波の音を聞き、浜千鳥の鳴き騒ぐ声を聞きながら、あの海辺の光景にうっとりとしていた。

あのとき民部は、いつかわたしはこの海を見て死ぬのだろう、と思ったのだった。身体が震えるほど恐ろしく、それでいて、海辺の光景から片ときも目が離せなかった。

なぜ、あの海辺にいたのか、民部は思い出せなかった。ただあれが、少年の心に芽生えた死というものの、初めての記憶だった。

路地から遠退いていく風鈴の音色が果敢(はか)なげだった。

と、おしずが民部の耳元でささやいた。

「田津さん、そろそろ……」

そろそろ、戻る支度にかかる刻限だった。

うむ、とこたえた。そして、

「津坂の海を思い出していた」

と言った。

「さぞかし綺麗(きれい)な、海なのでしょうね」

おしずは言った。

「美しい海だ。おしず、わたしと津坂へこぬか。津坂へきてわたしと暮らし、わたしと美しい津坂の海を見にいかぬか」

遠退いていく風鈴の微眇(びびょう)な音色が、まだ聞こえていた。

おしずは、遠退いていく風鈴のかすかな音色を、凝っと追った。

民部はなおも言った。

「思いつきで言うのではない。前から考えていた。おしずを連れて津坂へ戻り、津坂の海を見せてやりたい」

おしずの胸はときめいていたが、そのときめきが悲しく、切なかった。

「冗談は、よしてくださいよ。あたしみたいなのが、田津さんと一緒にいけるわけが、ないじゃありませんか。ご身分に障りますよ」

おしずは、わざと蓮っ葉に言った。

すると、民部はいっそう強くおしずを抱き寄せた。

「身分に障りなどない。仮令、障りがあっても、それが何ほどのことか。偽って生きるのではない。おしずを落籍せ、わが妻としてあるがままに暮らしていく。望みはそれだけだ。老いぼれてもわたしは武士だ。武士に二言はない。贅沢はさせられぬが、少々蓄えがあり、暮らしに困ることはない。それとも、こんな白髪頭の老いぼれとでは、嫌か」

おしずは海を見たことがなかった。しかし、民部に強く抱き寄せられたそのとき、おしずには、青い空の下に果てしなく広がる海が見え、打ち寄せる波がくだける音が聞こえていた。

そのとき、おしずは気づいたのだった。

あたしはこの人と暮らし、この人と一緒に死ねばいいのだ。ならば、見たことのない海を見にいける。

「婢(はしため)奉公で、いきます」

おしずは、ようやく言うことができた。

風鈴の音色が、遠い、ずっと遠いところで、ほんのかすかに鳴っていた。

五

田津民部が、津坂藩本所蔵屋敷に、蔵元の津坂屋五十右衛門を訪ねていたのは、その翌々日の夕方だった。

津坂屋五十右衛門に、確認しておかなければならないことがあった。

七ツの終業の刻限が近づいて、蔵屋敷に詰める蔵役人と津坂屋の手代らが交わす、一日の仕事に区ぎりをつける遣りとりや軽い談笑などが、民部が通された小部屋に聞こえていた。

四半刻近く待たされ、蔵役人らが屋敷内の長屋へ退き、手代らは松坂町の津坂屋にある店へ戻っていくざわめきが小部屋の外を通るころ、やっと一段落いたしまして、という態をみせて、五十右衛門が小部屋に現れた。

津坂藩士ではあっても、民部の扱いは、所詮、一勘定衆にすぎない。一方の五十右衛門は、地味な色合いの上着に夏らしい絽羽織を着けた大店の主人であり、名字帯刀を許された津坂藩の重役である。

民部は手をついて低頭した。

五十右衛門に会うのは、むろん、初めてではない。

「これはこれは、田津さんでしたね。お待たせいたしました。先月、津坂のお蔵米が品川沖に廻着いたし、無事この蔵屋敷に収められてほっといたしました。これからが蔵屋敷が一番忙しいときですが、また同時に、商人の血が騒ぐときでもあります。飯米の江戸屋敷への搬送を済ませ、それから、なるべく相場の高値のときを読んでお蔵米を売り出し、台所事情を少しでも潤うように計ることが、蔵元の使命ですのでね」

「はい。今後とも、よろしくお願いいたします。かような繁忙のさ中に、申しわけございません」

民部は手をついたまま言った。

「いえいえ、とんでもない。ご用で見えられたのですから、お気遣いは無用です。どうぞ、手をあげて……」

五十右衛門は、少し首をかしげて手をあげた民部を、やや横柄に凝っと見つめ、口元は余裕を見せてゆるめていた。

「田津さんは、確か、勘定方の出納掛におつきでしたね」

「勘定組頭の加藤さまの配下にて、出納掛を相勤めております」

「ふんふんふん、それはご苦労さまです。おいくつなのですか。今、改めてお会いいたし、少々お歳を召されておられるようなので、意外でした」

「畏れ入ります。江戸勤番を命じられましたのは、五十歳でございました。臨時役で半年ということでございましたが、御役替えは許されず、今年でもう五十三歳に相なりました」

「五十三歳、それはお若く見えますな。それでは、国の津坂に、お内儀さまやお子さま方はおられるのですね」

「妻はおりません。十年以上前に亡くなり、倅と娘、それに高齢の両親がおります。倅は見習で勘定方に出仕いたしており、そろそろ番代わりのことも考えねばならぬのですが」

「田津さまは有能で、お役目ひと筋の真面目な方ですから、ご家老さまの聖願寺さまや勘定頭の志方さまが、今しばらく、江戸屋敷の役目を任(まか)せたいと、お考えなのでしょう。勘定衆の仕事は地味ですが、いかに剣術の優れたお侍さまも、勘定衆の方々が、目だたぬところで台所の勘定をつけているからこそ、お侍さまの体裁を保っていられるのです。勘定衆にとって刀は、算盤(そろばん)なのです。勘定衆は刀ではなく、算盤を刀にして殿さまにお仕えし、津坂藩鴇江家のお役にたたねばなりません。辛抱もご奉公のひとつです」

ははは、と五十右衛門は笑って、民部の様子をうかがっていた。

小部屋に閉てた腰付障子ごしに、手代らの話し声が廊下を通っていった。

「では、ご用件をうかがいましょうか。組頭の加藤さまでは、おわかりにならないお訊(たず)ねなので、わざわざ見えられたのでしょうね」

「いえ。そうではございません。と申しますか、その事情がわたしにもまだよくわかっておりません。よって、組頭の加藤さまにも勘定頭の志方さまにも、もう少し事情を調べてからご報告いたすつもりでございます」

「田津さんがおわかりでない事情を、ですか」

「はい。毎年春の蔵米の江戸廻米の折り、相当量の沢手米(さわてまい)が出ております。その沢手米のことについて、おうかがいしたいのです」

「沢手米？　沢手米が出ておるのが、どうかしましたか」

「蔵米は、越後の津坂より、西廻りの長い航海をへて江戸へ廻米されております。途中、雨もあれば嵐にも遭うでしょうし、大波をかぶるなど災難に見舞われる場合などもあって、沢手米が出る事態がさけられないのは承知いたしております。ただ、沢手米が出ますと、沢手米分の代米を手当しなければなりません。新たに蔵米を江戸へ廻米し、船賃もまたかかって、その所為（せい）で、ただでも苦しい藩の台所事情は、さらに苦しくなっております」

「田津さんの仰（おつしや）る通り、津坂藩の台所事情が苦しいのは、蔵元を仰せつかっておりますわたしは、痛いほどよく存じております。わたしの力のいたらぬ所為と、申さざるを得ません」

「とんでもございません。津坂屋さんが蔵元として、津坂藩の蔵米を差配していただいておるからこそ、われら勘定衆も、藩の政（まつりごと）の台所勘定をつつがなくつけることができるのでございます」

「いいえ。わたしひとりでできることではありません。ご家老さまの聖願寺豊岳さま、勘定頭の志方進さま、勘定組頭の加藤松太郎さま、そして、田津民部さんほか勘定衆の方々、のみならず、江戸御留守居役の羽崎保秀さまなど、みなさま方のお力がひとつになってこそ、津坂藩は支えられるのです。田津さん、そうではありませんか」

「は、はい。その通りでございます」

五十右衛門は、唇を一文字に結んだまま、にんまりとし、

「それで？　どうぞお続けください」

と、素っ気ない語調に変えて言った。

民部は、訊ねなければならないと思った。

「わたしは江戸屋敷の出納掛にすぎませんので、蔵米の江戸廻米船の差配や運賃など、それらの詳しい手配や段どりについては存じません。津坂屋さんにすべてお任せいたし、頼っております。半月ほど前でございました。出納掛の用がございまして、屋敷蔵に仕舞っております数年分の勘定帳を見る機会がございました。勘定帳のみならず、屋敷蔵には様々な出入帳や、配給や土地の原簿である台帳、家臣の御仕置帳、歴代の勤番藩士の分厚い名簿帳などが、御主君の代ごとに分けて、蔵の奥の部屋に埃をかぶって、山のように積み重ねてございました。わたしが出納の用で見ました勘定帳が、当代の鴇江憲実さまがご当主の座を継がれた、文化七年（一八一〇）以降に新装いたしました勘定帳でございました」

「なるほど。さようでしたか」

五十右衛門は腕組みをして、顎の下のたるんだ皮をつまみながら言った。

「申すまでもございませんが、その年の蔵米の江戸廻米量から、蔵米のうちのどれだけが江戸屋敷の飯米に廻り、米相場がいついくらのときに、どれだけの石高が売りさばかれ、その御用金が奥方を含めました各々の組に、どのように配分されたかなどが、すべて記されておりました」

「はい。わかっております。勘定帳は、同じものを二冊作成し、御徒町の上屋敷とこの蔵屋敷に保存しておくのが、代々の決まりですのでね。それが何か」

「そこに、江戸廻米の船団は四組ほどが三、四日から、十数日をおいて出船し、夏の上旬までに江戸廻着の日程と、その各船団の廻漕の過程で出た沢手米のことも、記されてございました。沢手米により、代米廻漕四斗俵云々と」

「当然のことでございますね。沢手米が出たことを記してあるのが、どうかいたしましたか」

「沢手米、すなわち濡米が出たことはやむを得ぬといたしましても、意外に思いましたのは、その量の多さなのでございます。勘定帳に記されておりました量は、当代の憲実さまの代だけで、少ない年で蔵米積船の五分あまり、一割近い年もございました。憲実さまの代の、およそ十五年分を均しますと七分余でございました。津坂藩の江戸廻米は、昨年は一万三千六百九十石でございます。その七分少々が沢手米にて、九百五十八石余。四斗俵では二千三百九十五俵と某になり、三俵一両ほどの相場で換算いたしますと、七百九十八両以上に相なります。沢手米が一割も出ますと、千両をはるかに超える藩の台所の費えでございます。これほどの沢手米が出ていたのかと、驚くばかりでございました。藩の台所勘定は年々逼迫して、年貢率があがり、今は四割二分を超えております。領内農民の不平不満の声が聞こえ、また、領内の米不足が城下の諸色を押しあげ、町民の間に藩の政への怨嗟の声も高まっております」

「領内の米不足は、天候不順が続いた不作によるものですよ。沢手米の所為ではありません」

「それはそうなのでございますが、いくらなんでも多すぎるのではないかと、訝しく思ったのでございます」

「だといたしましても、越後から江戸まで、蔵米を船一杯に積んで荒波を越えてくるのです。沢手米が出るのは、いたし方ありませんのでは」

「いたし方ないと、承知いたしております。ではございますが、数百両、ときには千両を超える沢手米による年々の費えは、多すぎるのではないでしょうか」

五十右衛門は、ふん、と鼻を鳴らした。白けたふうな顔つきになり、民部からそむけた。喉の下のたるんだ皮を、指先でつまんでいる。

「わたしは、殿さまにお仕えいたす勘定方の役人でございます。役目の上で疑問に思った事態を放置しておけず、また何かの間違いではないかとも思い、調べてみたのでございます」

「ほう。そのような勝手なことを、出納掛の田津さんがなさったのですか」

かまわずに、民部は言った。

「できる限り帳簿などを調べてみたのですが、沢手米のことはほかに一切記されておりません。そこで、品川の船持ちを訪ね、沢手米が出る実状、それぐらいの沢手米が出るのはやむを得ないのかと、質(ただ)したのでございます。そうしますと、客の大事な荷物を安全に、少しでも早く廻漕いたすよう心がけ、それができているからこそ、これまで廻船業を営んでこられた。自分の承知している限り、廻漕にそれほどの沢手米を出した覚えはない。ほかの蔵米積船にも相当量の沢手米を出した話は聞いてはいないと、船持ちは申したのでございます。ただ、船持ちはこうも申しました。それは、沢手米の名目で、表沙汰にはできない江戸屋敷の資金繰りに使われているのではないか。例えば、江戸屋敷に表沙汰にできない大きな費えが急に必要になって、それを沢手米を名目にして捻出しているのではないかと。そうなのでございましょうか」

「廻船業者が、事情も知らぬのに余計なことを。誰ですか、その船持ちは」

「その方は、わたしがお訊ねしたことを、ありのままにおこたえくださっただけでございます。何とぞ、穏便に……」

「わかっておりますよ。船持ちは強気なのです。文句があるなら別に雇ってくれなくてもいいんだぜ、客はほかにいくらでもいるんだぜと、柄の悪い者らです。で？　お訊ねになった品川の船持ちは、誰ですか」

「笠屋の柳太左衛門さんに、お訊ねいたしました」

「ははん、笠屋柳太左衛門でしたか。あの男なら言いかねませんね。一艘持ちの直乗船頭ですね。以前、廻漕運賃の増額を訴えて、同じ船持ちと語らい、下り荷の積留の手段に出たことがありましたね。あのときは困らされました。一歩も引かねえと、強気でしてね。仕方なく、ご家老の聖願寺さまのお許しを得て、柳太左衛門らの訴えを呑みました。相手が雇主であっても、言うことは言うと、男伊達を気どった船頭と評判を聞いておりますがね。まあ、そういう船頭なら、他人の事情もおかまいなしにべらべらと、尾鰭(おひれ)をつけてものを言いますから。いいところに目をつけられました」

民部は、五十右衛門の言葉に刺(とげ)を感じたが、仕方がないと思った。

それでも、最後まで言わねばならぬ、とも民部は思った。

「わたしは、江戸屋敷勤番の一勘定衆にて、出納掛にすぎず、江戸屋敷の内情を詳しく知る立場にはございません。しかしながら、毎年の蔵米積船に出る沢手米が、表沙汰にできない藩の資金繰りに必要であったといたしましても、不明金は不明金でございます。勘定方役人といたしましては、このままにしておくことはできないのでございます。ご家老さまに実情をお伝えいたし、国元と協議いたしたうえ、この資金繰りは改める必要がございます」

五十右衛門は、顎の下のたるんだ皮をつまんでいる。

「それから、柳太左衛門さんは、別のことも申されました。三年前、津坂湊で蔵米のほかに紬(つむぎ)などの定積の船荷を積みこんだ折り、江戸の津坂屋さんから遣わされていた手代が、船団は途中、若狭の長浜湊に寄港し、廻船問屋の《武井》の指図に従って、米二千俵を降ろすようにと、指示があったそうでございます。船団の船頭らが、江戸廻着が長浜湊に寄港した日数分遅れ、また江戸廻着米が当初の総量と違うことになっても、運賃は値引きできないと確かめたところ、手代らは、江戸から届いた指示だから、委細は江戸で五十右衛門さんに訊け、というものでございました。船団は、指示に従って長浜湊に寄港し、米二千俵を降ろして、それから西廻りの航路で品川沖に無事廻着いたし、そのときになって、津坂屋さんが船頭らに、途中の若狭長浜で蔵米の一部を降ろしたのは、大津の米市場の相場が高騰している知らせが入ったからだと、明かされたそうでございますね」

民部は唾を呑みこみ、なおも続けた。

「北陸からは、大津をへて畿内へ通じる街道がございます。大津の米市場は、大坂堂島の米相場の動向が伝わって、それに近い相場で取引されているそうです。堂島の米相場は高値が続いており、仮令(たとえ)わずかでも、大津市場で米を売りさばき、津坂藩に利益をもたらすため急遽、ご判断なされたのでございましたね。若狭の長浜湊は奥方さまのお里である京の朱雀家の采地にて、そのご縁によって、朱雀家御用達(ごようたし)の米問屋が大津市場で二千俵の米を売りさばき、それを朱雀家御用達の別の商人が為替(かわせ)に替えて江戸屋敷へ送ることにしたと、そのように……」

「覚えております。確かに、大津市場で蔵米の一部を売りさばき、少しは津坂藩の台所事情のお役にたてたかなと、自負いたしております」

「ですが、津坂屋さんは仰ったそうでございますね。津坂湊の廻船問屋と長浜湊の廻船問屋の交易は、頻繁に行われている。長浜湊の商人から津坂藩への支払いがある場合、京の朱雀家が中立して江戸屋敷へ支払いを済ますことは、これまでにしばしば行われてきた。この度の、商人同士ではない蔵米の勘定は、津坂藩の台所事情を考慮した、あくまで臨時の措置ゆえ、余所でみだりに言い触らさぬようにと」

「言い触らさないようにと頼んだのに、田津さんに言いましたか。笠屋柳太左衛門は、口の軽い男ですね」

「津坂屋さん、わたしは余所の者ではございません。津坂藩の勘定方勘定衆でございます。ですから、笠屋さんは話してくだされた。わたしは、勘定方下役の出納掛にすぎませんが、江戸屋敷の台所勘定が、蔵元の津坂屋さんが差配なされて廻ってくる御用金によって賄われていることは、重々承知いたしております。とは申せ、そのような臨時の措置が行われていたなら、その出納の勘定はどこに記されておるのでございましょうか。沢手米の件と同様、この措置も不明のままにしておくのは、承服いたしかねるのでございます」

五十右衛門は、組んでいた腕を解き、膝を叩くようにおいた。

蔵役人や津坂屋の手代らはみな執務部屋を退出し、二人が対座する小部屋の周辺は、重々しい沈黙の中にあった。

五十右衛門は、顔をやや伏せて考えこみ、やがて、仕方あるまいという素ぶりで、首を何度かふった。それから顔をあげ、民部に言った。

「わかりました。津坂藩の台所事情を憂慮してやってきたことですが、そこまで仰るなら、お教えいたしましょう。内心は、いつまでこれが続けられるのかと、思ってはおったのです。潮どきかもしれません。田津さん、明日、勤めを終えたのち、宵の六ツ半（午後七時）ごろ、もう一度こちらにお顔を出していただけませんか。裏帳簿と申すわけではありませんが、ほんのひとにぎりの者しか見ることのできない帳簿をお見せいたします。その帳簿に、津坂屋五十右衛門が何ゆえそのようなことをしたのか、しなければならなかったのか、津坂藩の台所事情の実状が記してあります。それをご覧になったうえで、どのようにご判断なさるか、田津さんがお決めになれば、よろしいのではありませんか」

「畏れ入ります」

民部は頭を垂れて言った。

六

民部の最後の一日が、すぎていった。

おしずには、三日、遅くとも四日のちに、と約束していた。その日は約束の三日目である。仕方あるまい。おしず、明日にする。休みをもらって、いつも通り昼下がりに必ずいく、と民部は思った。

夕方、屋敷内の御用部屋より長屋に退(ひ)き、早めの簡単な夕飯を摂(と)った。

夕六ツの時の鐘が聞こえてほどなく、御徒町の屋敷を出て、宵の空に青みの残った黄昏(たそがれ)のほの暗い市中をいき、両国の川開きにはまだ早いが、夕涼みの人出が多い広小路から、大川の風が涼しい両国橋を渡った。

東両国の駒留橋をすぎ、大川端へ出て、御蔵橋の先の蔵屋敷に向かったころ、大川は宵の帳(とばり)に蔽(おお)われ、ゆるゆるといき交う船の明かりが眺められた。

蔵屋敷は静まりかえっていた。

表長屋門の門扉は堅く閉じられているが、わきの小門は、夜ふけまで通ることができた。民部はご用で蔵屋敷を何度か訪ねており、それを知っていた。

番所にいた門番は、その刻限、五十右衛門を訪ねて人がくることを手代の貞助から伝えられており、わき門を通った民部に声をかけなかった。誰が通ったか、名も確かめなかった。

民部が邸内に入ってすぐに、長屋のある暗がりのほうから手代の貞助が近づいてきて言った。

「玄関はもう閉じております。こちらへ」

貞助は小腰をかがめ、こそこそした仕種で民部を手招いた。

顔見知りの手代ではあっても、様子が胡乱(うろん)なと訝った。それでも、内分にしたいのであろうと思いなおし、黙然と貞助に従った。

板塀の囲う蔵役人の長屋や、中間小者、また下男などの長屋をすぎるまでは、宵の邸内には人の気配がまだ感じられた。

だが、蔵屋敷の大きな土蔵の影がつらなるあたりまでくると、同じ邸内であっても、人の気配は全く途絶えて暗がりがいっそう濃さを増し、不気味なほどの静寂があたりを閉ざしていた。

案内の貞助は明かりも持たず、どんどん先へいった。

「どこへいくのだ」

民部は声をかけた。

貞助は民部を見かえって言った。

「はい。内々のご用でございますので、奥の座敷へ通っていただくようにと、旦那さまのお申しつけでございます。もうすぐそこでございます」

ほどなく、裏門があった。

貞助は、裏門から灌木が植えられた間の細道へ曲がった。

細道の先に土塀に仕切られた内庭の妻戸があり、妻戸をくぐって、奥座敷に面した内庭に通った。

東側の土塀ぎわに、三本松の影が土塀の上に躍っていた。日ごとに丸くなっていく月が、はや東南の宵の空高くにかかっている。

土塀の東隣は、幕府の広大な御竹蔵である。

一基の石灯籠に、うっすらとした明かりが灯されていた。

座敷の縁廊下のそばに沓脱があって、隙間なく閉てた座敷の腰付障子に、行灯の明かりが映っていた。

西側の大川端に構えた表長屋門をくぐり、昼間は蔵役人や手代らが詰める本家の廊下をきた東奥に、この座敷と内庭がある。

表門側の賑わいは、この東奥の座敷には殆ど届かない。

民部が蔵屋敷の内庭へ通るのは、初めてだった。

御徒町の江戸屋敷でも、奥方さまの居住する内塀に厳重に囲われた一画を見たことはない。

これが身分の違いというものか、と民部は感じた。

沓脱のそばまでいった貞助が、民部へふりかえって軽く頷きかけ、先に縁廊下へあがった。そして縁廊下に着座し、腰付障子を開けて言った。

「どうぞ、こちらでございます。旦那さまがお見えになられます」

民部は沓脱で草履を脱ぎ、大刀をはずして座敷に入った。

十畳ほどの座敷に、角行灯がただひとつだけ、広い部屋に薄明かりを灯していた。

民部は、違い棚のある壁側に対して座についた。

「お刀を、お預かりいたします」

貞助が言い、ふむ、と民部は黒鞘の大刀を預けた。

貞助は民部の大刀を袱紗にくるんで預かり、間仕切した次之間へ消えた。

民部はそれを、怪しまなかった。

蔵屋敷であっても、大名屋敷である。武家の屋敷では、来客の大刀の扱いはそうするものである。

ただ、民部は客ではなかった。ご用があってきた津坂藩士である。このようなよそよそしい扱いに、わずかな違和を覚えた。

ご用を果たすことが肝心なのだが、と思った。

と、背後の次之間に人のくる足音がし、間仕切が引かれ、五十右衛門がひとりで入ってきた。

「お待たせ、いたしました」

と、五十右衛門は違い棚のある壁を背に、民部と対座した。

民部は手をつき、低頭して言った。

「夜分、お手間をとらせ、申しわけございません」

「田津さん、堅苦しい挨拶はけっこうです。手をあげてください」

五十右衛門の返事は、素っ気なかった。

民部は黙って手をあげた。

五十右衛門は、昨日の絽羽織とは違い、お店者(たなもの)のような地味な紺羽織を着けていた。膝においた手には、何も持っていなかった。傍らにも、帳簿らしき物も用意していなかった。

ただ、無表情な顔を、少し斜にして民部へ向けている。

「では早速、帳簿を拝見させていただきます」

民部は言った。すると、

「その前に、田津さん、これをどうぞ」

と、五十右衛門が紺羽織の袖から、白紙のひとくるみをとり出し、民部の膝の前に差し出した。

「これは、なんでございますか」

民部は白紙のくるみから顔をあげ、五十右衛門に質した。

五十右衛門の無表情の顔が、唐突に破顔した。

「加藤さまからうかがいました。借り入れを、勘定方に申し入れられたそうですね。手元不如意の給金の前借りではなく、何かの要り用があって、借用書を交わす借金を申し入れられた。金額は十三両。間違いありませんか」

「は、はい。それは、申し入れましたが、これは、何を……」

民部は戸惑った。このひとくるみの白紙が何を意味しているのか、咄嗟(とっさ)にはわからなかった。

「十三両、包んであります。勘定方の借り入れを申し入れずとも、どうぞ、これをお役だてください。それから、それとは別に、これもどうぞ」

五十右衛門は、手品使いのように、また羽織の袖から先の物より分厚い白紙のくるみを抜き出し、先の白紙の隣に並べた。

「これは、こちらのご要り用の十三両とは別に、二十五両を二くるみ、ご用意いたしました。国元の津坂には、ご高齢のご両親に、見習勤めの兄、年若い妹、ご兄妹のお子さま方がおられると、加藤さまからうかがっております。ご高齢のご両親の世話も大変ですが、まだまだ先の長いお子さま方の先々にも、いろいろと物要りなことです。こちらは今後の暮らしやそのほかに、お役だていただければよろしいのです。そうそう、これは勘定頭の志方さまが申されておりました。田津さんには江戸勤番を、半年の臨時役に申しつけたものの、有能ゆえついもう半年もう半年と無理をさせたが、これ以上無理は言えぬ、そろそろ帰国させねばなと申しておられました。よかったですね。お役目ひと筋に、真面目に勤めてこられましたから、当然のことです」

五十右衛門は、にこやかな顔つきになった。

「あ、そうだ。それだけではありません。これはご家老の聖願寺さまがそう仰っていたのを聞いたのですが、田津さんが帰国なされたら、長い間の江戸勤番の功労に報いるため、勘定組の小頭に就く人事を決められたそうですね。ゆくゆくは小頭から組頭に昇任することもあり得ると、申しておられました。とんとん拍子ではありませんか。田津さんのご長男も、今は見習の身であっても、田津さんが隠居なされたあと、若くして勘定組頭に就かれることになるでしょうし、ご一族の繁栄は間違いありませんよ」

あはは、ははは……

五十右衛門が空笑いをした。

田津は目を膝に落とし、堅く沈黙を守っていた。

五十右衛門は声を低くして言った。

「ですのでね、田津さん。人には人の、お家にはお家の、国には国の様々な事情がございます。事情によっては、表沙汰にできる事情と、表沙汰にしてはならない事情とがございます。それが人の世の常です。田津さんも、その十三両の要り用の事情は、どなたにも明かしてはおられませんね。それと同じではありませんか。それぞれみなが、ひとを思い、お家を思い、国を思って、そうすることがよかれと思って、懸命に勤めているのです。ただ、それを思う道が、信じる手だてが、それぞれによって違う、というだけなのです。おわかりですよね、田津さん」

　五十右衛門は笑みを消さなかったが、目は笑っていなかった。

「田津さんが有能な勘定衆であるのは、承知しております。ですが、その有能なご自分を今は胸に仕舞って、津坂藩がこののちもますます豊かに繁栄し、よき国になるために、わたしどもにお力を貸していただけませんか」

　ぢりぢりと、音が聞こえそうなほどの堅い沈黙が流れた。

　民部は、こみあげる激しい感情を抑えていた。自分の愚かさが、耐えがたかった。無駄にすぎた長い年月を思った。

「津坂屋さん、十三両の要り用の事情を表沙汰にできないのではございません。表沙汰にする必要がないだけです。表沙汰にしてはならない事情とは、一体どなたがそのように判断なされ、そのように決められたのでございますか。身分は低くとも、わたしは殿さまにお仕えいたす侍でございます。殿さまにお仕えいたす侍にとって、そのようにご判断なされ、そのようにお決めになられるのは、殿さましかおられません。よって津坂屋さんの言われたことが、殿さまがご判断なされ、お決めになられたことなのか、確かめねばなりません。津坂屋さん、このような謂(いわ)れのない大金を、受けとるわけには参りません。どうやら、ここにきたことが間違いだったようです。今宵はこれにて、失礼いたします」

民部は座を立った。

五十右衛門はもう笑ってはいなかった。眉をひそめ、瞬(まばた)きもせず民部を見あげて言った。

「田津さん、これから、どうなさるおつもりですか」

「侍として、為(な)すべきことを為すまでです。ごめん」

と、五十右衛門の眼差(まなざ)しを押しかえし、後方の次之間へ身をかえした。

貞助に預けた民部の大刀は、次之間の一隅(いちぐう)にたてかけてあるはずである。

東側は腰付障子を閉てた縁廊下と内庭、西側は屋敷内を通って表へ通じる廊下に閉てた襖(ふすま)である。

民部は次之間の間仕切を引いた。

行灯の明かりが次之間に射したとき、その薄明かりが片膝立ちに抜刀の体勢に身がまえた男をぼうっと映した。

そのとき、座敷に灯っていた一灯の薄明かりがふっとかき消えた。

眼前の片膝立ちの男を、どす黒い闇に包んだ。

しかし、民部を見あげていた冷徹な眼差しだけが、闇の中に光っていた。

しまった、と民部は察した。

つまらぬことで自分を見失っていたことに気づいたが、束の間遅れた。

冷徹な眼差しが、うむ、と声を殺し、闇の中から抜き打ちに斬りあげた。

ぶうん、と民部の身体すれすれに白刃がうなった。

相手の険しく光る目と、白刃の幻影のようなきらめきを、民部の全身がひりひりと感じとっていた。

かろうじて抜き打ちの一撃を逃れた民部は、小刀を抜き、次之間から躍り出てきた相手の追い打ちを、かん、と小刀で払った。

そこへ、西側の廊下側と東の庭側の双方から、襖と腰付障子を激しく開け放って、同時に突進してくる二人の討手の黒い影を認めた。

討手は雄叫びもあげず、不気味な吐息だけを吐き、白刃を縦横にうならせた。

「曲者、出会え」

民部の叫びは、静まりかえった邸内の暗闇に果敢なく消えていく。どど、と座敷は不気味にとどろき、三方より迫る討手の吐息が、暗闇の中を錯綜した。

民部は右の一刀を払い、左の一刀をぎりぎりに受け止め押し退けた。

だが、正面がかえした二の太刀に額をざっくりと割られた。

顔をそむけたところに、右の一刀に袈裟懸を背中へ浴びせられた。

続いて、身体をよじりくずれかかった肩を、左からひと薙ぎにされた。

民部にはもう、崩れた体勢を立て直す間はなかった。

庭側の縁廊下へつんのめり、堪えきれずに内庭へ転落した。

石灯籠に灯る薄明かりが、左右にゆれていた。起きあがらねば、と民部はあがいた。しゅうっ、しゅうっ、と血の噴く音が聞こえた。

まだ戦える。戦わねば。

民部は思った。

ようやく上体を起こし、片膝を立てたところへ、三人の討手が、相次いで庭へ走り降り、民部を三方から囲んだ。

三人の白刃が石灯籠の明かりを映し、青白く光っていた。

民部の髪は、もうざんばらになっていた。

と、縁廊下に四つの人影が石像のように立っているのに気づいた。

石灯籠の薄明かりは、四人の顔をも不気味な陰翳で刻んでいた。意識は朦朧としていても、民部は、四人が誰かはわかった。

津坂屋五十右衛門、勘定組頭・加藤松太郎、勘定頭・志方進、そして、津坂藩江戸家老の聖願寺豊岳であった。五十右衛門が民部を嘲笑(あざわら)い、あとの三人は、影に隈(くま)どられた表情のない顔を、凝っと民部に向けていた。

民部は小刀を支えにして、懸命に立ちあがった。そして、小刀を肩の上へかざし、縁側の四人へ、一歩一歩もつれる足を踏み出した。

「おぬしら、許さぬ。成敗いたす」

民部は言った。

と、三人の討手が、ばらばらと民部の行手を阻むような立ち位置をとった。

民部が背中に槍(やり)のひと突きを受けたのは、そのときだった。それは、民部の身体の芯を断つ、必死の一撃となった。

さらに、三人の討手の斬撃を浴びた。

民部は倒れ、夜空を仰いだ。

仕方あるまい、不覚だったが、大して変わりはない、と思った。

意識が消える束の間、民部は青く果てしない海原を見た。大きな波が、波打ち際に繰りかえし寄せ、白く激しくくだけ散っていた。

おしず、済まん……

と、最後に言った。

津坂城下、海部道場の竜と称(たた)えられ、よき夫、よき父、よき侍であった田津民部の、それが最期であった。

第四章　政変

一

十二月極月のその日、江戸は雪になった。

まだ暗い朝だった。

市兵衛は目覚めると、素早く暖かな布団を出て、支度にかかった。

半刻ほどで、朝の用を済ませ、身も清め、総髪の髷を自ら結いなおした。

新しい肌着を着け、渋色の帷子を下着に上衣は青鼠の綿入を重ね、紺黒の細袴と革足袋を履いた。

そうして、板間の竈の残り火にあたって暖をとり、迎えがくるのを待った。

ほどなく、店の表戸がほとほとと打ち叩く音がした。

板戸は開けておいた。表戸の腰高障子に、提灯の明かりが映っていた。

「唐木さま、お迎えにあがりました。貞助でございます」

ひっそりとした声が、かけられた。

市兵衛は、わきに寝かせていた黒鞘の大小に革紐を束ねておいていた。革紐の束を袖に入れ、夕べ研いで磨きをかけた大小を腰に帯びた。

桐油紙の紙合羽を羽織り、土間に降りた。

雪道をいくため、足駄を履いて、唐傘を手にした。

腰高障子を引くと、夜明け前の暗い路地を、音もなく降る雪が白く一面に蔽っていた。

紙合羽を着けた貞助が、津坂屋の番傘を差し、提灯を提げていた。

貞助は市兵衛に小腰をかがめて辞儀をし、白い息を吐いて言った。

「生憎、雪になってしまいました。旦那さまが、唐木さまにご不便をなるべくおかけしないよう船を使うように、とのお言いつけでございまして、船をご用意いたしました。筋違橋御門外までご不便を我慢していただき、そこからは船で大川へすぐでございます」

市兵衛はまだ暗い空を見あげ、唐傘を開いた。

さらさらと、市兵衛の唐傘を雪が撫(な)でた。

貞助が雪道に提灯を差して前をいき、市兵衛はあとについていった。

雪の所為(せい)か、夜明け前の往来に人通りは殆(ほとん)ど見かけられなかった。雪に降られた野良犬が、とぼとぼと、往来を横ぎっていくばかりだった。

筋違橋を渡って、橋の袂(たもと)の花房(はなぶさ)町の河岸場に、雪をかぶった荷船と並んで、障子戸を閉(た)て廻(まわ)した屋根船が舫(もや)っていた。

屋根船の艫(とも)に、蓑(みの)をまとい菅笠(すげがさ)をかぶった船頭がしゃがみ、白い雪の塊(かたまり)のようになっていた。

貞助が河岸場に降り、船頭に声をかけた。

「おい、船頭、待たせたな。いくよ」

「へい」

と、船頭はむっくりと起きあがり、菅笠と蓑を蔽った雪を、神田川(かんだがわ)の暗い川面(かわも)へ払い落した。

「どうぞ」

貞助が市兵衛へ見かえって言った。

屋根の下に入ると、板子は茣蓙(ござ)が敷かれていた。

市兵衛は、舳に近いほうへ坐り、提灯の火を消し艫のほうに坐った貞助に背を向けた。

船はすぐに花房町の河岸場を離れ、雪の神田川へ押し出した。

火の気のない暗い屋根の下は、寒気がひしひしと染みわたった。障子戸を透かすと、川面に舞う雪が屋根の下へひらひらと降りこんできた。

神田川の南は柳原の土手、北側は佐久間町の河岸通りである。

まだ暗い夜明け前でも、ほんの微眇な雪明かりが、河岸通りの川端に積んだ材木や薪の山、建ち並ぶ土手蔵や板小屋、河岸場に並ぶ荷船を、ぼうっと浮かびあがらせていた。

「貞助さん、先だってと昨日、そして、この雪の朝の今日で、あなたとは三度目です。そろそろ打ち解けてもよろしいかと思うのですが、いかがですか」

市兵衛は後方の貞助へ、身体を斜にして見かえり、話しかけた。

「あ、はい」

と、貞助は意外そうに顔をあげた。

薄暗くて顔つきは定かではないが、市兵衛は打ち解けた口調を続けた。

「貞助さんは、松坂町の米問屋《津坂屋》に奉公をなさっているのですね」

「ええ。まあ、そうですよ」

　貞助は、どうでもよさそうにこたえた。

「まあ、とは？　十二、三歳の小僧奉公から始めて、およそ二十年ぐらいがたった三十歳前後にお見受けします。津坂屋に長年奉公してこられた手代では、ないのですか」

「あたしは、小僧奉公から始めた奉公人じゃありません。手代の仕事は、したことがないんです。旦那さまにお雇いいただいて、五年になりますがね。米問屋の商いがどういうものか、今も皆目わかりません。算盤も使えません。商いなんて、あたしの性に合いませんので」

　貞助はくだけた口調になった。

「そうでしたか。では、前は何をなさっていたのですか」

「唐木さまとは、三度目ですから、確かに打ち解けてもよいころ合いです。まあいいでしょう。前は、吉原の廓で働いておりました。女衒じゃありませんよ。花魁の世話とか、廓の火の用心とか、いろいろです。五年前、旦那さまにうちで働かないかと誘われましてね。それからは、米問屋の商いとは一切かかわり合いのない、旦那さまの腰巾着役を務めております」

「廓の若い者から、津坂屋五十右衛門さんの腰巾着ですか」

「はい。貞助、あそこへこれを、次はこれを、それからあれも、と旦那さまのお言いつけ通りに、やってお給金をいただいているだけです。米問屋の商売は一向に存じませんが、これが案外、奇妙なことが時どき起こって特別なお手当もいただき、厭きる暇がありませんよ」

ふふ、ふふ、と貞助は不敵な含み笑いを寄こした。

「貞助さん、今この船は本所の津坂藩の蔵屋敷に向かっているのですね」

「さようでございますよ。旦那さまが唐木さまに是非お会いしたい、お会いして唐木さまにお伝えしなければならない事があると、あたしが昨夜、旦那さまの書状を唐木さまにお届けいたし、唐木さまにご承知いただきましたので、今朝、こうしてお迎えにあがった次第でございますから」

「もう半年以上前の五月のある日、津坂藩の田津民部さんが、御徒町の津坂藩江戸屋敷より、忽然と姿を消されました。それはご存じですね」

「はい。存じておりますよ」

「田津民部さんが姿を消されたあと、藩の御用金の百五十両余が不明になっていると報告があって、田津民部さんは御用金を着服して出奔した、と見做されました。昨夜届いた五十右衛門さんの書状は、田津さんの出奔につき、津坂藩の面目のためにこれまで内分にしていた窃事(ひそかごと)があって、それを明かすゆえきてほしい、というものでした。なぜならわたしは、田津民部さんが失踪した事情を調べる役目を、江戸家老の戸田浅右衛門さまより申しつかっているからです。貞助さん、それもご存じでしょう」

「唐木さまのお役目がいかなるものか、察しはついておりました」

「察しのよさそうな方だと、思っていました。察しのいい貞助さんにうかがいます。今年の五月のある夜、田津民部さんはおそらく五十右衛門さんに会うため、本所の蔵屋敷をおひとりで訪ねられた。もしかしたらその夜、田津民部さんが本しと貞助さんのようにです。そうして、そのまま田津民部さんは、本所の蔵屋敷から姿を消されたのではありませんか」

「唐木さま、それは違います。あたしはあの夜、田津民部さまとご一緒しておりません。田津さまは、おひとりで蔵屋敷にお見えになられました。あたしは旦那さまのお言いつけ通りに、ご案内いたしただけでございます」

「しかし、田津民部さんに何があったのか、察しておられるのでは」

「あたしが察したことと、本途の事情には、いろいろと違っているところがあると思われます。唐木さまは、本途の事情をお知りになりたいのでは、ございませんか。ですから、旦那さまのお招きに応じられたのでは、ございませんか。旦那さまからお聞きになれば、あの夜、田津民部さまに何があったのか、すべてがおわかりになるのではございませんか。あたしは、旦那さまからお給金をいただいて、お指図に従っているただの使用人でございます。察することはできても、何も見ておりませんし、何も聞いてもおりません。でございますから、何もお話しすることもございません」

ふふ、ふふ、と貞助はまた含み笑いをした。

田津民部は、御用金百五十両余を着服し出奔したのではなかった。

両国の古道具屋に持ちこまれた唐桟の財布の出どころ調べをきっかけに、定町廻りの渋井鬼三次の探索は、この五月のある夜ふけ、津坂藩本所蔵屋敷で窃に始末された一体の亡骸にいきついた。

亡骸は、なまずの谷吉と物乞いの喜多次が簀巻きにして、海に捨てた。

二人に始末させたのは、津坂藩の蔵元・津坂屋五十右衛門である。

物乞いの喜多次は、亡骸を始末する際、亡骸の懐にあった唐桟の財布を、その類の仕事の余禄として当然のごとく頂戴(ちょうだい)した。それが廻り廻って、両国の古道具屋に持ちこまれたのである。

しかし、海に捨てられ藻屑(もくず)と消えたはずの亡骸は、三月(みつき)がたった八月の大潮があった日、深川扇橋の水門に腐乱した亡骸となって打ち寄せた。

腐乱した亡骸は、かろうじて斬殺らしき疵痕(きずあと)は認められたものの、身元不明のまま、小塚原の死体捨て場に埋められた。

八月の扇橋の水門に打ち寄せた亡骸の検視に出役した若い当番同心は、腕利きの定町廻りの渋井鬼三次に検視の子細を伝えていた。

渋井は、水門に打ち寄せた身元不明の亡骸は、唐桟の財布の出どころ調べでいきついた津坂藩本所蔵屋敷の亡骸ではないのか、と推量した。

なまずの谷吉と物乞いの喜多次に、簀巻きにして五月の海に捨てられた亡骸ではないのか、とだ。

渋井は、北町奉行・榊原主計頭を通して、津坂藩江戸留守居役に五月の事件の真偽を問い質(ただ)した。

津坂藩の返事は、その日のうちに町奉行所に戻された。

市兵衛は、青物新道の《蛤屋》で、本所蔵屋敷の事件を渋井に聞いた翌日、すなわち、昨日の午後、津坂藩江戸屋敷に戸田浅右衛門を訪ねた。

江戸家老・戸田浅右衛門は、老妻と倅夫婦を津坂に残し、長年仕え慣れた年配の侍ひとりと老僕ひとりを率い、十一月の上旬、御徒町の江戸屋敷に着任し、先の江戸家老・聖願寺豊岳の居住していた玄関式台のある住居に入っていた。

聖願寺豊岳と《都屋》丹次郎が賊に襲われて落命し、柱に生々しい刀疵が残っていたが、戸田浅右衛門は気にしなかった。

「ここで充分。余計な費(つい)えは不要だ」

市兵衛と戸田浅右衛門は、腰付障子を閉てた書院に対座していた。

浅右衛門は本家の勤めを終えた裃(かみしも)姿のまま、市兵衛の来訪を待ちかねていたかのように、書院に現れたのだった。

二人の間には、小さな陶(とう)の火桶(ひおけ)がおかれ、炭火が熾(おこ)っていた。鳥の声も聞こえぬ、どんよりと曇った寒い日だった。

「渋井さんの不審は解けませんでした」

と、市兵衛は言った。

「唐桟の財布と、扇橋の水門に打ち寄せた素性の知れない亡骸が、事件の証拠を突きつけていたのです。証拠を突きつけた相手が、町方の支配のおよばない大名屋敷というばかりなのです。一昨日の朝、本所亀沢町の裏店に住むなまずの谷吉の差口があって、渋井さんはすぐに向かったのですが、なまずの谷吉は、前日の夜、上総の木更津の縁者に障りがあったと知らせが届き、慌ただしく発(た)っておりました。谷吉の郷里が上総の木更津のどの村か、本途に郷里が木更津なのか、定かではありません」

　浅右衛門は、固く沈黙し、市兵衛の話を聞いていた。

　それから、市兵衛は江戸屋敷に田津民部を訪ねてきた下谷山伏町の、源治郎と言う茶屋の亭主の話をした。

「山伏町は、上野からも浅草からもはずれた、場末の小さな町家です。おしずは茶屋が何軒か軒(のき)を並べる裏店の女です。おしずにも会いました。二十六か七の、目だたないけれども、芯(しん)の強そうな器量のよい女でした。器量に似合わず、手の指が節くれだって、働き者の手に見え、おしずの経(へ)てきた苦労が偲(しの)ばれました。お察しの通り、おしずは田津さんの馴染(なじ)みの女です。田津さんは、江戸屋敷の傍(ほう)輩(ばい)の誰にも知られず、窃に月に一度か二度、せいぜい三度、おしずの元に通っていたのです。田津さんの姿が消えた三日前、茶屋の主人の源治郎に、おしずを落(ひ)

籍せたいと申し入れ、身請け料の二十両のうちの七両を、手付金としておいていかれました」

浅右衛門は、呆然として市兵衛を見つめていた。

「田津さんは、おしずを郷里の津坂へ連れて帰るつもりでした。おしずは、自分のような女をと断りましたが、田津さんは、自分が守る、国へきてほしいと強く望まれ、おしずを説得為されたのです」

浅右衛門の老いた目が、見る見る潤み始めた。

「そうか、民部。そうであったか。おぬしに好きな女ができたか。好いた女を、国へ連れて帰るか。それでよいとも。おぬしの好きにしろ」

浅右衛門が古い友に語りかけるように言った。

さらに市兵衛は、民部が品川の直乗船頭・笠屋柳太左衛門の名を何気なく呟いたとおしずから聞き、品川の柳太左衛門を訪ね、民部とのかかり合いを探った子細を五十右衛門に伝えた。

「沢手米とは。江戸廻米がそのようになっていたとは、迂闊だった」

浅右衛門は眉をひそめて言った。

「若狭の長浜湊より大津市場に運ばれ売りさばかれていた、蔵米の行方も不明であると、田津さんは気づいておりました。戸田さま、田津民部さんはすでに亡き者にされております。もはやそれは明らかです」

市兵衛が言うと、浅右衛門は拳で頬を伝った涙をぬぐい、気持ちを変えるように、深いため息をついた。

「なんたることだ。断じて許せぬ。唐木さま。今宵はゆっくりしていかれ一献酌み交わしたい、と申したいところですが、これは一刻の猶予もなりません。急ぎ侍を集め、徹底して事の真偽を明らかにし、理非を正して、罰を受けねばならぬ者らを、断固処罰いたさねばなりません。日を改めて、この礼はいたします。何とぞ、今日はお引きとり願います」

浅右衛門は頭を垂れた。

「戸田さま、わたしにできることがあれば、言ってください。お手伝いをさせていただきます」

「いえ。これより先は、津坂の侍が為さねばならぬことでござる。田津民部が何ゆえ死んだのか、何ゆえ死なねばならなかったのか、それを明らかにいたし、わが家中にこれ以上愚かなことが起こらぬよう、われら津坂の侍が引き受け、為さねばならぬことでござる」

市兵衛は大きく首肯した。そして、

「わかりました。では、これにて」

と、立ちかけたとき、浅右衛門が言った。

「唐木さま。ここまで調べをしていただき、唐木さまの身に万が一にも危うい事態が起こりはせぬかと気になります。助けが要るときは、いついかなるときでもお知らせください。必ず馳せ参じますゆえ」

津坂屋の手代の貞助が、永富町の市兵衛の店に津坂屋五十右衛門の書状を届けにきたのは、その宵であった。

手代の貞助は、表の土間に入り、寄付きのあがり端に端座した市兵衛に折封の書状を手わたして言った。

「旦那さまの書状をお読みいただき、ご承知か不承知か、ご返事をお願いいたします。ご承知でございましたら、明朝七ツ（午前四時頃）すぎ、あたしが唐木さまをお迎えにあがります」

市兵衛は折封の手紙に素早く目を通し、しばし考え、そうして言った。

「承知した。五十右衛門さんにそう伝えてください。間違いなくうかがいますので、迎えは不要です」

「いえ。旦那さまはとても心配性でいらっしゃいます。必ず唐木さまにお越しいただくため、迎えにいくようにと申しつかっております」

「そうですか。ならばお好きなように」

市兵衛は、さりげなくたたえた笑みを貞助に向けた。

艫の船頭の櫓を漕ぐ音が高くなり、屋根船はゆるやかで大きな波に乗って、神田川から大川に出たらしかった。

市兵衛は本所側の障子戸を透かした。

大川の暗い波間に雪が舞い散り、黒雲のたちこめたまだ夜明け前の空の下に、杳渺とした本所の雪景色が眺められた。

二

御徒町の津坂藩江戸屋敷の、本家の屋根も庭も木々も、表長屋門の壮麗な屋根庇にも、白い雪化粧が施された。

御成門である表長屋門の門番所の門番は、その朝七ツ半ごろ、二十人以上の侍衆が、静かにふる雪の中、内塀の小門をくぐり御成門内の車寄せを通って、御成門から矩形（くけい）に続く石畳の雪を、さわさわと踏み鳴らし、表御玄関へ向かうのを認めた。侍衆はみな裃姿ながら、両刀を帯び、半数ほどは長槍（やり）を携（たずさ）えた物々しい身がまえに見えた。

侍衆の先頭をいくのは、蔵方の笹野景助だった。笹野のすぐ後ろに、江戸家老の戸田浅右衛門がいて、雪が浅右衛門の丸めた肩に降りかかっていた。

門番は門番所から門内の庇下に出て、普段とは様子の違う侍衆を見守った。侍衆は門番のほうには目をくれず、誰ひとり声を出さず、粛々（しゅくしゅく）と表御玄関へ消えていった。

表御玄関の庇下へ入った総勢は、肩や髷に降りかかった雪を払いながら御玄関式台にあがると、遠侍（とおさぶらい）の間の侍衆五、六名が式台上の入側に出てきて、前以（もっ）て示し合わせていたかのように、戸田浅右衛門らの総勢を出迎えた。

遠侍の中年の侍が、戸田浅右衛門に辞儀をして言った。

「ご苦労さまでございます。志方進さま、加藤松太郎さま、羽崎保秀さま、ほかに勘定方五名、徒衆より八名、その十三名が従っております。つい先ほどより、御成書院に集まっております」

「総勢十六名か。少数精鋭で固め、一気に事を為す腹だ。とは言え、このような謀反同然のふる舞いに、そう多くの者を集められなかったのかな。多くの者は、大勢の決まったほうへなびくのが常だ。そういうものだ」

浅右衛門が言うと、笹野が唇をぎゅっと結んだ。

「奥方の様子はどうだ」

「廊下の戸は堅く閉じられ、変わった様子はございません」

「そうか。静かに、事が済むのを待っておるのだろう。よかろう。みな、命ずるまで絶対に手を出してはならん。人それぞれ、志と主張は違っていても殿さまに仕える同じ藩士だ。理を説けばわかるはず。双方ともに死者怪我人はなるべく出したくない。よいな」

二十数名の侍衆は、黙然と頷いた。

「われらは、いかがいたしますか」

遠侍の侍が言った。

「長屋にいる藩士らの中に、志方らと気脈を通じる者らは多くいる。一旦、事が始まれば、長屋のほうより呼応する者が現れるかもしれん。ほかにも、本家の騒ぎに気づいて、様子を確かめにくる者もおるだろう。おぬしらはそういう者らをここで防ぐか、できれば説得して引きあげさせてくれ」

「承知いたしました」

「ではいくぞ」

笹野景助が先頭に立ち、侍衆は大広間のほうへ入側を進んだ。

大広間の手前に武者溜があって、そこにも侍が五人詰めていた。

浅右衛門は武者溜の侍衆に、ついてくるようにと申しつけ、五人が新たに加わり、総勢は二十七人になった。

大広間は、雪のため舞台のある庭側の板戸が閉てられたままの、薄暗い寒気に蔽われていた。総勢は大広間から、大広間の北側の大廊下を隔てた御成書院へ、二手に分かれて向かった。

十名は、大広間に面した庭に舞台のある西側の入側を通り、南側から御成書院へ迫り、これは笹野景助が率いた。

浅右衛門を先頭に十七名は、大広間の東側御廊下を、一旦、黒書院へ通る大廊下へ出て、それより、黒書院ではなく年寄衆の間へ向かい、年寄衆の間手前の御廊下で十一名と六名にまた手分けした。

十一名は東側から御成書院に迫る手はずで、島内六郎太と言う徒頭が、ほかの十名を率いた。

浅右衛門は武者溜にいた五名を率い、年寄衆の間を抜け、北側の御座の間から御成書院に迫った。

御座の間は殿さま在府の折りの居室であり、その中庭には茅葺の数寄屋が設えられている。

今、その御座の間の西側縁廊下に板戸が隙間なく閉てられ、浅右衛門らは、暗い御座の間から朝の白みを帯び始めた渡り廊下へ出て、御成書院に迫った。

すなわち、笹野景助ら十人は南の大廊下、島内六郎太ら十一人は東の御廊下、そして戸田浅右衛門ら六人は北の渡り廊下、総勢二十七名が、三方から御成書院の出入口を固めたのだった。

西側の縁廊下を隔てた御成書院の中庭は、白く無垢な雪化粧の下である。

浅右衛門は次之間に入り、御成書院の間仕切をいきなり引き開けた。

その少し前、勘定頭の志方進は、勘定組頭の加藤松太郎と顔を見合わせ、

「なんだ……」

と呟いた。

邸内が少し騒がしくなり、人の声はないものの、屋敷内を通る複数の足音が、かすかなとどろきを御成書院に伝えていた。

下働きの者たちは、すでに朝の仕事にかかりはじめてはいても、それが御成書院に聞こえることはない。そろそろ夜明けという刻限に、番方の屋敷内見廻りがあるはずもない。

うむ? という不審な様子で加藤が周りを見廻し、御留守居役の羽崎保秀が、なんでしょう、と不安そうに志方を見た。

御成書院も、庭側の縁廊下に板戸を閉て夜のように暗く、殿さまの御座である上段下の総勢を、四灯の行灯(あんどん)の明かりが囲んでいた。

総勢は、庭側の西へ向いた御座下の、北側に志方ら三人、南側に侍衆十三人が居並んで対座していた。

侍衆も、屋敷内の彼方此方(あちこち)でとどろく足音に気づき、そわつき始めた。

戸田浅右衛門を斃(たお)したあとの、できるだけ多くの同士を大広間に集めて、などと段どりを確認しているところだった。

「おのれ」

屋敷内の彼方此方から伝わる足音が、御成書院に向かっていると気づいて、志方が声をあげたときだった。

北側の間仕切りの鴛鴦（おしどり）と石竹を描いた襖（ふすま）が、たん、たん、と音をたてて両引きに開かれた。

続いて、南側の湖に飛来する大白鳥を描いた襖が引かれて蔵方の笹野景助ら十名、東側の鶴と芍薬（しゃくやく）の襖が引かれ、徒頭の島内六郎太ら十一名が御成書院になだれこんだ。総勢二十七名が、槍を構え、抜刀の体勢をとった。

志方らは、はじかれたように後方の北側へふり向き、次之間の戸田浅右衛門と五人の侍衆を認めた。そして、笹野や島内が率いる侍衆を見廻し、先手をとられたことに気づいて、怒りに顔面を紅潮させた。

志方らと対座していた十三人の侍衆も、明らかに動揺を見せた。

浅右衛門と侍衆は速やかに上段下へ進み、志方らと侍衆を見おろした。

同時に、笹野と島内の率いる侍衆が、いつでも抜き放つ態勢をゆるめず、南側からと東側からの囲みを狭めた。

十三人の侍衆は、動揺を見せつつ、それぞれ片膝立ちになって、刀の柄（つか）に手をかけた。当然のごとく、殿中において侍衆は小刀のみである。

双方は睨み合った。

「うろたえるな。一戦を交えにきたのではない。おのおの方に問い質す事柄があってきた。静まれ。神妙にせよ。争うつもりはない。みな、殿さまの家臣だ。殿さまの家臣をひとりでも失いたくはない」

浅右衛門が厳しく戒めた。

「これはご家老、この物々しいお出ましは何事でござる。このような無礼なふる舞いは、許されることではありませんぞ」

志方進が浅右衛門へ膝を向け、冷静を装って言った。

加藤松太郎が続いて、声を甲走らせた。

「そ、そうだ。殿中に刀や槍を持ちこみ武威を恣にすることは、御法度のはず。御法度を犯しておられるのですぞ」

「御法度を犯しただと。加藤、おぬしはここをどこだと思おておる。ここは殿さまの御成書院ぞ。殿さまのお許しもなく、誰の許しを得て御成書院にて密議を開いておる。加藤、何ゆえぞ」

「密議ではございません。勘定方、徒衆の心知れたる者らを呼び、それぞれの勤めに必要な御用金の要望を聞いていたのです。密議などと、妙な勘繰りはやめていただきたい」

志方が白々した素ぶりで言った。

「御用金の要望なら、勘定方の御用部屋で訊けばよかろう。これだけの大人数では御用部屋が手狭なら、大広間を使ってもかまわぬ。このようなまだ暗い早朝にではなく、昼間、堂々とみなの要望を大広間で聞いてやれ」

「みなそれぞれ勤めの都合があり、たまたま、みながそろう刻限がこの早朝になった。それだけです。この御成書院にいたしたのは、先代のご家老の聖願寺さまが、殿さま御在国の折りの合議は、この御成書院にて開かれました。ご家老の為されていた慣例に従ったまででござる」

「志方、おぬしはそういう物言いをする男なのか。よかろう。おぬしに言うておく。聖願寺豊岳はもうおらぬ。ただ今、殿さまより江戸家老を任じられたのはわたしだ。江戸家老の聖願寺が為した慣例に従ったと申すなら、今の江戸家老のわたしにひと言、以前の慣例に従う旨を通すのが筋であろう。志方、このような胡乱なるふる舞いが、許されると思おておるのか。江戸家老のわたしをないがしろにすることは、わたしに江戸家老を任じられた殿さまに盾突くことぞ」

「大袈裟な。う、迂闊でございました。以後改めます。それでよろしかろう」

「愚か者。すでに為してしまったことを、迂闊でしたのひと言で済むと思おておるのか。加藤、羽崎、おぬしらも思おておるのか」

「そんな。さ、ささいな事を。ご家老こそ、槍や刀を屋敷内でふり廻して、それは許されるのでござるか」

加藤が言った。

「ささいな事か、重大なことか、それは国元の殿さまがお決めになる。この朝のことは、一部始終つぶさに国元の殿さまにご報告いたし、ご判断を仰ぐ。そのうえでわたしがありもしない疑いをおぬしらにかけ、あまつさえ、屋敷内において御法度の槍や刀をいたずらにふり廻したと、殿さまがご判断なされたなら、わが皺腹仕ると言うておく。おのおの方、それで異存あるまい」

浅右衛門は、志方らと侍衆を見廻した。

「皺腹を、召されますか。それはご奇特な」

あは、あはは、あはは……

志方は声をあげて笑い、加藤と羽崎も周りの様子をうかがいつつ笑った。

だが、対座する侍衆らは誰も笑わなかった。誰ひとり、座を動くことができなかった。呆然としている者や、苦渋に顔を歪めている者もいた。

浅右衛門は、御留守居役の羽崎を睨んだ。

「羽崎、おぬし、三日前に町奉行所よりの問い合わせを、御公儀の御目付より受けたそうだな。江戸の町方が、古道具屋に持ちこまれた唐桟の財布の出どころを調べていた。町方の調べで、今年の五月、わが津坂藩本所蔵屋敷に出た死人を、蔵元の津坂屋五十右衛門に頼まれて江戸の海に捨てた、とある者が白状した。その者が言うには、町方の調べていた唐桟の財布は、海に捨てたその死人が持ち主だった、という事情だ。大名の蔵屋敷とは言え、死人が出てその亡骸を江戸の海に捨てさせたとなれば、これは大罪ぞ。江戸の町方が放っておくわけにいかぬのは当然だ。しかも、死人は寄って集って斬殺され、むごたらしいあり様だったらしい。そうだな羽崎。それでおぬし、御目付にどのようにこたえた」

羽崎は唖然とし、明らかにうろたえ、口ごもった。

　すると、志方が言った。

「それは、わたくしがおこたえいたしましょう」

「志方、おぬしは黙っておれ。おぬしには、別に訊くことがある。留守居役の務めを、留守居役本人に訊いておるのだ。本人がこたえられぬわけでもあるのか」

志方は眉をひそめ、顔をそむけた。

「羽崎、どのようにこたえた」

「は、はい。蔵元の津坂屋五十右衛門に、きき、厳しく質しましたところ、そのようなことは一切ないという返事でございましたので、そのように……」

「うん？　それだけか。斬殺体が蔵屋敷に出たかもしれぬのに、しかも、その斬殺体を、蔵元の津坂屋五十右衛門が江戸の者を使って、江戸の海に捨てさせたという疑いがかかっておるのに、その疑いのかかった当人に質し、そのようなことは一切ないという返事を真に受け、そのように御目付にこたえたと申すか。それで、留守居役の役目を果たしたと申すか」

「しかし、何分、も、もう半年以上も前の、五月のことゆえ、証拠になる物もなく、記憶も定かではございませんし、五十右衛門に一切ないと言われれば調べようがなく、さようかと引きさがらざるを得ませんでした。そ、それに、津坂屋は津坂藩の蔵元にて、商人ではございましても、名字帯刀を許された士分でございます。蔵元の津坂屋の面目を、ひいてはわが津坂藩の体面をいたずらに疵つけるのは、差し控え、なるべく表沙汰にならぬよう、穏便に事を鎮めたほうがよかろうと思いまして……」

「おぬしは、五月の夜、本所蔵屋敷にて、そのような斬殺があった噂、あるいは事実は、知らぬのだな」

「存じません。津坂屋の申す通り、そのような事実は断じてございません」

「志方、加藤、おぬしらも知らぬのだな」

志方は、あたり前だ、応えるまでもない、と言わんばかりに顔をそむけた。加藤は不機嫌を露わに眉間を曇らせ、

「そんな、やくざの賭場でもあるまいし」

と、浅右衛門に投げつけた。

「羽崎が幕府の御目付から蔵屋敷の一件を質されたことは、聞いていたか」

「はあ、そう言えば聞きましたかな」

「報告は、受けております」

志方と加藤が、どうでもよさそうに言った。

「羽崎、おぬし何ゆえ、江戸家老のわたしに報告しなかった。江戸城の御目付部屋に呼ばれ、津坂藩本所蔵屋敷で人が斬られ亡骸が江戸の海に捨てられた疑いがあると御目付に質されたこと、何ゆえわたしに伝えなかった。のみならず、おぬしは一体誰の許しを得て、それほどの忌まわしい事件を調べようともせず、津坂屋から一切ないと聞きとっただけで、御目付に返答した」

「そのような、さ、ささいな事を、ご家老さまに、ご報告いたすまでもないかと、忖度（そんたく）いたしました」

「ささいな事だと。わが津坂藩の蔵屋敷で、人が斬殺されたかも知れぬ一件が、ささいな事か。おぬし、何を隠しておる。それとも、何か企（たくら）んでおるのか」

「め、滅相（めっそう）もございません。ただ、ありもしないそのようなことで、お耳を煩（わずら）わすことはあるまいと、思っただけでございます」

「羽崎、おぬしにも言うておく。わたしに偽りを申し、わたしに隠しだてをすることは、わたしを江戸家老に任じられた殿さまに偽りを申し、隠しだてをすることと同じだ。羽崎、それは謀反ぞ。謀反人は処刑だ。謀反人ひとりだけではない。津坂領に代々続いた羽崎家は途絶え、一族の女子供も同じ運命だ。それをわかったうえで、ありもしないそのようなこと、と言うておるのだな」

浅右衛門は羽崎の前へ進み、片膝をついて声を低くして言った。

「羽崎保秀、実事を明らかにするのは、今のうちだぞ。手遅れになるぞ。本途（ほんと）にありもしないことなのか」

羽崎は目を伏せ、かちかち、と歯を鳴らし始めた。

「羽崎、知っていることだけをご家老にお聞かせすればよいのだ」

志方が言った。

浅右衛門は志方に一瞥を向け、それから羽崎に戻した。

「では、羽崎にもうひとつ訊く。同じ今年の五月だ。本所蔵屋敷で人が斬られ江戸の海に捨てられたと、町方のつかんだその一件があった、ちょうど同じころだ。勘定衆の田津民部が失踪した一件を、覚えておるな。田津民部がこの屋敷から忽然と姿を消したあと、屋敷蔵の御用金の百五十両ほどが不足しているとわかった。田津民部は、御用金百五十両余を着服して欠け落ちしたと見なされた。御目付はその件も質したが、田津の一件については、おぬしどう返答した」

「それは、当時の江戸家老の聖願寺さまが、藩の体裁にかかわるゆえ表沙汰にしてはならぬと命じられましたので、御目付にもそのようなことはございませんと返答いたしました」

「御目付にそのように返答しても、事実はあった。おぬしは事実と知っていながら、蔵屋敷の死体の始末の一件と、田津民部が姿を消した一件が、もしかして、とかかり合いを疑わなかったのか。万が一にもと、それを調べてみようと、思わなかったのか」

「田津の一件は、まったく別の事でございます。本所蔵屋敷の一件と、田津民部が失踪した一件とは、ひ、日数が異なります」

「日数が異なると、誰が言うた。本所蔵屋敷にて斬殺体を始末したと町方に白状した者は、定かには日数を覚えていなかった。夏の五月の初めごろというだけだ。日数がわかっていれば、田津民部の失踪とかかり合いが考えられるか、あるいはまったくかかり合いがないか、子供にでもわかる。御目付がはっきりと田津民部失踪の一件との関連を質さなかったのは、関連があるともないとも言えぬからではないのか。おぬしはなぜ関連がないと断言できる。おぬし、本所蔵屋敷の一件が起こった日数を知っているのだな。知っているから、日数が異なると言うたのだな。それはすなわち、五月の初めに田津民部が江戸屋敷を失踪した同じころ、本所蔵屋敷にて、一体の斬殺体を津坂屋五十右衛門が始末させたことは、実事なのだな。おぬし、それが実事と知っていたにもかかわらず、幕府御目付に偽りを返答し、江戸町奉行所の問い合わせを誤魔化し、江戸家老のわたしに嘘を吐き、国元の殿さまを愚弄したのだな」

「知りません知りません。わたくしはあのとき、聖願寺さまのお言いつけ通りにしただけで、何があったのか一切知りません。田津民部の一件はすべて、江戸家老の聖願寺さまがとり仕きられたのでございます」

羽崎は畳に俯(うつぶ)せた。

「うろたえるな。聖願寺豊岳はもうおらぬ。おぬし、死人にすべての罪を押しつける腹か」

「志方さまと加藤さまにお訊(たず)ねください。津坂屋五十右衛門にお訊ねください。わたしはただ、言いつけられた通りにしてきただけでございます。方々が聖願寺さまの側近でございます。わたしは使い走りにすぎません」

「黙れっ、愚か者。戯言(ざれごと)を申すな」

志方が怒声を羽崎に浴びせた。

加藤は目をぎゅっと閉じ、石のように固まっていた。

三

浅右衛門は志方と加藤を睨みつけた。やがて立ちあがり、志方らに与した十三人の侍衆に言った。

「おのおの方、よく聞け。田津民部はおのおの方と同じ津坂藩士だ。鴨江憲実さまに仕える家臣にて、身分は違い、役目は違い、歳(とし)は違っても、同じ越後津坂領で生まれ育ち、親類縁者がいて、親がいて妻がいて子がいて、城下の道で出会えば挨拶や会釈を交わす、同胞なのだ。その同胞が、半年以上も前の五月、忽然と江戸屋敷から姿を消し、百五十両余の御用金を着服して欠け落ちしたと見なされた。しかし、田津民部をのぞいて真偽は誰も知らなかった。いや、知らないはずだった。あれから半年がすぎ七ヵ月になる今になって、同じ五月に本所蔵屋敷から、一体の斬殺体が窃に運び出され江戸の海に捨てられたと、江戸の町方がつかんだ。田津民部の失踪が、その一件とかかり合いがある疑いが生じたのだ。それを知りながら、なぜかかり合いを調べぬ。もしかしたら、本所蔵屋敷から運び出され海に捨てられた亡骸は、田津民部であったのかもと、ほんの一瞬でも、おのおの方の脳裡に浮かばぬか。恐ろしいことがあったのではと、疑わぬか」

十三人の侍衆はざわめき、うろたえ、怯えすら見せ始めた。

浅右衛門は、深くひと呼吸をつき、なおも言った。

「本所蔵屋敷にて誰かが斬殺され、亡骸は窃に江戸の海に捨てられたなどと、そんな証拠はない、そんな亡骸などあるはずがないと、事実を知っている者らは否定する。だがな、この八月、深川に大潮が押し寄せた日、深川の扇橋の水門に、腐乱した素性の知れぬ斬殺体が海から流れ着いていたのだ。腐乱した亡骸は、身元不明のまま、小塚原の死体捨て場に埋められたそうだ。本所蔵屋敷の一件をつかんだ町方は、偶然、その海から流れ着いた亡骸は、本所蔵屋敷から運び出されて海へ捨てられた斬殺体であり、大潮の日に、扇橋の水門に流れ着いたのではないかと、疑念を抱いた。ゆえに、これは放ってはおけぬと、幕府御目付を通して問い合わせてきた。亡骸の同胞であるかも知れぬわれらが、町方の疑念に真摯にこたえずして、恥と思わぬのか。御用金を着服して欠け落ちしたと疑惑をかけられた同胞の、汚名を晴らすかもしれぬのに、知らぬふりができるのか。武士は相身互いではないのか」

浅右衛門は、志方と加藤へ向きなおった。

「志方、加藤、おぬしらは勘定衆の出納掛にすぎぬ田津民部の支配役であり、上役だ。おぬしらは、七ヵ月前の五月、田津民部は御用金を着服して欠け落ちしたのではないことを、知っていたのではないか。おぬしらは、田津民部が藩の台所勘定に隠されている奇妙なからくりに気づき、それを正そうと、余計な真似をする厄介な勘定衆と、邪魔に思っていたのではないか。田津民部は、藩の蔵米の江戸廻米に、毎年、相当量の沢手米を出しておることに不審を持った。蔵米の江戸廻米は、毎年、一万三千五百石から一万四千石近くある。それはみな知っておるな。沢手米は、江戸廻米の五分から、多い年で一割ほども出ていた。沢手米が出ると、代米で補わねばならぬ。金貨銀貨に換算すれば、五百数十両、多い年は千両を超えた。田津民部でなくとも、勘定衆ならそれを知れば首をひねるのではないか。ただ、首はひねってもみな知らぬふりをする。知らぬふりをしなかったのは田津民部ひとりだ。田津民部は、江戸廻米で毎年それほどの沢手米がでているのかどうか、品川の雇船の船持ちを訪ね真偽を調べたのだ。志方、加藤、田津がそれを調べたことは存じておるな」

「なんの話でござるか。田津民部が何を調べようと、それがしの与(あずか)り知らぬことです。何を言われておるのか、まったく解せませんな」

志方は、浅右衛門を睨みかえして言った。

「わたしも同じでござる。田津が何をしようと、知ったことではありません」

加藤は不快そうに吐き捨てた。

「ならば訊く。蔵米の江戸廻米に、毎年、五分以上からときには一割近くの沢手米が出ていたことは知っていたか」

「さあ。蔵米の江戸廻米は、すべて蔵元の津坂屋が差配し、江戸家老の聖願寺さまと津坂屋五十右衛門のお二人が仕切っておられました。それがしは、聖願寺さまのお指図のままに勘定頭を勤めていたのです。沢手米がどれほど出ていたかなど、詳しくは存じません」

「わたしも同じです。わたしは志方さまのお指図のままに勤めておりましたゆえ」

「白々しくもよくも言うたな。おぬしら、江戸屋敷勘定頭にあり、勘定組頭にありながら、そのような言い逃れで事態が収まると、本気で考えておるのか。本気で言い通せると、思おておるのか。甘いのう。実事は沢手米など出ておらぬ。だが、勘定帳には沢手米による代米が記されておる。田津民部の調べでわかった。その真偽を、徹底して調べねばな。今ひとつ訊く。蔵米の江戸廻米の二千俵ほどを若狭の長浜湊で降ろし、北国から街道を大津へ運び、大津市場で売りさばいて、その代価を手形に替え江戸に運んでいた。それを請け負ったのは、奥方さまのご生家、京の朱雀家の御用達（ごようたし）商人と聞いておる。そうだな、志方」

「無礼な。奥方さまのご生家を引き合いに出すなど、以（も）ってのほか」

「無礼は承知のうえで訊いておる。大津市場で売りさばかれた蔵米は、勘定帳にどのように記されておる。蔵米の一部を江戸廻漕（かいそう）の途中、若狭の長浜で降ろし、大津市場に運んで売りさばいていたと、殿さまはご承知かと、その実事を訊いておる。わたしは初めて聞いたが、そのようなことはしばしば行われていたのか」

「存じません。聖願寺さまがお指図なされていたのです。それがしは命じられるままに勤めていただけでござる」

「加藤、これは最後の問いだ。おぬしも同じこたえか」

「お、同じでござる。命ぜられるままに勤めていただけで、妙な疑いをかけられる謂れは、わたしにはございません」

「相わかった。もはやこれまでだ。おのおの方、わが津坂藩江戸屋敷の台所勘定でこれまで何が行われてきたか、徹底して調べる必要がある。聖願寺豊岳が江戸家老に就いて以来の、江戸屋敷、本所蔵屋敷双方の勘定帳に記されたすべての沢手米と国元よりの代米を改め照合し、また、本所蔵屋敷の元帳をあたって、江戸廻米の雇船の船持ちひとりひとりに訊きとり、これまで出した沢手米の量と照合するのだ。困難でつらい、わが藩の恥を曝す作業になるかもしれんが、国を改めるためには、洗い浚いを明らかにせねばならぬときもある。断固、やり遂げねばならん。おぬしらも、手を貸してくれるな」

浅右衛門は、志方らに従っていた十三人の侍衆に言った。

侍衆は平伏し、畏まりました、承知いたしました……と次々にこたえた。

「志方、加藤、こういうことだ。わかったな」

「どうぞ、お好きなように。聖願寺さまが江戸家老に任じられて二十年以上に相なります。気が遠くなるような調べになるでしょうな」

「かまわぬ。わが命が続く限りやるさ。ところで、志方、加藤、羽崎、田津民部失踪の事情について、改めて訊くことがある」

浅右衛門が、改めて声を発した。

「よって、おぬしら三人を召し捕える。笹野、島内、三人を牢に入れよ」

志方と加藤が目を瞠り、ずっと俯せていた羽崎が驚いて顔を跳ねあげた。

江戸屋敷の一角の土蔵に、縦格子の牢があった。罪を犯した藩士が入牢し、厳しい取り調べを受けた。

「いかにも」

笹野が言ったとき、志方が片膝立ち、小刀の柄に手をかけ身がまえた。

「何ゆえだ。われらになんの科がある」

志方が大音声で喚いた。

三人の周りを囲んだ侍衆らが、槍をかまえ、鍔を鳴らし、うろたえた加藤と羽崎が、志方のそばへ慌てて擦り寄った。

「科はあるではないか。本所蔵屋敷の一件について、江戸町方の問い合わせに、羽崎は幕府御目付へ問い合わせの事態は一切ないと否定した。五月の同じころ、田津民部が失踪していたことを承知していながらだ。志方と加藤は、羽崎よりその報告を受けたにもかかわらず、間違いを改めようとはせず容認した。これは明らかに、幕府御目付に偽りを申したて欺いたことになる。何ゆえ、幕府御目付に偽りを申したて欺いたか、厳しく取り調べて明らかにせねば、幕府より津坂藩が糾弾を受ける事態になりかねぬ。これをおぬしらの犯した科と言わずして、なんと言う。むろん、津坂屋五十右衛門も同罪にて、入牢させる」

「知らん。田津民部は失踪した。それだけだ。それがしは何も知らん」

「志方、この期に及んでとぼけるな。蔵屋敷で斬殺され、海へ捨てられたのは田津民部だな。津坂屋五十右衛門のみならず、聖願寺豊岳も、志方も加藤も、その場にいたのだな。おぬしらに言うておく。田津民部はわたしの幼馴染みだ。ともに遊び、ともに学び、ともに育ち、同じ道場で剣の稽古に励んだ友だ。わが友の田津民部が、御用金を着服し欠け落ちをするような男ではないとわかっていた。だから調べさせた。おぬしらの訊問に、容赦はせぬぞ。足の骨がくだけるほどの石を抱かせ、すべてを白状させてやる。友の無念をはらす」

浅右衛門が言った途端、志方が躍りあがった。

「おのれ、老いぼれ」

と、小刀を抜きはなち、浅右衛門に斬りかかった。

侍衆が抜刀の体勢で浅右衛門をかばい、志方の前に立ちはだかった。

志方は侍衆へ斬りかかろうとする。

その背後より、笹野が志方を羽交締めにした。

だが、志方は大柄で、膂力が凄まじかった。力任せに腕をふって笹野の羽交締めをふり解き、退け、退け、と荒々しく斬り廻った。

侍衆は志方を囲み、やむを得ず槍をかまえ、抜刀した。

御成書院の騒動を聞きつけた遠侍の侍衆が、どど、と表御玄関のほうより入側をとどろかせる足音が聞こえた。

「神妙になされよ」

笹野も抜刀し、かん、と志方の刀を払った切先が、志方の頬をかすめた。

頬に赤い疵が走り、顔をそむけた志方は、突如、身を翻し、雄叫びを発しながら腰付障子を突き破って縁廊下へ逃れた。そして、その勢いのまま板戸に衝突し、板戸ごと御成書院の庭へ転落した。

すでに夜は明け、静かに降る雪が庭一面を白い景色に包んでいた。

「逃がすな」

浅右衛門の声が志方を追った。

志方は立ちあがって、庭の右手、左手へと走りかけたが、すかさず飛び降りた侍らに、行手を阻まれた。

三本の槍と、一刀の白刃に囲まれた。

「おのれら、おれを誰と思っている。退け、無礼者」

志方は喚いた。

「見苦しいぞ、志方進。これまでだ。無駄な手向かいはやめよ」

縁廊下に出た浅右衛門が言った。

「なぜだ、なぜだ……」

志方は喚き続けて狂い廻り、降りかかる雪が志方の周りに烟った。

そのとき、上野か浅草の時の鐘が、雪の空に朝の六ツ（午前六時頃）を報せた。

「やむを得ぬ。討て」

浅右衛門が、呟くように言った。

一本の槍が、志方の左脾腹に突き入れられた。続いて右の脾腹、そして、背中からの一本が、志方の動きを封じた。

「ごめん」

笹野の大袈裟が、志方に止めを刺した。

四

やはり、貞助の案内でこの座敷に通された。貞助は、着座した市兵衛に、

「お刀を、お預かりいたします」

と、改まって言った。

市兵衛は貞助に刀を差し出し、小刀一本になった。

「旦那さまは、ただ今お見えになります」

貞助は袱紗に乗せた刀を捧げ持ち、次之間へ退っていった。

浅草寺の時の鐘も本所横川の時の鐘も、夜明けを報せる刻限までには、まだだいぶ間があった。

先日、津坂屋五十右衛門に呼ばれ、津坂藩勘定頭・志方進と勘定組頭・加藤松

太郎に会ったのもこの部屋だった。蔵役人と手代が執務する用部屋の間の廊下をきて、蔵屋敷本家の内庭側の十畳の座敷に通された。

土塀に囲まれた内庭の東隣は、幕府の広大な御竹蔵である。

この雪の夜明け前にもかかわらず、縁側の雨戸は閉じられていなかった。そのため、座敷に閉てた腰付障子は重たげな陰翳（いんえい）に染まっていた。

座敷に火の気は、一灯の行灯にゆれる炎以外になかった。

市兵衛は端座し、違い棚のある壁に向かっていた。

後ろは次之間の間仕切、左は縁廊下の襖、右が内庭に出る腰付障子である。

雪の深々と降る気配が、屋敷内の一切の物音をかき消していた。

やがて、歩幅の狭い早足が、次之間に入り、間仕切が引かれた。

片手に長煙管（ながギセル）と莨盆（たばこぼん）を提（さ）げ、地味な紺の上衣の裾と白足袋が、頭を垂れた市兵衛の横を通って、違い棚のある壁側を背に着座した。

市兵衛が頭をあげると、五十右衛門が口元をゆるめていた。

「雪になりました。もうだいぶ積もっております」

と言ったが、目は笑っていなかった。

羽織ではなく、焦茶の綿入の半纏（はんてん）を着けていた。

「寒さが身に応えますので、この恰好で失礼させていただきますよ」

早速、煙管に刻みをつめ、莨盆を持ちあげて火をつけた。ひと息喫って、鬱屈を解くように煙を吹いた。灰吹に吸殻を落とし、また刻みをつめて一服した。

五十右衛門が二度長煙管を吹かし、からん、と莨盆に投げた。

「五十右衛門さん、今年の五月、田津民部さんが五十右衛門さんを訪ねてこられたときの用件をお聞かせ願います」

五十右衛門は、一瞬、は、何が？　という顔つきになった。だが、すぐに気づき、空虚な眼差しを寄こした。

「はい。お訊ねの田津民部さんの用件で、先だっては、かかり合いのある方々のご都合もございましてお話しいたさなかった事情を、ご家老の戸田さまのお調べなのですから、やはりお話しいたしたほうがよいのかなと、改めて考えなおし、お越しいただいた次第です。まさか、朝からこんな雪になるとは思いませんでしたので、ご不便をおかけいたしました」

「貞助さんが船を用意しておられ、筋違橋から船を使いましたゆえ、さほどの不便ではありませんでした」

「この雪では唐木さんにご不自由をおかけするので、船でお迎えにいきなさい、と命じました。唐木さんに、今朝はどうしてもお越しいただきたかったのです。わたしも何やかやと用が重なり、生憎、この早朝にしか暇がとれず、身勝手なお願いをさせていただきました。お許し願います」

「お気遣いにはおよびません。五十右衛門さん、どうぞ」

市兵衛は、五十右衛門を穏やかに促した。

五十右衛門は、ふむ、と頷いて言った。

「田津民部さんは、生真面目な、お役目ひと筋、ご奉公を欠かさぬ、いかにもお侍らしいお侍でした。強いて申せば、わたしは商人ゆえわかるのですが、商いは、生真面目、仕事ひと筋、仕事の事しか考えない、ただ仕事仕事、というのでは、かえって上手く運ばず、長続きもしない場合が多いのです。順調なときもあればそうでないときもあるものですから、ときには気を楽にして、適当に心と体を休め、のんびりして、仕事は忘れ、それからまた商いに励む、というのが案外によいのです。武家奉公も商いも、同じではございませんか。あ、失礼いたしました。唐木さんは武家奉公をなさらなかったので、おわかりにならないのは、いたし方ございませんがね」

「武家奉公の心得はありませんが、剣術について申せば、刀を強くにぎりすぎると、かえって上手く斬れず、剣のさばきが遅くなります。力を抜くことも肝心です。五十右衛門さんの仰ることはわかります」

「刀を強くにぎりすぎると、ですか。唐木さんは、こちらが相当おできになるようですね。剣術は何流を稽古なさったのですか」

五十右衛門は剣術の仕種(しぐさ)をして見せた。

「先だって、志方さまのお訊ねの折りにも申しましたが、流派はありません。十代のころ、上方に上り、奈良(なら)の興福寺(こうふくじ)の門を敲(たた)き、法相(ほっそう)の教えを学び、剣術の修行をいたしました。それのみです」

「奈良の興福寺で法相の教えと剣術を？　それはまたご奇特な。わたしなど、仏門の事など何もわかりません。仏門に入って、ですか。そうそう。余談ですが、唐木さんはお旗本のお生まれとうかがいました。お旗本の片岡家、と聞きましたが、さようなのですか」

「はい。生まれは諏訪坂の片岡家です」

「片岡家のご当主は、確か、片岡信正さま。御目付役ではございませんか」

「片岡信正はわたしの兄です。わたしは片岡家の末の弟です」

「片岡信正さまのお名前は、以前、聞いたことがございます。名門のお旗本でございますね。それがなぜ、片岡家ではなく唐木と？　失礼ですが、なんぞ粗相があって片岡家を出られたので」

「粗相があったかなかったか、お聞かせするほどのことではありません。また、多くの言葉を費やすほどの値打ちもありません。あのころのわたしは、そうするべきだと思った。よって、片岡家を離れ、唐木市兵衛と名乗った。ただそれだけです。兄は兄、わたしはわたしです」

「いくつのお歳の、ことだったのですか」

「十三歳の冬でした」

「十三歳？　十三歳でそのように考え、片岡家を出られたと……」

市兵衛は黙然と首肯した。

五十右衛門は、眉をわずかにひそめ、市兵衛を見つめた。

不意に、五十右衛門は、この素浪人に空恐ろしさを、わけのわからない不気味さを覚えた。ふと、早く終らせねば、と思ったとき、市兵衛と目が合った。

五十右衛門は思わず身震いした。

「ちゃ、茶も出さず、火桶も持ってこず、貞助は何をしているのだ。気が利かない。すぐに温かい茶と火桶を持ってこさせます」

と、つくろった。

「屋敷内が静かです。毎朝、こうなのですか」

「今日は、蔵屋敷は休業にしております。長屋の蔵役人の方々も、朝寝をしておられるようです。通いの下働きの者らも休みですから、それにこの雪で、静かな一日になりそうですし」

「今日は、休みでしたか」

「わたしはこのあと、松坂町の店に戻り、別件の用を済まさねばならず、あまりときがありません。少しお待ちください」

五十衛門は座を立ち、歩幅の狭い細かな足音をたてて座敷を出た。

市兵衛は、再び十畳の座敷にとり残された。一灯の行灯の薄明かりが、その周りをぼんやりと照らしていた。それでも、夜明けの明るみがわずかに射し始め、腰付障子の重たげな陰翳が、かすかに青みがかっていた。

雪の降る音が聞こえるほどの静寂を、遠くの空を鳴き渡る烏（からす）が破った。

その足音は三つ、いや、四つだった。

普段は、蔵役人や手代が執務する用部屋に沿って、黒光りのする拭（ぬぐ）い板の廊下が、東奥のこの座敷まで続いている。

その廊下を冷たく鳴らし、速やかな歩みを運んでくる。

田津民部もこの足音を聞いたのだな。よかろう。田津民部に何があったのか確かめ、請けた仕事を果たすまでだ。

おしずに話してやらねば、と市兵衛は思った。

腰に帯びた小刀の鯉口をきり、半ばまで抜いた。行灯の薄明かりが刀身を照らし、鋼の鈍い耀きを跳ねかえした。

小刀は一尺七寸（約五一センチ）の中脇差である。小柄を一本、挿している。

鞘に納め、綿入れの袖より革紐を出して素早く襷がけにした。

やおら立ちあがり、杉板の竿縁天井の高さを、目分量で確かめた。

行灯の火を消すと、座敷は一瞬暗がりに蔽われたが、それはだんだんと薄闇へ変わって、再び座敷が漠然と浮かびあがった。

拭い板の廊下をくる足音が、次第に近づいてくる。

市兵衛は凝っと心を澄ました。

廊下側にひとつ、次之間に二つの足音が入った。

今ひとつは？　そうか。庭へ廻ったか。純白の雪が蹴散らされている。

市兵衛はやおら歩みを進め、次之間の間仕切の前で片膝をつき、静かな呼気をゆるやかに繰りかえし、座敷の暗がりにまぎれ、暗がりそのものになった。

奈良の興福寺で剣の修行を積んだ。

奈良の深い山々を廻る廻峰行が、脳裡にありありと甦る。市兵衛は雨になり、雪になり、草木になり、苔生した岩となり、山谷に吹き渡る風となった。

無雑作な足の運びが、間仕切ごしにも廊下側にもぎりぎりまで迫った。

今川志楽斎の門弟・河田定次が間仕切を荒々しく引き開けたとき、唐木市兵衛が見えなかった。

ただ、十畳の座敷に、暗がりの空虚ががらんと広がっていた。

うん？　と白刃をわきにかざし、次之間から座敷へ踏みこんだ。

その二歩目の膝頭を、暗がりの襞のような影が浮かびあがって、抜き打ちに斬り割った。

定次は絶叫を甲走らせ、そこへかえした刃に、額から頬までを一閃された。

絶叫は途ぎれ、手足を躍らせて仰のけになっていく。

そのすぐ後ろにいた山延道広は、定次が打ち合った一瞬を狙い、定次の背後から躍り出て、一撃を浴びせる手はずだった。

道広は、暗がりに忽然と浮かびあがった影へ遮二無二打ちかかったが、仰のけに倒れていく定次に動きを阻まれた。

道広の一撃は束の間遅れ、一瞬間の差に腹へ小刀を突き入れられた。

小刀の切先が背中まで貫き出て、道広は身体を畳んで喘いだ。

廊下側の南里昭介は、襖をけたたましく打ち開き、座敷へ踏みこんでいたが、暗がりにまぎれた市兵衛が、やはり見分けられなかった。

どこだ、と思った刹那、昭介より先に座敷へ踏みこんだ定次の絶叫が甲走り、かえしの一刀を浴びて仰のけになっていくのが知れた。

しかも、定次の背後から飛び出した道広は、片膝立ちのまま市兵衛の突き出した小刀に、切先が背中へ突き抜けるほど深々と腹を貫かれていた。

ひと呼吸の間の、思いもよらぬ展開だった。

昭介は即座に八相にとって、市兵衛に突進した。

そのとき市兵衛は、突進する昭介との間へ、腹に小刀突き入れたまま道広の身体を挟むように身を転じ、昭介の袈裟懸を、ほつれ毛を散らし綿入れの布地をかすめるほどのすれすれの差で躱した。

そして、小刀を引き抜きながら道広の身体を昭介へ押し退け、昭介が道広に気をとられたわずかの隙に脾腹を斬り抜けた。

昭介は、わっ、と前へつんのめって市兵衛と身体を入れ替えたが、そこで堪(こら)えてふりかえったところへ、市兵衛の片手袈裟懸を見舞われた。

肩から腹まで、肋骨(ろっこつ)もろともに裂かれ、昭介は墨(すみ)のような血を噴きながら、縁側の腰付障子を突き破り、縁側を越えて雪に覆われた庭へ転落した。

噴き出した血は純白の雪を穢(けが)したが、降り止まぬ雪は、それを少しずつ静かに蔽い隠していった。

肌を刺すような冷気が、縁側に出た市兵衛をすっぽりとくるんだ。

寂々とただ降り続く雪の冷気は、市兵衛の熱い身体に、むしろ心地よいくらいだった。

昭介の亡骸のほかは、真っ白な雪の庭が広がっている。

小さな明かりの灯った石灯籠にも、内庭を囲う土塀の屋根にも、むくげの灌木(かんぼく)の林にも、三本松の枝にも、白綿を丸めたように雪が積もっていた。夜明け前の空を蔽う一面の暗黒は、ようやく、東の果てに薄墨色の白みを帯びつつある。

菅笠をかぶり、黒羽織を着けた男が、雪に足跡を残しつつ、縁側の下にゆっくりとした歩みを運んできた。

男は、三間（約五・四メートル）はあると思われる素槍を手挟んでいた。

三日前、五十右衛門とともに、志方進、加藤松太郎と相対した折り、この座敷に同席した津坂藩無念流の今川志楽斎門弟の、五十右衛門が四龍と呼ばれていると言った四人の、最後のひとりだった。

「なるほど。おぬしはこういう男だったか。その脇差一本で、三人の仲間があっという間に斃されてしまった。斬り合いに慣れていたのだな。われらと斬り合うことは覚悟のうえだったか」

三十代の半ばの年ごろに見えた男は、年寄のような嗄れた声で言った。

三日前と同じ黒羽織に縞袴で、浅黒い顔色に削いだように頰がこけ、いっそう険しい顔つきに思われた。

「津坂藩無念流の今川志楽斎門弟の四龍だな。こうなることは、仕方のないことなのかもな。わたしは唐木市兵衛だ。おぬしの名は……」

市兵衛が言った。

「名前などどうでもよい。津坂藩無念流の今川志楽斎、としておこう。誰の門弟でもない。生まれはすぐそこの千住だ。津坂屋の用心棒に雇われ、津坂藩の侍になった気分だった。こいつらはみなおれが連れてきた仲間だ。みな足立郡の生まれだ。腕自慢だったが、上には上があるということか」

「志楽斎、今年の五月、この屋敷で田津民部と言う津坂藩の勘定衆が斬られた。何人にも寄って集って斬られ、亡骸は海へ捨てられた。田津民部を斬ったのは、おぬしらか」

「あのじいさんは、覚えているとも。津坂屋が邪魔だから斬れと言うので、この槍で楽にしてやった。じいさんを長く苦しませるのは、性に合わん。これも仕事だ。そういう仕事もある。綺麗も汚いもない。津坂屋も、江戸家老の聖願寺豊岳も、志方進も加藤松太郎も、汚い仕事は人にやらせる。自分の手は汚さぬ。唐木も、それで人を斬ってきたのだろう。同じだ」

「今日はわたしを斬れと、津坂屋五十右衛門に命じられたか」

「その通りだ。臨時の手当も出る。こいつらの分もおれのものだ。悪くない。唐木、降りてこい。さっさと済まそう。もうすぐ夜が明ける。まさか、逃げる気ではあるまいな」

「よかろう。さっさと済ますことに異存はない」

市兵衛は庭に降りた。革足袋が、真新しいさらさらした雪を踏み締めた。やわらかな雪が、市兵衛に降りかかった。

「唐木、おぬしは気持ちのよい男だな。斃し甲斐(がい)があるぞ。いざ」

志楽斎は三間の素槍を頭上でふり廻した。

風がうなり、雪烟(ゆきけむり)を巻きあげた。

やがて、ぴたりと腰にため膝を折り、市兵衛に穂先の狙いを定めた。

市兵衛は、片手正眼(せいがん)に小刀をかまえた。

「その脇差で、わが槍を防げるか」

志楽斎は、一歩を踏み出して言った。

「首取脇差は九寸九分（約三〇センチ）。おぬしの首をとるのに、この脇差でも長すぎるくらいだ」

市兵衛も歩み出し、両者の間は見る見る縮まっていく。

「ほざけ」

志楽斎は一気に間をつめた。

「あとぅぅ」

雄叫びをあげ、市兵衛の胸をひと突きにした。

からん。

市兵衛がその穂先を払い、降る雪が渦を巻いて乱れる。

志楽斎はすかさず槍を引き、瞬時もおかず二の槍を突き入れ、三の槍、四の槍、と続いて、五の槍を突き入れた。

市兵衛はそれも払った。

そこで志楽斎は動きを止め、からからと笑った。

「なるほど。やるな。だが、小手調べはこれまでだ」

と、志楽斎は再び素槍を片手一本で頭上に旋回させ、寒気を引き裂くような音をたててうならせた。

志楽斎の周りで雪が渦を巻き、舞いあがっていくかのようだった。

突如、旋回する素槍が市兵衛へ襲いかかり、市兵衛は身体を畳んで頭上すれすれに躱したが、そのまま素槍は志楽斎の頭上で一旦旋回し、続いて市兵衛の足下を狙って打ちこまれた。

市兵衛は身を躍らせ、雪を叩いた素槍の穂先が凄まじい雪煙を噴きあげた。

志楽斎は奇妙な雄叫びを発しつつ、上、下、斜め、とそれを繰りかえし、今度は市兵衛の真上から続け様に叩きつけ、雪煙を噴きあげ散らした。穂先に貫かれずとも、それを一撃でも喰らえば、骨までくだけるに違いなかった。

市兵衛は右へ左へと身を躱し、打ち払いつつ後退し、志楽斎はまったく疲れを見せず、後退する市兵衛を追いつめていった。

ついに市兵衛の背中が灌木の林を、むくげの灌木を植えた一角へ追いつめられた。

それ以上の後退はできないところへ叩き落された素槍を、市兵衛はぎりぎりに払った。だが、穂先が市兵衛の肩先をかすり、綿入れの袖が千ぎれかけ、背後の灌木の枝や幹を打ち砕き、木々の破片を雪煙と一緒に吹き飛ばした。

市兵衛は片膝をついて堪えた。

志楽斎は素槍を引き、片膝つきの市兵衛に止めの一撃を突き入れた。

「喰らえ」

志楽斎は吠えた。

そのとき、市兵衛の体軀は雪の舞う空へ羽ばたいていた。

志楽斎の素槍の穂先は空しく灌木に突き入れ、あっ、と槍を引いた志楽斎に、市兵衛はまるで三間の長柄を伝うかのように飛翔し肉迫した。

そして、雪を舞いあげ降り立った一瞬に打ち落とした一刀が、志楽斎がかざした長柄を真っ二つにした。

志楽斎は退きながら槍を捨て、腰の刀を抜き放ち、八相にかまえた。

「勝負はこれからだ」

志楽斎が再び吠えた。

そこで両者の動きが止まった。志楽斎の目に戸惑いが浮かんだ。

ほんの束の間が流れ、志楽斎の目に戸惑いが浮かんだ。

と、志楽斎の首筋より血が墨色の花のように噴いたのだった。

八相のかまえがゆらめき、刀を力なく垂らし雪面を突いた。だが、ゆれる身体を支えきれず、両膝を折り、ゆっくりと横転して仰のけになった。

志楽斎の雄叫びは消え、見開いた目は夜明けの空を見ていなかった。

市兵衛は四つの亡骸を残し、黒光りのする拭い板の長い廊下を、表玄関のほうへ戻っていった。

騒ぎに気づいた蔵屋敷の数名の蔵役人が、寝間着姿のまま、おっとり刀の態で廊下の先に集まり、手燭をかざして市兵衛を照らした。

その蔵役人らの間から貞助が、つつつ、と小走りに走り出てきて、市兵衛の前に跪き、下げた頭より高く、袱紗にくるんだ刀を捧げ持って差し出した。

「唐木さま、お刀でございます」

市兵衛は大刀をつかみ、腰に帯びた。

「五十右衛門はどこだ」

市兵衛は言った。

「はい。松坂町のお店に戻られました」

「貞助さん、あなたを斬りはしない。だが、五十右衛門はもう終りだよ」

「はい。重々わかっております。あたしは、吉原の若い者に戻ります。そろそろ潮どきかなと思っておりました」

貞助は市兵衛を見あげ、つまらなそうに言った。

終章　帰郷

文政八年十二月。

津坂藩江戸屋敷の勘定組頭の加藤松太郎、江戸留守居役の羽崎保秀、また津坂藩蔵元の《津坂屋》五十右衛門は、勘定方出納掛・田津民部の殺害に関与した容疑で、御徒町の江戸屋敷の牢に入牢となった。

三人の裁きは、年が明けた春、主君の鴇江伯耆守憲実が、お世継ぎの鴇江憲吾とともに参勤により出府したのち、主君の臨席の下に行われ、理非の裁断がくだされることが決まっていた。

当然、その裁きには、聖願寺豊岳が江戸家老に就いて以来、藩の蔵米の江戸廻漕に出た沢手米を廻る横領事件の、それにかかわった諸士らの裁断も、くだされることになっていた。

三人の罪はもはや隠しようがなく、三人ともに観念してすでにすべてを白状し、厳しい裁きを受けることを覚悟していた。

そのことについて、江戸家老の戸田浅右衛門は三人に、無駄な言い逃れをせず潔く罪を認めるなら、主君・鴇江憲実に死罪一等を減じて切腹を申しつけられるように嘆願するつもりだと説いた。

死罪ならば、その者の家は改易であり、葬儀も行えない。

だが、切腹ならば、埋葬が許され、家禄は大きく減じられたとしても、家門は残り、倅か親類の者が家を継ぐことができた。

加藤松太郎と羽崎保秀は、来年春の裁きで切腹が決まれば、津坂へ護送され、それぞれの拝領屋敷で切腹することになる。

津坂屋五十右衛門は、津坂藩蔵元として名字帯刀を許されている身分ではあっても、生業は江戸の米問屋のため、御徒町の江戸屋敷において切腹場の作法に則り、首を打たれることになっていた。

ただし、津坂屋はまだ子供の倅が親類の後見を得て米問屋の商売を継ぎ、津坂藩の蔵元としての役目も続けることが決まっていた。

勘定衆の田津民部については、失踪が伏せられ忘れられていたこの五月以来の子細が明らかになって、土蔵に放っておかれていたわずかな遺品が、国元の遺族の元へ戻された。

田津民部の葬儀は、年老いた両親、倅の可一郎、娘の睦、そして親類縁者のみにて、しめやかに執り行われた。

主君の鴇江憲実は、田津民部を哀れに思い、まだ見習の十九歳の倅・可一郎を勘定衆にとりたて、家禄も三十石を加増した。

同じ文政八年の十二月、津坂藩主の鴇江伯耆守憲実の正室・蘭の方は、いかなる理由でか落飾し、江戸屋敷を出て越後津坂領の山奥の寺院に入られ、そののち、還俗することはなかった。

十二月歳の市は、十四、十五日の深川八幡宮境内から始まって、浅草観音、神田明神、芝明神、愛宕下、平河天神社内など、年末から正月にかけて、賑やかに始まり、正月のお飾りや食品、また俎板、手桶、柄杓、擂粉木など、新年を迎えて新しくする諸道具類が売られている。

そんな歳の市が賑やかな十二月のある日、長谷川町の扇子職人・左十郎の娘の小春が、左十郎の使いで本石町の扇子問屋《伊東》へいくと、店の間に出てきた女将のお藤に声をかけられた。

「小春、しばらく見なかったね」

お藤は頰笑んで言った。

小春は、父親の使いの品を番頭に届ける用を済ませ、前土間に降りたところだった。お藤にぱっと耀くような頰笑みをかえし、

「今日は、女将さん」

と、膝に手をあて辞儀をした。

その耀くような若い頰笑みに、女のお藤でさえうっとりした。

「お父っつあんのお使いかい」

お藤は言った。

「はい。たった今、済ませました」

「お父っつあんもおっ母さんも又造兄さんも、変わりはないかい」

「相変わらずです」

「そう。小春も変わりはなさそうだね」

小春は頰笑みのまま、こくり、とお藤に頷いた。

「小春、ちょいとね、あんたに話があるんだけど。今、かまわないかい」

「わたしに話が？　そうなんですか。大丈夫です」

「じゃあ、外へいこう。ちょっと待っててね」

お藤は小春へ手をひらひらさせ、一旦、中へ消え、店の間沿いの通路の暖簾を分けてすぐに出てきた。

「小春、おいで」

お藤は先にたって、伊東の店頭に出た。

いってらっしゃいませ……

と、手代や番頭、小僧たちの声が口々にかかった。

お藤は、歳末の賑やかな大通りを、日本橋のほうへとった。

小春の背は高いほうだが、お藤も女にしては背が高かった。

子供のころはしゅっとした身体つきの、綺麗な、でも少し恐いぐらいの女将さんだったけれど、今は身体つきがふくよかになって、小春には、女将さんが若いころよりも綺麗に感じられた。

この人が良一郎さんのおっ母さんなんだ、と思うと、わけもなく、綺麗なのはもっともだな、という気がしてくるから、不思議だった。

お藤は日本橋への大通りをいきながら、一度、小春へ見かえり、ちゃんときてるかい、というふうに頬笑んだ。

室町三丁目の大通りを、浮世小路へとり、老舗の料亭などが軒を並べる中の、小さな茶屋に入った。茶屋は間口は狭いが奥行きがあって、中居に通された小座敷は、黒板塀の囲う狭い庭のそうずが、趣のある音をたてていた。

「茶菓子に、羊羹をいただくかい」

お藤が言い、

「いただきます」

と、小春が即座に応えると、お藤は楽しそうに笑った。

香ばしい煎茶の碗と羊羹の小皿が、運ばれてきた。

小春は、小楊枝で羊羹を少しずつきりとって口に運んだ。初めはねっとりとした甘みが、すっと溶けて消えていき、口の中に淡い甘みのあと味が残った。左の頰に小さな靨のできる笑みをお藤へ向けると、

「美味しいかい。これも食べて頂戴」

と、お藤は自分の羊羹の小皿を、小春の盆においた。

「ありがとうございます。いただきます」

小春は遠慮しなかった。実際、甘くて美味しい上等な羊羹の厚い二切れを食べられるのは、ちょっと幸せだったからだ。

「若いのね。小春は十八だったね」

小春は口の中に羊羹を含み、お藤を見つめて小さく頷いた。

「年が明けたら十九だね。小春と良一郎は同い年だから、良一郎も十九になるんだね。本途（ほんと）に、あっという間にすぎた。これから始まり始まり、だね」

小春は、お藤の言った意味がすぐには呑（の）みこめず、始まりって何が、と小首をかしげた。

やがて、お藤がさり気なく言った。

「小春は、良一郎のことを、どう思っているの」

「どう思ってるって……」

小春は言葉が思い浮かばなかった。

「深刻にならないでね。軽い気持ちで、小春の思っていることを聞かせてくれればいいの。わたしは良一郎の母親だから」

そうか、始まりって、そのことなのか、と小春は気づいた。

良一郎のことを思うと、小春の胸が少しはずんだ。

小春は、もう少し考えてから言った。

「わたし、良一郎さんが好きです。良一郎さんのことを考えると、胸が苦しくなるくらい、好きです」

小春は恥ずかしくて顔を伏せた。

「まあ……」

お藤は、つい声が出た。

小春は顔を伏せたまま、懸命に言った。

「でも、好きというだけじゃないんです。そういうのじゃなくて、それは、上手く言えない、よくわからない気持ちなんです」

「又造兄さんのことは、どう思っているの」

「又造兄さんは兄さんです。大好きな兄さんだけど、又造兄さんと良一郎さんは違います。わたし、良一郎さんと一緒にいくつもりです」

「いくってどこへ？」

「わかりません。どこへいくのか、いってみないと」

お藤が、穏やかな真顔を見せた。

「そうだね。いってみるまで、若い二人にわかるわけがないよね。ああだろうこうだろうと思っても、ああもならないしこうもならないことだもの。だから、いってみるしかないんだよね」

そう言われて、小春はそうなのかと思った。

「お父っつあんとおっ母さんに、それを、言ったことはあるの」

小春は黙って首を横にふった。

そんなことは言えなかった。

ただ、いつかは言わなくてはならないことだった。

小春は三歳のとき、知らないおじさんだったお父っつあんに連れられて、大坂から江戸へ、長い旅をしてきた。

江戸の店には、おっ母さんと兄さんがいて、小春はお父っつあんとおっ母さんの子供になったのだった。

お父っつあんとおっ母さんは、小春が大人になったら、扇子職人のお父っつあんを継いで扇子職人になる又造兄さんの女房になるものと、思っていたし、それ以外の生き方は許してくれないのに違いなかった。

「又造兄さんは兄さんです。良一郎さんは違います」

「渋井さんがね、自分では聞けないものだから、わたしに聞いてくれって言うのよ。良一郎はもう、伊東の良一郎じゃなくて、渋井良一郎なのに、こういうことになると、渋井さんはからっきし意気地なしなの」

小春は、くすっと笑った。

渋井さんとは、北町奉行所定町廻り・渋井鬼三次である。

「良一郎がね、渋井さんに言ったの。今は見習の町方だけど、本勤になったら小春を女房にしたいって。渋井さんはうろたえちゃって、やっと見習を始めたばかりで、まだ勤まるかどうかもわからないのに、そんなことを言ってる場合かって言ったそうだけど、内心は気になって仕方がないから、母親のおまえはどう思うって、言うのよ。だから、左十郎さんは気むずかしい職人で、あそこは夫婦そろって小春をいずれは倅の又造さんと一緒にさせる気でいるから、無理なんじゃないのって言ってやったの。そしたら、おれもそれは聞いてる、仕方ねえなってしょ気てるばかりで、本途に厄介な父親だわ」

小春は凝っとお藤を見つめた。

「でもね、あの良一郎がそう言うんだから、よっぽどの事態よ。母親のわたしも放っとけないじゃない。ちょっと、どきどきもするし。それでまずは、小春の気持ちを確かめておきたかったの。浮ついた気持ちで、ただ好いた惚れたというのだったら、親としては心配なの。わかってね」

小春は、こくり、と頷いた。

「まずは、小春のお父っつあんとおっ母さんにどんなふうに話をもっていくか、いい手だてを考えないとね。お父っつあんとおっ母さんを呆れさせて、変に話が拗れちゃったら、双方によくないからね」

「お願いします」

小春が言い、今度はお藤が、こくり、と頷いた。

「小春、あなたの気持ちがわかって嬉しいわ。良一郎のことをそんなふうに思ってくれて、ありがとう。良一郎がどうなるかと、一時は気を揉んだけど、やっとどうにかなりそうで、本途によかった。あなたたちのことが、自慢に思えるわ」

お藤が言った。

北町奉行所同心見習の渋井良一郎は、《鬼しぶ》こと、北町奉行所定町廻りの渋井鬼三次とお藤の倅である。小春はむろん、事情は知らない。けれど、良一郎が五歳のとき、母親のお藤は、

「良一郎は町方に絶対させません」

と言い残して、良一郎の手を引き里の本石町老舗扇子問屋に戻った。

それから三年後、お藤は八歳になった良一郎の手を引いて、今度は同じ本石町の扇子問屋・伊東の文八郎に再縁したのだった。

良一郎は、扇子問屋・伊東の跡継ぎになるはずだった。

小春が良一郎と幼馴染みになったのは、良一郎が伊東の坊ちゃんになってからだった。

ところが、良一郎は伊東の跡継ぎにならなかった。

いろいろと小春の知らない事情があったみたいで、十八歳の良一郎は父親の渋井家に戻り、この秋から、十三、四歳の少年らに混じって、町奉行所同心の無足見習になったのだった。

小春は、良一郎は伊東を継いだほうがいいのに、と本途は思っていた。

ただ、このごろ小春は、今まで思っていた良一郎が、思っていたのとだんだん違う良一郎になっていくのが感じられて、

「案外、良一郎さんに合っているのかも」

と、考えるようになっていた。

小春がお藤と室町三丁目の浮世小路の茶屋で、そんな話をした同じ日のやはり昼下がり、市兵衛は、下谷山伏町の俗に箕輪と呼ばれる町家の、源治郎の茶屋のおしずを訪ねていた。

二階の出格子窓のある四畳半に、市兵衛は出格子へ向き、おしずは出格子に閉(た)てた張り替えたばかりの白い障子戸を背に畏(かしこ)まっていた。火の気はなくとも、昼下がりの空に高くのぼった日が障子戸に射(さ)して、寒くはなかった。

おしずは、市兵衛が再び訪ねてきた戸惑いを隠すように顔を伏せ、青朽葉の上衣に五、六寸（約一五～一八センチ）の半幅の昼夜帯を締めた身を縮めていた。

おしずがうな垂れた白い首筋に、小さな黒子(ほくろ)がぽつりと見えた。

階下の、勝手の土間続きの台所で、主人の源治郎と二人の女の遣りとりや、とき折りあげる笑い声が、二階の四畳半に聞こえてきた。

市兵衛は、五月のあの日、田津民部がおしずに言った言葉が偽りではなかったことを、戸田浅右衛門に頼まれて伝えにきたのだった。

三日後か遅くとも四日後には、と田津民部がおしずに言ったその日に、くることができなかった事情を話した。

詳しく話すことはできなかったし、長い話ではなかった。

また、むごたらしい話もしなかった。

それでも、その事情を話すうちに、おしずの伏せた目から涙の雫(しずく)が、ぽつり、ぽつり、と膝へ落ち、働き者の節くれだった手の甲を濡(ぬ)らしたのだった。

おしずは、濡れた手を片方の手でさり気なくぬぐい、それは、淡々とした素ぶりを装っているかに見えた。

「田津民部は偽りを言う男ではない、と田津民部さんの名誉のためにおしずさんに伝えてほしいと、田津民部さんの古い友のある方から頼まれました。わたしの用はこれだけです」

市兵衛が話し終えると、やおら、おしずは伏せていた顔をあげ、赤く潤（うる）んだ目を、低い屋根裏の薄暗がりへ泳がせた。ふうっ、と吐息をもらし、

「お気の毒に……」

と、何かのまじないを呟（つぶや）くかのように言った。

それからおしずは、屋根裏の薄暗がりへ赤く潤んだ目を泳がせたまま続けた。

「田津さんのお話は、とてもありがたかったんです。けれど、上手くいかないだろうなって、無理だろうなって、内心では思っていました。あたしは崎玉郡（さきたまぐん）の生まれで、里は代々商売をしていました。お父っつあんの代で商売に縮尻（しくじ）って、大きな借金ができて、あたしが借金をかえすために年季奉公に出たんです。十三のときでした。それからいろいろあって、こうなりました。こんなあたしに、田津さんのお話は、きっとどこかでだめになるんだろうなって、思っていたんです

よ。思っていた通り、やっぱり、上手くいかなかった。それだけです」

　市兵衛は、おしずにかける言葉が思い浮かばなかった。

「でもね、田津さんはあたしに、夢を見せてくださったんです。田津さんがあたしに話してくださったのは、津坂城下の町の様子とか、領国の野や山々のこととか、荒々しい越後の海のこと、それから雪の深い冬や、お天道さまがきらきら輝く夏の日、海のはるか沖を白い帆を張って通っていく廻船のこととかです。あたしは、海を見たことがありませんし、深い雪にすっぽりと覆われた高くつらなる山々も知りません。田津さんは、お国の海や山々の話をなさるのがとても上手でした。それが珍しくて、面白くて、胸がどきどきするほどでした。あたしが田津さんに、お国の話を聞かせてくださいと、お願いしたこともあります。でも、夢から覚めました。それだけです」

　おしずはそう言って、赤く潤んだ目を細めて、声もなく笑った。

「本途はね、田津さんのことを、一日だって考えない日は、ありませんでした。きっとどこかでだめになるんだろうなあって思っていたのに、どこかで、もしかしてなんて希みを持ったあたしが、馬鹿だったんですね。唐木さん、田津さんは、ひとりで津坂へ帰っていかれました。結局、あたしはおいてけぼりです」

自分自身を、嘲るような口ぶりだった。

「田津さんは、真っすぐな侍らしい侍と聞きました。田津さんもおしずさんを一日も忘れてはいなかったと、思うのです。どこへいかれても、田津さんはおしずさんを、大事に胸に仕舞っていかれたはずです」

市兵衛が言うと、おしずはいっそう悲しげに顔をほころばせた。

その笑みをたたえた眼差しが見る見る潤み、またあふれ出た涙がいく筋も頬を伝い、化粧を台無しにした。

その十二月の末近く、下谷山伏町の茶屋の主人の源治郎は、田津民部が手付においた七両で、おしずの年季を明けてやった。

源治郎にしてみれば、去年の鷲大明神の三の酉の日、降りしきる冷たい雨の中で出会った田津民部への、ささやかな縁への供養という思いだった。

おしずは、崎玉郡の郷里の村へ帰った。

郷里の村では、父親が縮尻った商いを弟が継いでなんとか盛りかえしていた。

おしずは弟の商いを手伝った。

村では、おしずのことはいろいろと噂されたが、おしずは気にしなかった。それでもおしずは器量がよかったので、本百姓の後添えに入るような話が二度ほどあったが、いずれもおしずが断った。

おしずはずっと、独り身を通した。

斬　雪

一〇〇字書評

切り取り線

購買動機（新聞、雑誌名を記入するか、あるいは○をつけてください）	
□（　　　　　　　）の広告を見て	
□（　　　　　　　）の書評を見て	
□ 知人のすすめで	□ タイトルに惹かれて
□ カバーが良かったから	□ 内容が面白そうだから
□ 好きな作家だから	□ 好きな分野の本だから

・最近、最も感銘を受けた作品名をお書き下さい

・あなたのお好きな作家名をお書き下さい

・その他、ご要望がありましたらお書き下さい

住所	〒				
氏名		職業		年齢	
Eメール	※携帯には配信できません	新刊情報等のメール配信を 希望する・しない			

この本の感想を、編集部までお寄せいただけたらありがたく存じます。今後の企画の参考にさせていただきます。Eメールでも結構です。

いただいた「一〇〇字書評」は、新聞・雑誌等に紹介させていただくことがあります。その場合はお礼として特製図書カードを差し上げます。

前ページの原稿用紙に書評をお書きの上、切り取り、左記までお送り下さい。宛先の住所は不要です。

なお、ご記入いただいたお名前、ご住所等は、書評紹介の事前了解、謝礼のお届けのためだけに利用し、そのほかの目的のために利用することはありません。

〒一〇一－八七〇一
祥伝社文庫編集長　清水寿明
電話　〇三（三二六五）二〇八〇

祥伝社ホームページの「ブックレビュー」からも、書き込めます。

www.shodensha.co.jp/bookreview

祥伝社文庫

斬雪（ざんせつ） 風の市兵衛（かぜのいちべえ） 弐（に）

令和3年10月20日　初版第1刷発行

著　者　辻堂魁（つじどうかい）
発行者　辻　浩明
発行所　祥伝社（しょうでんしゃ）
東京都千代田区神田神保町3-3
〒101-8701
電話　03（3265）2081（販売部）
電話　03（3265）2080（編集部）
電話　03（3265）3622（業務部）
www.shodensha.co.jp

印刷所　堀内印刷
製本所　積信堂
カバーフォーマットデザイン　中原達治

Printed in Japan ©2021, Kai Tsujidou ISBN978-4-396-34767-3 C0193

祥伝社文庫の好評既刊

辻堂魁　風の市兵衛

さすらいの渡り用人、唐木市兵衛。心中事件に隠されていた奸計とは？〝風の剣〟を振るう市兵衛に瞠目！

辻堂魁　雷神　風の市兵衛②

豪商と名門大名の陰謀で、窮地に陥った内藤新宿の老舗。そこに〝算盤侍〟の唐木市兵衛が現われた。

辻堂魁　帰り船　風の市兵衛③

舞台は日本橋小網町の醤油問屋「広国屋」。市兵衛は、店の番頭の背後にいる、古河藩の存在を摑むが――。

辻堂魁　月夜行　風の市兵衛④

狙われた姫君を護れ！ 潜伏先の等々力・満願寺に殺到する刺客たち。市兵衛は、風の剣を振るい敵を蹴散らす！

辻堂魁　天空の鷹　風の市兵衛⑤

息子の死に疑念を抱く老侍。彼の遺品からある悪行が明らかになる。老父とともに、市兵衛が戦いを挑んだのは⁉

辻堂魁　風立ちぬ㊤　風の市兵衛⑥

〝家庭教師〟になった市兵衛に迫る二つの影とは？〈風の剣〉を目指した過去も明かされる、興奮の上下巻！

祥伝社文庫の好評既刊

辻堂 魁
風立ちぬ㊦ 風の市兵衛⑦
市兵衛誅殺を狙う托鉢僧の影が迫る中、市兵衛は、江戸を阿鼻叫喚の地獄に変えた一味を追う！

辻堂 魁
五分の魂 風の市兵衛⑧
人を討たず、罪を断つ。その剣の名は――〝風〟。金が人を狂わせる時代を、〈算盤侍〉市兵衛が奔る！

辻堂 魁
風塵 上 風の市兵衛⑨
唐木市兵衛が、大名家の用心棒に⁉ 事件の背後に、八王子千人同心の悲劇が浮上する。

辻堂 魁
風塵 下 風の市兵衛⑩
わが一分を果たすのみ。市兵衛、火中に立つ！ えぞ地で絡み合った運命の糸は解けるのか？

辻堂 魁
春雷抄 風の市兵衛⑪
失踪した代官所手代を捜す市兵衛。夫を、父を想う母娘のため、密造酒の闇に包まれた代官地を奔る！

辻堂 魁
乱雲の城 風の市兵衛⑫
あの男さえいなければ――義の男に迫る城中の敵。目付筆頭の兄・信正を救うため、市兵衛、江戸を奔る！

祥伝社文庫の好評既刊

辻堂魁　**遠雷**　風の市兵衛⑬

市兵衛への依頼は攫われた元京都町奉行の倅の奪還。その母親こそ初恋の相手、お吹だったことから……。

辻堂魁　**科野秘帖**　風の市兵衛⑭

「父の仇を討つ助っ人を」との依頼。だが当の宗秀は仁の町医者。何と信濃を揺るがした大事件が絡んでいた！

辻堂魁　**夕影**　風の市兵衛⑮

貸元の父を殺され、利権抗争に巻き込まれた三姉妹。彼女らが命を懸けてまで貫こうとしたものとは!?

辻堂魁　**秋しぐれ**　風の市兵衛⑯

元力士がひっそりと江戸に戻ってきた。一方、市兵衛は、御徒組旗本のお勝手建て直しを依頼されたが……。

辻堂魁　**うつけ者の値打ち**　風の市兵衛⑰

藩を追われ、用心棒に成り下がった下級武士。愚直ゆえに過去の罪を一人で背負い込む姿を見て市兵衛は……。

辻堂魁　**待つ春や**　風の市兵衛⑱

公儀御鳥見役を斬殺したのは一体？藩に捕らえられた依頼主の友を、市兵衛は救えるのか？　圧巻の剣戟!!

祥伝社文庫の好評既刊

辻堂 魁
遠き潮騒(しおさい) 風の市兵衛⑲
失踪した弥陀ノ介の友が銚子湊で目撃された。そこでは幕領米の抜け荷が噂され、役人だった友は忽然と消え……。

辻堂 魁
架け橋 風の市兵衛⑳
海賊のはびこる伊豆沖から市兵衛へ助けを乞う声が。声の主はなんと弥陀ノ介の前から忽然と消えた女だった。

辻堂 魁
暁天(ぎょうてん)の志 風の市兵衛 弐(に)㉑
市中を脅かす連続首切り強盗の恐怖が迫るや、市兵衛は……。大人気シリーズ新たなる旅立ちの第一弾！

辻堂 魁
修羅(しゅら)の契(ちぎ)り 風の市兵衛 弐(に)㉒
病弱の妻の薬礼のため人斬りになった男を斬った市兵衛。男の子供たちを引きとり、共に暮らし始めたのだが……。

辻堂 魁
銀花(ぎんか) 風の市兵衛 弐(に)㉓
政争に巻き込まれた市兵衛、北へ――。そこでは改革派を名乗る邪悪集団が私欲を貪り、市兵衛暗殺に牙を剝いた！

辻堂 魁
縁(えにし)の川 風の市兵衛 弐(に)㉔
《鬼しぶ》の息子・良一郎と幼馴染みの小春が大坂へ欠け落ち!? 市兵衛が大坂へ向かうと不審な両替商の噂が…。